西村 健

バスを待つ男

実業之日本社

目次

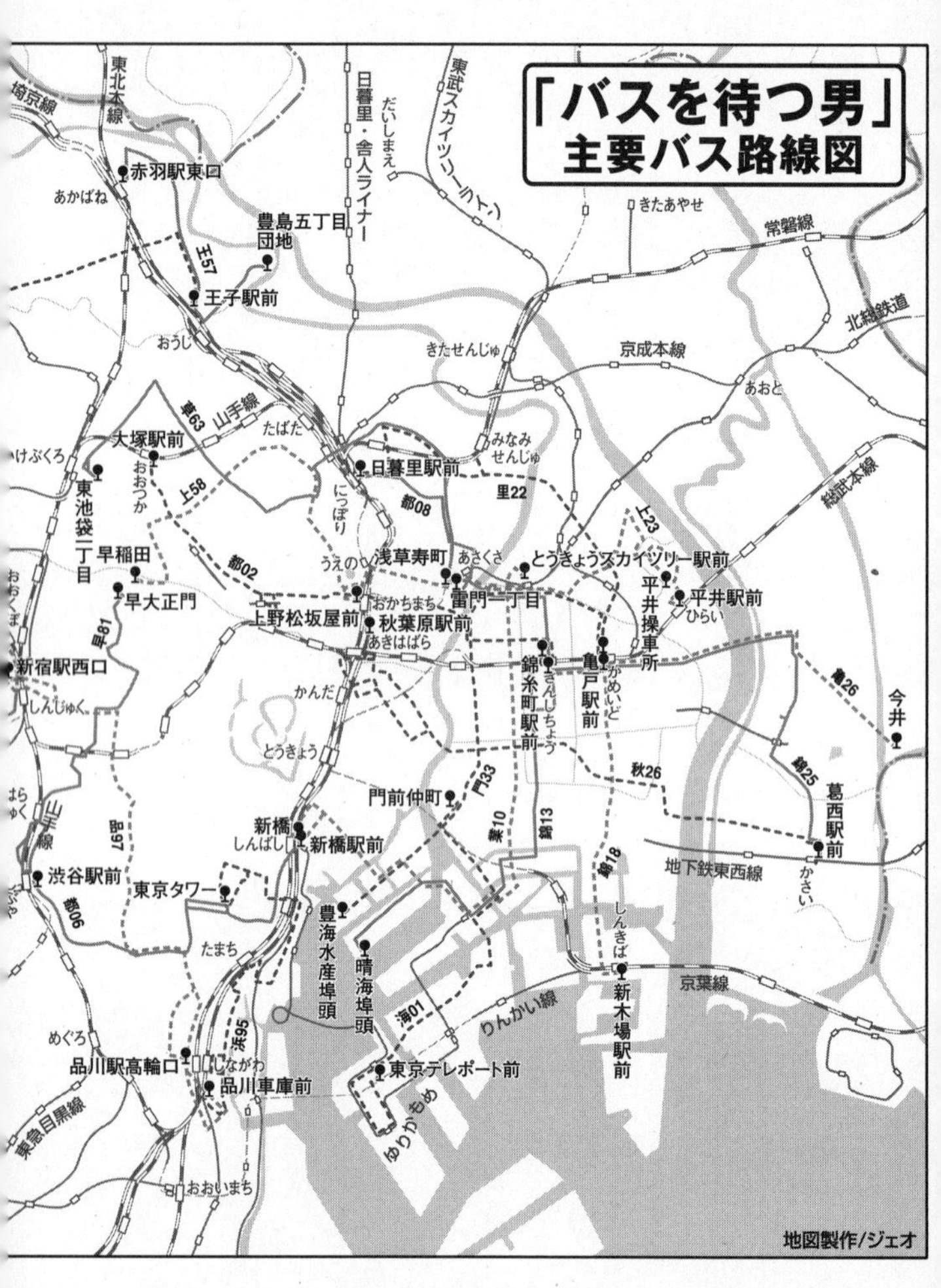
「バスを待つ男」
主要バス路線図
赤羽駅東口
豊島五丁目団地
王子駅前
大塚駅前
東池袋三丁目
早稲田
早大正門
新宿駅西口
渋谷駅前
東京タワー
品川駅高輪口
品川車庫前
日暮里駅前
浅草寿町
雷門一丁目
上野松坂屋前
秋葉原駅前
とうきょうスカイツリー駅前
平井駅前
平井操車所
錦糸町駅前
亀戸駅前
今井
葛西駅前
門前仲町
新橋
新橋駅前
豊海水産埠頭
晴海埠頭
東京テレポート前
新木場駅前
地図製作/ジェオ

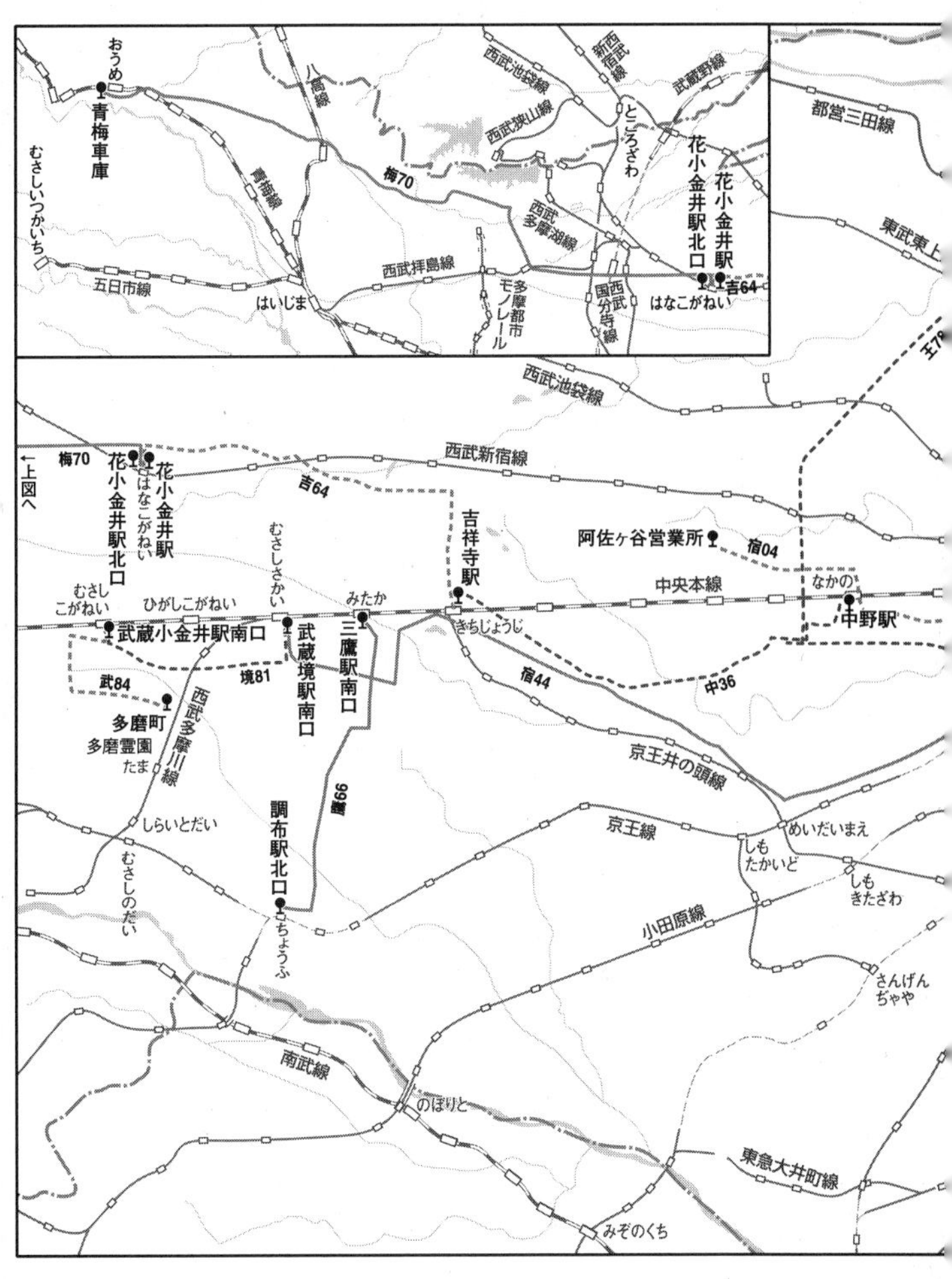

おうめ
青梅車庫
むさしいつかいち
五日市線
青梅線
八高線
はいじま
梅70
西武拝島線
多摩都市モノレール
西武多摩湖線
国分寺線
西武国分寺線
西武池袋線
西武狭山線
新宿線
西武新宿線
ところざわ
武蔵野線
花小金井駅北口
花小金井駅
はなこがねい
吉64
都営三田線
東武東上
西武池袋線
西武新宿線
←上図へ
梅70
花小金井駅北口
花小金井駅
はなこがねい
吉64
吉祥寺駅
阿佐ヶ谷営業所
宿04
中央本線
なかの
中野駅
むさしこがねい
ひがしこがねい
むさしさかい
みたか
きちじょうじ
武蔵小金井駅南口
武蔵境駅南口
三鷹駅南口
武84
境81
宿44
中36
多磨町
多磨霊園
たま
西武多摩川線
京王井の頭線
鷹66
調布駅北口
しらいとだい
むさしのだい
京王線
めいだいまえ
しもたかいど
しもきたざわ
ちょうふ
小田原線
さんげんぢゃや
南武線
のぼりと
東急大井町線
みぞのくち

第一章　バスを待つ男

いったいどれに乗ればいいのか。最初は正直、戸惑った。どっちへ行ってもいい、ということになると逆に迷ってしまうのだ。選択肢は少なめであった方が、選ぶに当たって気楽なのは間違いない。なのに――

東京駅丸の内北口行き。大塚駅行き。小岩駅行き。新木場駅行き……。ここ錦糸町駅前のターミナルから出るバスは、実に様々な方向へと旅立っていく。いったいどれに乗ればいいのか。別に特段、行きたい先があるわけでもない私が戸惑ったのも仕方がなかったと言えよう、我ながら。

提案したのは妻だった。

長年、勤めた警視庁を定年退職して既に、十年。関連法人である東京都交通安全協会にも籍を置いたが数年前に、そこも辞めた。自分で言うのも何だが仕事人間だった私が、勤務を辞めてしまうと途端にやることがなくなった。一日をどう過ごしてよいものやら。途方に暮れるような有り様だった。

特に困るのが毎週、水曜日だった。妻の料理教室が我が家で開催される日なのである。

私たち夫婦はずっと以前、一人娘を交通事故で亡くした。まだ小学四年生、間もなく十歳という幼さだった。学校からの帰り道、歩道に突っ込んで来たトラックに轢(ひ)かれてしまったのである。運転手はカーラジオを操作しようとし、前方から目を逸(そ)らしてハンドル操作を誤ったのだった。

仕事のあった私はまだ、よかった。捜査に打ち込むことで悲しさを紛らせることもできた。が、可哀想(かわいそう)なのが妻だった。一人寂しく、家で過ごさなければならない。私が事件に掛かり切りになると、なかなか帰宅もままならないため尚更(なおさら)だった。暫(しばら)くは娘を失った喪失感から、何もできずただただ放心していたようである。

しかし妻は強い女性だった。いつまでも悲しんでいてはあの世で娘に合わせる顔がない、と趣味の料理に打ち込み始めた。元々が好きだったところに熱中したものだから、見る見る腕を上げた。

ある日、近所の奥さんにお裾分けしたところ大変に好評だったらしい。あっという間に評判は広がり、私にも教えて、と近所の主婦達が押し掛けるようになった。こうして週に一度、我が家で料理教室が開かれるようになったのである。

「教室、と言ったたって別に大したことしてるわけじゃないんですよ」以前、妻は言っていた。「ただご近所のお友達どうし、お料理を持ち寄っては食べ合っているだけなんです。『あら美味しい。これ、どうお料理されたの』なんて訊き合い、教え合いながら。教室、と言うか何かを学ぶ場になっているとしたら、そのくらいじゃないかしら。おまけに大抵は、そういう話題にもならないんですよ。殆どは世間話ばっかり。あそこの息子さんが大学に受かった、とか。昨日のドラマは面白かったとか取り留めもないことを話しながら、皆でワイワイ楽しんでいるだけなんです」

それでもよいことじゃないか、と思った。近所の奥様方と集まって楽しんでいれば、娘を亡くした寂しさを紛らすこともできよう。仕事人間の私には妻にしてやれることは何もない。彼女が自分でそうした生き甲斐を見つけてくれたことに、心から感謝した。本当に強い女性だ、としみじみ感心した。

ところが仕事を辞めて一日中、家で過ごす身になるとその料理教室が私の悩みのタネとなった。主婦達が集まって来るから当然、こちらは家を出なければならない。いてもらっても構わないと奥様方は言うが、とてもいられるものではない。女性達による所謂〝井戸端会議〟のかしましさは、男性にとっては苦痛以外の何物でもないのだ。

「あなた、ご免なさいね」妻が心から、申し訳なさそうに言った。「どこか、他のおウチでやろうかという話にもなったんですけど」

我が家は在職中にローンを組んで購入した、中古マンションの一室である。他の主婦達も大半は似たようなものらしいが、子供と同居していたりなど様々な理由があって、皆が集まるのには今一つ適していない。結局、心置きなく集える場所はやはり我が家を措いてないそうなのだった。

「いや、いいよいいよ」私は手を振った。「皆さんが長年、楽しみにして来た場なんだ。私一人がちょっとの間、外に出ていればいいだけの話なんだからね」

「でもあなた、どこか外出する先でもあるんですの」

妻の懸念ももっともだった。仕事漬けだった私にはこれと言って、趣味と呼べるものがない。何か時間を潰せる楽しみを見つけようと、いくつかのものに手を出してみたが結局、長続きはしなかった。そもそもが年金生活である。公務員だったお陰で普通よりは恵まれているとは言え、趣味に惜し気もなく金を注ぎ込めるわけでもない。何かを楽しいと感じられるまでには結構、時間が掛かるものだ。それなりの費用も要る。楽しみを見出せるまでに出費が嵩むとなればどうしても、始めから尻込みしたい心境に駆られてしまうのだった。

「仕事が趣味、みたいなものでしたからねぇ」妻が同情するように言った。寂しさを忘れるために料理という趣味を逸早く見出した、彼女からすれば私など成程、不器用の塊にしか映らないことだろう。「我が家と、何より社会の安全のために誠心誠意、打ち込んでくれたというのに」挙げ句の果てに退職後は時間の潰し方も分からない、というのでは彼女からすれば成程、哀れみの対象にしかならないことだろう。

「まぁ、何とかするさ」私は殊更に明るく、言った。同情の眼差しをこれ以上、浴びているのも辛いという本音もあった。「図書館だってある。あれだけ本があれば私に合うものも、きっと見つかるさ」

「ご免なさいね」

言ってしまってから彼女に対し、皮肉めいたものになっていたことに思い至った。料理だけではない。妻は読書や映画鑑賞など、多彩な趣味を持っている。特に好きなのが推理小説で、国内外の本が家にズラリと並べられていた。映画もサスペンスものが好みらしく、ＤＶＤのコレクションがかなりの量、あった。それらを楽しめるのであれば私も、家での時間の潰し様はいくらでもあったのである。

ところが妻から勧められるままに何冊か、手に取ってみたがどうにも入り込めなかった。映画のＤＶＤも見ている内に眠くなり、最後には船を漕いでいる始末だった。「刑事として現実の事件を、いくつも見て来たんですものね。作り物のお話に入り込めないのも、当たり前なのかも知れませんわ」妻は慰めてくれたが小説や映画すら楽しめない自分に、私はつくづく情けなさを覚えた。

ともあれこういうことがあったため、「図書館に行けば自分に合う本が」と言うことは暗に「お前の本は俺には合わないから」と非難しているように受け取られても仕方がなかったのだ。

「そういう意味で言ったんじゃないんだ」だから慌てて否定した。「ただ確かに私は、小説の面白さがよく分からない。ずっと読んでいなかったから、それはしょうがないことなのかも知れない。ただ図書館に行けば、小説以外の本もあるだろう。雑誌だって読める。そっちの方が私には、向いているんじゃないかという気がするんだ」

「そうですね」妻は小さく頷いた。「現実の事件をよくご存知のあなたには、ノンフィクションの方が面白く感じられるのかも知れませんね」

実際、図書館でノンフィクションを読んでみると小説よりはずっと入り込めた。これは面白いな。気がつくと閉館時間になっているような、夢中になれる本にもいくつか出会った。

もっとも逆のケースも結構、あった。ノンフィクションとは言っても中身は所詮、書き手の解釈次第である。実際の事件を扱っていても記述には常に、書き手の判断がつき纏う。事実も全ては載せられないから取捨選択するのも、彼らのセンス次第だ。すると私にはどうしても「いや、それはないだろう」と感じてしまうのだった。

例えば担当の刑事が結果的に、間違った捜査をしてしまっていたとする。書き手はそれを「彼は先入観から判断ミスを犯した」という風に断定する。しかし私からすれば「そうじゃなかろう」との感覚を抱かざるを得ない。刑事という生き物はどうしても、こう動くものだと習性を知っているからだ。俺が担当したとしても多分、同じことをしていたろうと感じてしまう。なのにそれを一方的に「先入観だ」などと決めつけられては途端に気持ちが離れる。先を読む気力が失せるのだった。

優れた書き手であればそれはない。ちゃんといくつかの考え方を併記し、なるだけ即断は避けようとする。客観的であろうと努める。完全に客観的になり切ることは難しいにしても、書き手にその意志があれば伝わるものだ。そうした本であれば、没入できる。しかしいくつか読んでみて、理想的な書き手は驚く程に少ないのだと思い知らされた。大半は自分の感覚で全てを判断し、独善で筆を運ぶ。結果、私は本を棚に戻すことになる。

よい本に出会う前に何度も、失望を余儀なくされる。そうすると辛抱の足りない私は、もう読書に見切りをつけたくなるのだった。嫌な思いを繰り返してまで、本を読まなくたっていい。

かくして図書館からも自然、足が遠退くようになった。公園で日がな一日、ぼんやりと過ごすことが多くなった。これではいけない、と思いつつもどうにもならない。

妻は勘が鋭い。こちらが何も言わなくとも敏感に察してしまう。最近は実は図書館にも行っていないようだ、と目敏く見抜かれてしまっていた。

そこで、提案されたのだ。東京都シルバーパスを使って、あちこち足を伸ばしてみるというのはどうか、と。

「シルバーパス」戸惑いは隠せなかった。「都内のバスやなんかに乗り放題、というあれのことか」

「えぇ」妻は頷いた。「バスだけでなく都営地下鉄なんかにも、乗り放題らしいですわ。都内在住で七十歳以上だったら交付してもらえるという話ですし。せっかくだから一度、試してみたら」

「そうか」言われてみれば私も今年、もう七十である。「そんなものももらえる歳になってしまった、ということかな」

「これまで長年、社会のために尽くして来たあなたですもの。ご褒美のようなものかも知れませんわ」

本が好きなだけあって妻は本当に言葉が上手い。ついつい、その気にさせられてしまう。早速、都バスの窓口に出向いてみた。

「一年間、有効なパスの発行費用は二万五百十円になります」窓口の女性は言った。「ただし本年度の区市町村民税が非課税の方か、昨年の年収が百二十五万円以下の方は千円で交付を受けられます」

収入は年金だけだが警官だったお陰で、そこまで年収は低くない。すると交付に、二万円以上も掛かってしまう。躊躇わずにはおれなかった。結局、必要書類としてどれとどれを用意すればいいかだけ聞いていったん家に帰った。

「二万円も掛かるらしいよ」妻に言った。「バスに一回、乗ると料金は二百円だ。いや、今は消費税が掛かって二百十円か。ともあれ単純計算で、年に百回は乗らなきゃ元が取れないことになる」

「外出するのは水曜日だけ、なんですものねぇ」妻も困ったような表情を浮かべた。「そうしたら一年間で、五十二回。あぁ、でも行って帰って来れば往復で、百回は超える計算にはなりますか。それでも、ねぇ」

私はちょっと笑った。「一年が五十二週だなんて、よくパッと出て来るね」

「ドラマなんか見てばかりいるせいですわ」妻も合わせたように苦笑した。「テレビでは一年を四つに分けた四半期を、『クール』と呼ぶらしいんですの。半年間のドラマだと『2クール』とか。毎週放映のドラマが1クール大体、十三話だから一年間やると、五十二話。それで五十二週と記憶してるだけなんです」

「でもまぁ今、話していて満更でもないかと思い直したよ」私は言った。妻に譲ったわけではなく、本音だった。「毎週一回、外出したとしても行きと帰りでペイする計算になる。まぁ一年間、毎水曜日には必ず乗るというわけにもいかないだろうが逆に、違う曜日にも乗っちゃいけないわけじゃないんだからね。普段から家でどう過ごしていいかも分からない私だ。むしろ料理教室がない日にも、そうして積極的に外出するのもいいのかも知れない」

「そうですよ」妻の顔がパッと輝いた。自分から何かをやる気になりつつある。久しぶりに見る私が、純粋に嬉しかったのかも知れない。家で何もすることがなく、ゴロゴロしてばかりの夫を見るというのは妻からしても、楽しいものでないのは確かだろう。「それにあちこち乗り換えれば、もっと元が取れることになりますわ。普通にバスに乗ればそのたび、料金を支払わなきゃならないんですもの。乗り換えの回数も費用も考えずに気ままに旅ができると思えば、それだけで二万円の価値はあるのかも」

本当に言葉運びが上手い女性だ。いつの間にか言い包められたみたいに、私はすっかりその気になっていた。翌日、必要な書類を揃えて窓口に赴いた。シルバーパスを発行してもらった。

ところがそこでさて、と考え込んでしまったのである。

我が家から最も近いターミナルと言えば、錦糸町駅になる。歩いても行けないことはないがせっかくバスがあるのだ。最寄りのバス停から乗ってまずは、錦糸町に出る。さぁそこからが問題だった。とにかく色々な方面行きの便がある。別に特段、行きたいところがあるわけではないのだ。いったい、どれに乗ればいいのか。

いくつもある乗り場を徘徊しながら、どうすればいいか逡巡した。やっている内にだんだん、馬鹿馬鹿しく思えて来た。俺はいったい何をやってる。これじゃただの間抜けではないか。

もう家に帰ってしまおうか、という衝動にも駆られた。

いやいや待て、と思い直した。

妻の顔が浮かんでいた。私がやる気になったのを見て嬉しそうに笑っていた、あの表情である。なのに今、私が帰ってしまえば落胆するだろう。やっぱりこれも駄目だったか。溜息に変わるだろう。この人は所詮、何をやっても楽しめることはないのだ。同情の視線すら向けられるかも知れない。それだけは何としても避けたかった。

ふと見ると大塚駅行きのバスが出るところだった。あの辺りは以前、事件の捜査で歩き回ったことがあったな。思い出が蘇った。あれっ切り、行ったことはないが。何十年も経って駅前は、どう変わっていることだろう。それを見て来るだけでも有意義な気がした。咄嗟に飛び乗った。

バスは駅前のロータリーを出ると錦糸公園の前を抜け、蔵前橋通りを左折した。

「太平二丁目」、「石原三丁目」といった住所名のようなバス停が暫く続いた。

　このまま蔵前橋通りを真っ直ぐ、西へ向けて進むのかな。思った途端、右折した。これは確か、清澄通りだ。すると左側はもう、隅田川の筈だ。

　思えばこの路線はどこをどう走って、どういう経路で大塚駅まで辿り着くのか。全く把握していない。私はただバスに運ばれて行くだけだ。連れて行ってもらっている、と表してもいいかも知れない。それもまた面白いではないか。いつの間にか、楽しんでいる自分がいた。

　春日通りに出ると左折した。厩橋を渡った。窓外に隅田川の川面が広がった。思わず、感嘆の息が漏れた。

　考えてみればこれ程の解放感、味わうのも久しぶりだった。どれだけ俺は長いこと、家に閉じ籠っていたというのか。狭い世界の中で悶々としていたのか。我ながら情けなくすら感じられた。ちょっと外に出さえすればこれだけの清々しさが楽しめるのに。今までの自分が本当に間抜けに思えた。どこへ行けばよいのか迷って、バス乗り場をウロウロしていた時より、ずっと。

　どうやら暫く、春日通り沿いに走るようだった。するとこの先は、御徒町になる。

あの辺りにも土地勘がある。事件の捜査で訪れたことがあるからだ。ただあれはもう、二十年も前のことだった。以来、足を踏み入れてはいないのではないか。では今は、どう変わっているだろう。高揚感が胸に湧いた。

と、「新御徒町」という駅が見えた。駅前にバス停もあった。どうやら都営大江戸線の駅らしい。私が在職中、大江戸線は既に完成していたがそういえばこの辺り、乗ったことはない。バスの乗降客はかなりの数、あった。しかしこの辺りでは、JRの御徒町駅まではちょっと距離があるのではないか。余計なことまでついつい、考えてしまった。「新」を付けるからには「元の駅とは違うよ」という意味だろうが、それにしてもこれはちょっと、離れ過ぎているのでは。

やがて、昭和通りに達した。首都高の高架を潜りながら、ちらりと目を遣ると「仲御徒町」駅の入り口が見えた。あぁそうか、と思い至った。こちらは東京メトロ日比谷線の駅である。こっちに「仲」の字を使ってしまったものだから、あちらは「新」でまた違う駅だと示したのかも知れないぞ。駅名を付けるのもこれはこれで、苦労があるものなのかもな。妙なことに感心した。

バスはいよいよ御徒町の中心部、雑踏に突入した。車もびっしりだがとにかく人が凄い。歩道から溢れそうになりながら、歩行者が流れて行く。

JRのガードの手前で停車した。「御徒町駅前」のバス停だった。大勢が降りて行ったが中に、初老の夫婦連れがいた。大きな買い物袋を提げていた。私らとそう年代は変わらないように見えた。

ガードを潜ると右手がアメ横である。きっと夫婦仲良く、あそこに買い物に来たのだろうと予測をつけた。見たところ通い慣れているようで、乗り降りにも躊躇いが感じられなかった。こうして二人で買い物に来るのが、長年の習慣になっているのだろう。私達もあの夫婦と同じく、仲睦(なかむつ)まじさを続けられたらと願わずにはいられなかった。

バスが出発したのでちらりと覗(のぞ)くと、アメ横は相変わらずの混雑ぶりだった。ここは何十年、経とうと変わることはない。入れ替わった店はあるにせよこの賑(にぎ)わいは永遠だ。雑踏の中へ消えて行く夫婦の背中に、末永くお幸せに、と勝手に胸の中で声を掛けた。

左手に視線を転じるとスーパー『吉池(よしいけ)』が、建て替わっているのに気づいた。バスの窓からは上までは望めないが、かなり高いビルになったようだ。人込みは変わらなくともこのように、店や建物が生まれ変わって行く。それが街の変遷というものなのだろう。上野松坂屋(うえのまつざかや)の前を抜けて更に先に進んだが、通り沿いの店がかなり入れ替わっているのが分かった。ただ有名なカレー店は店構えは変わったものの、前と同じ場所で営業しているようだった。

湯島（ゆしま）の坂を上がって本富士（もとふじ）警察署の前を通った。東大安田（とうだいやすだ）講堂の攻防の頃にはまだ駆け出しの警官で、機動隊の活動をバックアップするため交通整理などの応援に行ったことを思い出す。あの時、拠点になっていたのがこの署だった。思い出に浸っている内に本郷（ほんごう）通りを渡り、真砂坂（まさござか）を降りた。

白山（はくさん）通りを渡ると春日駅前だった。この界隈（かいわい）も随分、新しく生まれ変わったみたいだ。バスの窓からはよく見えなかったが、文京（ぶんきょう）区役所もかなり高い建物になっているようだった。富坂（とみさか）を登り、富坂警察署前を通り過ぎた。

この辺りに来ると乗客の中に、子供や学生の姿が増えた。一帯が学園地区になっているせいだ。小学生もきちんと制服を着、制帽をかぶっている。区立ではない、国立の有名校に通っているのだろう。小学校からバス通学か。大変だな、と少し気の毒に思ってしまうのも歳のせいなのだろうか。今ではこれくらい、当たり前になっているのだろうか。

次々と友達が降りて行く中で一人だけ、ずっとバスに残っている男の子がいた。あの子はいったい、どこから通っているのだろう。こんなに遠くから通学しているのでは家の近くに、友達もいないのではないか。

余計な心配までしていると、新大塚駅のところで右の道に入った。春日通りと別れた。思えば長いこと、春日通りを走っていたものだ。なのに同じ道でも、御徒町の雑踏と学園地区とでは様相が大きく異なる。乗客も変わる。面白いものだな、などと変なところに感心した。

やがて、大塚駅前に着いた。もう終点か。残念に感じてしまうくらいだった。もっとずっと乗っていたかった、というのが偽らざる本心だった。名残惜しさを覚えながら、バスを降りた。

最後まで乗っていた小学生の男の子は、JR大塚駅の方へ歩いて行った。更に鉄路で、家路に就くのか。いったいどこから通っているのだろう。毎日これでは、遊ぶ時間も足りないだろうに。もう一度、大きなお世話の心配をしてしまった。

「いやぁ、楽しかったよ」家に帰って、妻に報告した。「何の考えもなしに飛び乗った便なのに、前に来たことのある街をいくつか通った。ここはこんな風に変わったのか、なんて感慨に耽っている内にあっという間に時間が過ぎていた」

「刑事としていくつもの事件で、あちこちの土地に行ってらしたんですものね」妻の表情が輝いていた。自分が楽しめただけではない。彼女にもこんな笑顔を浮かべさせることができた、と思うとこちらも嬉しくて堪らなかった。鋭い女性である。私が自分を偽って、楽しんだ振りをしたとしても直ぐに見抜かれていたろう。心から喜んでいるからこそ、彼女もまた会心の笑みになっているのだ。「そこまで楽しんでくれたのなら、余計な提案をした甲斐が少しはあったというものですわ」

「余計だなんて、とんでもない」大きく手を振って打ち消した。「本当にいい提案をしてくれた、と感謝しているよ。お陰で漸く、私にも趣味めいたものを見出せたような気がしている」

ああ余計と言えば、とつけ加えた。御徒町で降りた老夫婦と、終点までバスに残っていた小学生の男の子について話した。余計なことにまで考えを巡らせてしまったよ、とも。もっとも我が夫婦もあのように末永く、との願いまでは打ち明けなかったものの。

「さすがだと思います」妻は言った。「それもきっと長年、刑事として過ごして来た経験の賜物ですわ。普通の人間だったらそれ程の観察眼、ありませんもの。精々ただ老夫婦のお客がいた、子供が乗っていたで終わりです。それすら覚えていない方が多いのかも。なのにあなたに掛かると、そこまで考えが膨らむ。ついつい心配してしまうまで。街をあちこち歩き回った記憶といい、刑事だったあなただからこそここまで、バスの旅を楽しめるのに違いありませんわ」

「いやいや」今度は小さく手を振った。そこまで持ち上げられると、気恥ずかしさが先に立ってしまう。「ただ刑事だった頃、都民の日常に入り込むのが仕事だったのは確かだ。日々の生活の陰にある、人間社会の闇に切り込むのが。だからふとしたことからついつい、要らん想像を膨らます癖はついているのかも知れないな」

「路線バスに乗る、というのはその土地その土地の、日常に触れている行為でもあるわけですものね」

「その通りだね」深く頷いた。さすが妻だ、と感心を新たにした。ちょっとした一言で全てを察してしまう。同じくちょっとした一言で、的確に言い表してくれる。

「私以外は皆、目的があってそのバスに乗っている。彼らにとっては日常の一部に過ぎない。なのにそこに、私という部外者が入り込んでいるわけだ。そういう意味では刑事時代と相通じるものがある、という見方はできるかも知れない。仕事人間だった私だ。あの時分から全く掛け離れた楽しみ方は最早、できなくなっているのかも知れないね」

　大塚駅前の居酒屋で一杯、やって来たという話題も持ち出した。事件の捜査で街を歩き回っていた時、ペアを組んだ署員とたびたび訪れていた店だ。バスを降りてみるとまだあったのでちょっと、暖簾(のれん)を潜ってみた。中も外と同様、昔と変わらぬ佇(たたず)まいだった。

「席に着いてみると煮豆とか油揚げを軽く焙(あぶ)った奴(やつ)とか、素朴な料理が妙に美味しかったなと思い出したんだ。注文してみると、記憶通りだった。あぁ、これこれとばかり酒が進んでしまって、ね。帰りが遅くなったのにはそんなこともあったんだよ」

「私のお料理はどうしても、手の込んだものになりがちですものね」妻が肩を落とした。「これじゃあなたを居酒屋にとられてしまっても、仕方がないのかも知れませんわ」

「あぁいやいや、そういう意味で言ったんじゃないんだ」またも大きく手を振った。「ただちょっと、懐かしかったな、と」

確かに趣味とするだけあって妻の料理は、手間が掛かっている。フランスやイタリアなど西洋料理や、アジア風のエスニックなど異国情緒溢れるものも作る。ところが私は刑事時代、外を歩いてばかりだったため外食に偏りがちだった。歩き疲れを癒すため同僚と一緒に、居酒屋で盃(はい)を挙げることも多かった。だからどうしても好みは、つまみ風の傾向になってしまう。

妻もちゃんと分かっていて私に出すのは、焼き魚とか嗜好(しこう)に合わせたものにしてくれていた。フランス料理など凝ったものに取り組みたくなれば、主婦仲間の集まる日に合わせて作るようにしていた。気遣いは分かっているのだ。しかし成程さっきの言い方では、ちょっと責めるようなニュアンスが含まれているととられても仕方がなかった。

「嘘(うそ)ウソ、冗談ですわよ」パッと破顔した。「ご免なさいね、ちょっとからかってみただけですわ。ただ確かに今のお話には、とても大切なことが含まれているのかも」

料理は手が込んでいるからよい、というものではない。素朴な料理を美味しくさせることの方が難しいのだ。だからこれから自分は一見、簡単でありながら本当に奥深い味をこそ追求してみるべきなのかも、と妻は言うのだった。

「あなたを外に出ずっぱりにさせるのは本意ではありませんからね。一定の時間はここで、一緒に過ごして頂くためにも。お好みの料理の腕を私も磨かなくっちゃ」

「だから、そういう意味で言ったんじゃないんだ、って」

「ええ、分かってますわよ。でも提案したのは自分だけれど、上手いこと行き過ぎてこのままじゃあなたを外にとられちゃう、って危機感があるのは本当ですわ」

「ははは、まぁ」考えてみれば妻がこのように、冗談を並べるのも久しくなかったことだった。それくらい機嫌がいいことの裏返しでもあるのだろう。自分はこれまでこんなに、彼女に心労を与えていたのか。改めて思い知り、心から済まない気持ちに駆られた。「確かにいい趣味を見つけた、という自覚はある。これからもちょくちょく、こうしてあちこち動き回ってみる積もりだ。行った先で居酒屋に寄ることだってあるだろう。ただそれは、お前の料理に嫌気が差したから、ということでは決してないよ。誓って、はっきり言っておく」

それから毎日のように、外出した。行き先も決めずにバスに飛び乗った。ここはいったいどこなのだろう。この便はどこまで向かうのだろう。行き当たりばったりの出会いを思う存分、楽しんだ。

だから夕食は家で摂(と)る積もりだったのについつい、遠出をしてしまうということもよくあった。行った先で「あぁこの店には入ったことがあるぞ」と思い出し、今夜はここで喰(く)って帰ろうと変心することも。そういう時にはなるべく早目に、妻に電話を入れた。

「えぇ、分かりました。楽しんでらっしゃいな」

もしかしたら言葉とは裏腹に、仕込みに時間を掛けた料理を用意していて失望したこともあったかも知れない。それでもおくびにも出すことはなかった。いつも朗らかな声で、妻は応じてくれた。

甘えているだけだ、俺は。自覚があった。ただ妻の掌(てのひら)の上で、遊ばせてもらっているだけだ。

だがまぁ俺が楽しむことが、回り回って妻を喜ばせることにも繋(つな)がる。これもまた甘えに他ならない。それでも割り切って、自分の楽しみを最優先することにした。せっかく巡り会った趣味ではないか。今は思う存分、堪能(たんのう)すればいい。

同じ路線に繰り返し乗ることもよくあった。自分の携わった事件がらみの町へ行く時が、特にそうなった。

最近、頻繁に赴くのが「平井駅前」だった。私が刑事となり、本部（警視庁）の刑事部捜査一課に配属になって初めて関わった事件現場が、ここだったのだ。駅に程近いマンションで、女子大生が刺殺されていた。親と同居していたのだが両親とも外出し、部屋に一人でいたところを襲われたのだった。

思い出したのは、上野松坂屋の前で逡巡していた時だった。例の大塚駅行きの便で取り敢えずここに来たのだ。上野の松坂屋前も各方面へバスの向かう、ターミナルとなっている。乗り場をうろついていて、「平井駅前」行きの便を見つけた。ああ、俺の最初の現場じゃないか。記憶が蘇った瞬間、飛び乗っていた。

あの事件では幸い、犯人を特定し逮捕に繋げることができた。両親は私の手を強く握って感謝してくれた。事件そのものは痛ましかったけれども、そういう意味ではいい思い出も残る。今はどうなっているか、見てみようと思うのも当然だった、我ながら。

いつも通り、どこをどう走るのかまるで分からずに乗っている。最初は上野の中央通りを走り、駅前のガード下を潜った。浅草に向かい、雷門の前を抜けた。吾妻橋(づまばし)で隅田川を渡った。

面白くなって来たのは、東京スカイツリーの前を過ぎた辺りからだった。このまずっと浅草通り沿いに走るのかな。思っていると途端に左折した。あっという間に自分が今、どこを走っているのか分からなくなった。「文花(ぶんか)三丁目」「八広(やひろ)二丁目」などと住所名のようなバス停が続いた。こうなると楽しくて仕方なくなる、今の私は。住民の日常に入り込んだ感が強くなる。すると自然、胸が高鳴って来るのだった。

どこを走っているのか。それどころか今、どっちを向いているのかすら見当もつかない。バスは頻(しき)りに方向転換している。まるでこちらを幻惑しようとでもするかのように。いや、実際には住民の要望にできるだけ合うように、できるだけ多くの人が乗り易(やす)いようコースを設定しているのだろう。あるいは大通りが敷き直されたが路線は旧来のまま残され、今となってみては非合理的に回遊しているかのごとく見えるケースもあるだろう。分かっている、冷静になれば。それでも楽しくてならなかった。俺はこのバスに翻弄されている。ならばとことん、やってもらおうじゃないか。

子供か、俺は。我ながら突っ込みたくなるが、仕方がない。きっとこうしたバスの旅には冒険をしているような、童心をくすぐるような何かがあるのだろう。結局、最後まで「東墨田一丁目」だの、「平井七丁目」だのといったバス停を経て平井駅前に滑り込んだ。「平井六丁目交番前」なんてバス停まであった。

あぁ、こんな感じだったかな。駅前に降り立ち、周囲を一通り見渡した。確かに駅前のロータリーは、面影が残っているぞ。

事件の現場はあっちだったな。取り敢えず、歩き出した。荒川に向かい、大通りを渡った。確か、この先だった……

歩いてみると様々な記憶が蘇って来、興趣が尽きなかった。そうそう、あそこの住民から得た聞き込みが、後に捜査に大きな影響を及ぼすことになったんだった。逆にあいつの目撃証言はいい加減で、お陰で随分とこっちは無駄足を踏まされることになったんだ。

どこに行ってみても、こうだ。歩いている内に次々と思い出す。あれは、あっちだったかな。いやちょっと待て、こんな感じじゃなかったぞ。あぁそうか、ここの通りは真っ直ぐに敷き直されている。それに沿って新しいマンションも建ち並んだから、街のイメージがこんなに違ってしまっているんだ。

結局、かなり歩き回った。心地よい疲れと共に駅前に戻った。あの頃もこうして帰って来て、ペアを組んでいる署員と居酒屋で一杯やったんだっけ。だが行ってみると、店は変わってしまっていた。まぁそれも仕方ないだろう。これだけ時間が経っているのだ。むしろまだやっている方が、稀なケースと見るべきなのだろう。

駅前のロータリーが一望できる居酒屋を見つけて、入った。まだ新しいが、感じのいい店構えだった。カウンターに着き、生ビールを注文した。最初の一口を勢いよく喉に流し込み、大きく息を吐いた。

カウンターに着いたまま外を眺め遣った。駅前だけあって、人の流れが途切れることはない。引っ切りなしに行き交っている。バス停前に並ぶ列もある。そろそろ帰宅ラッシュに差し掛かろうか、という時刻だ。ここまで電車で帰って来、更に最寄りのバス停までの家路に就く人々。バスが到着すると吸い込まれるように車内に消えて行く。乗車が終わると慌ただしく、バスは動き出して路肩を離れる。それら全ての動きを包み込むように、夕刻の帳が色を深める。

心地よかった。人の営みを眺めながら呑む酒は、最高だった。俺はいい趣味を持った。改めて心から、思った。

そして、バス停のベンチに腰を下ろしている白髪の男に気がついた。

「私と歳はそう変わらないと思うんだよ」あれから何度も平井駅前に通った。事件に所縁の場所を訪ね始めると抑えが利かず、一日や二日ではとても終わらなかったのだ。足の向くままに歩き回り、最後はロータリーを見渡す例の店に入った。そして毎回、あの男を目撃することになった。「いつも同じ停留所で、バスを待っている。同じ時刻、ベンチに腰を下ろして。なのにそれが、妙なんだ」

「平井駅前」を始発とする路線だった。大きな救急病院の方へ向かう。だから昼間は一時間に何本も、便がある。逆に夕方になると本数はぐっと減る。一時間に精々、一本あるかないかになる。

「恐らくその時刻になると病院から駅の方へ帰って来る客を、乗せて来るのがメインなんだろうね。逆に乗せて行くニーズはあまりないんだろうが、まだ駅へ来る客が残っているから病院の方面に戻る。そういう感じなんだ」

このため他の便は客が列を作っており、バスが到着すると続々と乗り込んで行くがそれだけは違う。乗るのは精々、数人くらいだ。だから整然と並んだ列という程のものも、発生しない。数人が団子状に集まっているだけ。どうせこの人数だからバスが来ればちゃんと座れるのだ。列を作って待つ必然性は殆どない。

「だから待っているのはベンチに座る者。立って辺りを眺めている者など様々だ。いずれにせよバスが来ればさっさと乗り込む。乗車が終わればバスは発車する。なのにその男だけは、乗ることがないんだ。バスのドアが閉まってもベンチに座ったままでいる」

「まぁ、乗らないんですか」妻も驚いた表情を見せた。「せっかく、待っていたバスが来たというのに」

「そうなんだ」頷いた。「それも、一度や二度じゃない。私が見る限り毎回、そうなんだ。じっとベンチに座って待っているのに、バスに乗ることはない。バスが発車してしまうと少しして、立ち上がる。どこかへ歩み去ってしまう」

「バスに乗ろうとしたけどまだちょっと早過ぎるので、次の便に乗ることにした、というわけでもなさそうですものね」

「その通り」もう一度、頷いた。「今も言った通りその時刻になると、一時間に一本くらいの発車になる。次の便を待つというのではあまりに長い。それに、毎回だよ。一回だけなら本数のことをよく知らずに失敗した、ということはあるだろうがこう何度も、ではあり得ない。おまけにベンチのところに来る時刻はいつも、発車の十分くらい前なんだ。これは確かめたから、間違いない」

不思議に思ったため居酒屋の店主に確認してみたのだった。あの男、いつもあそこのベンチでバスを待ってるね。外を指し示し、話し掛けてみると主も気づいていたらしい。「ええ、あの人でしょ。私も妙だなと思ってたんですよねぇ。いつもああして、バスを待っている。なのに一度も、乗ることはない」

「他の時刻に来ることはないの」

「ええ。この時刻だけなんです。私も気になってちょくちょく、外を覗いて見てたんで間違いありません。来るのはいつもこの時刻。発車の十分前くらい。それでじっと待っていて、バスが出て行ったら立ち去る」

主の説明を、そのまま妻に伝えた。やっぱり誰が見ても、不審に思ってしまうんだよとつけ加えた。

「何か、思い出でもあるんでしょうかそのバスに」妻が言った。「それも特定の、その時刻に。だから思い出に浸るために毎日、やって来る」

「まぁなぁ」妻の作ってくれた小松菜（こまつな）のお浸しを口に入れた。外で食べて来たため、これくらいのつまみで丁度いいのだ。それにさすが、彼女だった。ちょっとしたお浸しなのに味の深みが違う。口の中でほんわりと、香りが広がる。お陰でいくらでも、酒が進んだ。これも、外で呑んで来たにも拘（かか）わらず。「私も結局、思いつけたのはそれくらいだなぁ」

「それとも、あなた」言い掛けてから口を噤（つぐ）んだ、一瞬。「これは、嫌なお話かも知れませんけれど」

「あぁ、いや」何を言いたいのか直ぐに察して、否定した。男は認知症、所謂（いわゆる）ボケてそんな行動を採っているのではないのか、というのだ。「それはない。距離はあったが眼が見えたからね。あれは、意志のある者の眼光だった。認知症ではあの光はあり得ない」

「あなたが仰(おっしゃ)るのですものね。間違いはありませんわね」またも一瞬、口を噤(つぐ)んだ。

「それじゃぁその人が待っているのは、バスではなくて人なのかも。バスから降りて来る人を待って毎日、そこに通っているのかも知れませんわ」

「あぁ」盲点だった。つまりは主の帰りを待ちわびる、忠犬ハチ公のようなイメージというわけか。成程そいつはあり得るな。思わず膝を打ちそうになって、あぁいやいやと首を振った。「一瞬それだ、と思ったがよく考えてみると、やはり違う。実は降車場は、ロータリーの別の場所にあるんだよ。バスは駅前まで乗って来た客を降車場で降ろした後、乗り場まで進んで始発の客を乗せる。だから降りて来る客を待つのなら、降車場のところにいる筈なんだ。病院方面から乗って来る客はかなりの数、いるんだからね。降りるとわらわらと駅の方へ向かう。急ぐ人も多い。乗り場のベンチに座っていたのでは、見逃してしまい兼ねない」

せっかくの推理だったのに残念だな。妻に軽い慰めの言葉でも掛けようかと思った。ところが彼女の表情を見て、口が止まった。輝くような笑顔を浮かべていたのだ。

「それじゃぁあなた、きっとこうですわよ。その駅の近くに何か、小学校でもありませんこと」

次の日も「平井駅前」に行った。例の時刻、居酒屋で待っていると例の男が現われたので勘定を払って店を出た。

「済みません」歩み寄って、声を掛けた。「不躾のようですが、もしかして、貴方」

結局、妻の推理が何も彼も正しかったことが判明した。

「お前の読み通りだったよ」帰って来て、報告した。「やはり彼の待っていたのは、小学生だった。女の子だったが、ね。前にはいつもその時刻、そのバス停にやって来ていたというんだ」

男は名を吉住といった。貴方が待っているのは小学生の子供ではありませんか。話し掛けると驚いたような表情を浮かべた。「どうしてそれを」ぽかん、と口が開いた。

吉住は北区王子の地で、不動産屋を経営していた。息子と切り盛りしていたが今年、古稀を迎えたのを機会に引退することにした。正式に店を息子に譲り、第一線から引いた。ところが趣味のようなものだった仕事がなくなると、することがない。人に勧められ、シルバーパスを手に入れた。路線バスにあちこち乗って楽しむようになった。私とは似た者どうしだったわけだ。ただし彼の方が先に始めていたお陰で年季が入っており、知識も豊富に蓄積されていたが。

所縁(ゆかり)の地に何度も通う、というところまで私と同じだった。仕事柄、都内をあちこち動くことが多かったのだ。平井駅前にも馴染(なじ)みがあり、バスを乗り継いで頻繁に来ていた。

そこで、二人の少女を目撃した。夕刻のバス停だった。とても仲良さそうに、楽しく笑い合いながら並んでベンチに座りバスを待っていた。

バスが来ると、一人が乗り込む。もう一人は外に残ったまま、発車して行くバスに手を振る。ばいば～い。気をつけてね、また明日～。車の後ろ姿が見えなくなるまで手を振って、自分は歩いて立ち去る。とても微笑(ほほえ)ましい光景について、頬が弛んだ。平井駅前に同じ時刻、来るたびに同じ光景を目にした。

ところがある日のことだった。いつものように一人はバスに乗り、一人は見送ってから歩き去った。なのにバス停のベンチに、人形が残されていたのだ。歩き去る方の子のランドセルに、ストラップで提(さ)げられていた人形だった。とても大切なものらしく、バスを待っている間もよくストラップから外し、友達と撫(な)でている様子を何度も見ていた。

それを、置き忘れてしまったのだ。これは可哀想に。吉住は人形を手に取った。幸い俺は明日もここに来る。その時、渡してあげればいい。

ところが翌日、待ってみたのだが少女達は現われない。渡すことは叶(かな)わずに終わってしまった。

何かあったのかな。ともあれ次の日は、会うことができるだろう。少女の一方はどう見ても、あのバスで通っていた。時刻的にあれは、家路に就いているところだったと見て間違いはない。

もう一人もどう見ても、友達を見送りに来ていた。バスの来る時刻まで一緒に過ごし、見送ってから自分の家に歩いて帰る。毎日そうしていたのだと見てこれも間違いはない筈だった。

だから今日は何かあったにしても、次の日に来てみればきっと会えるに違いない。何も二人一緒に、でなくても別にいいのだ。どちらか一人にでも会うことができれば、目的は果たせる。人形を手渡すことができる。

ところが次の日も、また次の日も少女達は現われなかった。いったいどうしたというのだろう。途方に暮れたが今更、止めるわけにもいかなかった。

交番に届け出ることも考えたが、思い留まった。二人の少女の姿形を、克明に説明する自信がなかったのだ。それに届け出るのなら何故、初日じゃなかったのかと尋ねられても上手く答えられない。そもそも人形などを持って警官に話し掛けるのも何だか気恥ずかしかった。

お巡りさんは忙しいんだ、と自分に言い聞かせた。こんな用事で煩わせるわけにはいかない。幸いこっちは、時間がいくらでも自由になる身じゃないか。バスを乗り継いであちこち旅し、この時刻だけは見計らってここに来てみればいい。かくして吉住は毎日、この時刻にバス停に来て待っていたというわけだった。

「そうでしたか」説明を聞き終えて、私は頷いた。柔和な笑みが浮かんでいるのが自分でもよく分かった。「その子達は時刻的に、学校の学童保育に参加していたのでしょう。両親が共働きで授業が終わっても、家で留守番しなければならない子供などに学校施設を開放している、あれです。だからこの近くの小学校に行って事情を打ち明ければ、その子達がどうなったかきっと分かる筈ですよ」

「しかし」吉住は戸惑いを露わにした。「私達のような見ず知らずの男が、ふいに現われたのでは学校側としても警戒するのではないでしょうか。今では個人情報やらに関しても、うるさくなっていることですし。警戒されたままではどうしても、あの子達がどうなったのか教えてもらえないのではないでしょうか」

「大丈夫」更に笑みを深くした。「私にお任せ下さい」

まずは駅前の交番に行った。民間人の吉住なら気恥ずかしさを覚えても、私にすれば勝手知ったる昔の職場の一部である。この辺りが学区になっている小学校はどこか。尋ねると、直ちに情報が得られた。

「実は」元は自分も警視庁に籍を置いていた。打ち明けると警官も、途端に腹を割って笑みを浮かべた。事情を説明するとそれなら事前に一報、こちらから学校側に連絡を入れておきましょうと請け負ってくれた。

交番から一報が行っていたお陰もあったのだろう。学校も、訪ねてみると温かく迎え入れてくれた。こういう時、元刑事という肩書きは大いに役立つ。やはり信用が違う。十年が経っていてもその効能はまだまだ、確固たるものがあった。こうして事情を全て把握することができた。

少女は二人とも思った通り、ここの学童保育に登録していた。実は江戸川（えどがわ）区では「すくすくスクール」と称し、全国的にも先進的な放課後クラブ制を採っているらしい。希望してもキャパ的になかなか受け入れられない自治体も多い中、希望者「全入」を原則とし、年齢や人数による制限は一切ないらしい。このシステムは、全国から視察に来られるくらい評判になっているんですよ。担当のスクールマネージャーが自慢気に胸を張った。

ともあれ繰り返すが少女達は、ここの学童保育を利用していた。真由香（まゆか）ちゃんと満寿美（ますみ）ちゃん。二人とも元は、学区内に家があったのだ。とても仲がよくいつも一緒に遊んでました。微笑ましいくらいでしたよ、とマネージャーは語った。

ところが真由香ちゃんの方が、親の都合で引っ越した。ただし学校だけは、友達が誰もいないところへ行くのは嫌だという。親も確かに可哀想だと頷き、暫くは変わらずここへ通い続けることになった。バス通学が始まった。

満寿美ちゃんも真由香ちゃんを見送るのに、学童保育が終わると一緒にバス停まで行くようになった。バスが発車し後ろ姿が見えなくなって初めて、家路に就いた。吉住が目撃していたのはその光景だったのだ。

しかしやはり小さい子供にいつまでも、バス通学をさせるのは酷だということで結局、真由香ちゃんは転校することが決まった。いつまでも遠くの学校に通っていると地元に友達が出来ない、と親が危惧した面もあるという。私がかつて大塚駅行きのバスで、少年を見掛けて抱いた懸念は的外れではなかったわけだ。かくして残された満寿美ちゃんは、もうバス停へ行くこともなくなった。真っ直ぐ家路に就くようになった。不幸なことに真由香ちゃんを見送る最後の日に、バス停に人形を置き忘れてしまって。

「そうだったのですか」人形のことを伝えるとマネージャーは、大きく頷いた。「本当にご親切なことで。それじゃ、どうしましょう。明日も満寿美ちゃんは、ここに来ます。私が人形を預かれば、手渡すこともできますが」

「いえ」吉住は首を振った。「我が儘かも知れませんが、お節介ついでです。できれば私の手で直接、あの子に渡してあげたいのですが」

「それは、もう。またご足労いただくことになりますが、それでよろしければ、是非」

　私も同席させてもらうことにしたのは、言うまでもない。

　翌日、吉住と共に小学校を再訪した。「これ、忘れ物だよ」人形を直接、満寿美ちゃんに手渡した。

「わぁ」満寿美ちゃんは人形をぎゅっと抱き締めた。愛(いと)おしそうに頬擦りした。

「よかったぁ。間に合って、よかったぁ」

　実は今度の日曜日、母親と一緒に真由香ちゃんの家を訪ねて行くことになっていた、という。久しぶりにまた仲良しに会える。なのにこの人形をなくしたままでは、喜びも半減だ。何とか人形が返って来ますように。満寿美ちゃんはここのところ、ずっと神様にお願いしていたというのだった。

「神様だ。神様があたしのお願い、聞いてくれたんだ」

　キラキラと輝く少女の瞳を見て、本当によかったと心の底から思った。ちらりと横を盗み見ると吉住の目尻には、うっすらと涙が滲(にじ)んでいた。

「そうでしたか」報告を聞き終えて妻は、大きく頷いた。「それは、よいことをなさいましたわね」

「ただ一つ、お前に尋ねたいことがある」私は言った。「どうして分かったんだ。

彼が待っていたのはバスではなく、子供だったのだ、と」

「だから、発想の転換ですわよ」何てことない、と言わんばかりに妻は軽く手を振った。「その方が待っているのはバスに乗って駅へ来る人なのではないか、とあなたに訊いてみましたわよね。でも降車場は別にあるから、それはないと否定された。ならば待っているのは乗って来る人じゃなく、これから乗る人なんじゃないか、と頭を切り替えたわけなんです」

「しかしこれから乗る客と言ったって、子供とは限るまい。夕刻なんだ。会社が終わって帰宅する人も多い。なのに何故、小学生と特定できた」

「そこなんです。会社帰りの人かも、とは私も始めは思いましたわ。でもお勤め帰りなら、時刻にも幅がある筈でしょう。残業だってあるし、仕事仲間と宴会をしたりもするわけなんですから。なのにその方は、必ずその時刻と分かって待っている。それで学童保育かも、と思いついたわけなんですの。あれだったら、帰る時刻が一定になるでしょう。駅の近くに小学校はありますか、とあなたに尋ねてみて、あるというお答えだったのでそれじゃあきっとそうだ、と見当をつけたわけですわ」

「いやはや」見事な推理だ、と感心するしかなかった。「いつも推理小説を読んでると、そういう能力まで身につくものなのかね」

「まさか、それはありませんわ」妻は薄く笑って手を振った。「ただ他愛もない女の勘がたまたま、当たったというだけでしょう」

　しかしいくら謙遜してみせようが、見事だったことに変わりはない。いやはや。胸の中で繰り返した。脳裡には、吉住の顔が浮かんでいた。

「どうして分かったんです」実は既に私は、彼から感嘆の目を向けられていたのだ。「私の待っているのがバスではなく、小学生だった、って。いやいや、さすがは元刑事さんですなぁ。私みたいな素人からすれば最早、超能力にしか見えませんよ」

　実際に推理したのは妻だ。しかし打ち明ける機を逸してしまった。頻りに感心されたまま、吉住とは別れた。

　いつ本当のことを打ち明けようか。どういう風に切り出せばいいだろうか。逡巡は尽きなかった。吉住とは今後、一緒にバスの旅を楽しもうという話になっている。これから共に時間を過ごす機会が多くなる。そうした中でいつ、真相に気づかれないとも限らない。ならば早目に話してしまった方が、傷も浅くて済むだろう。しかしならばいつ、どうやって……

　迷うばかりだった。どのバスに乗ればいいのか。最初に戸惑っていた時より、ずっと。

第二章　母子の狐

「いやぁこれは美味いなぁ」吉住が舌鼓を打った。「こんなに美味しいブリの照焼き、生まれて初めてですよ」

「まぁ、お上手ですこと」妻が口に手を当てて微笑んだ。「私のようなお馬鹿さんは、直ぐにその気になっちゃいますから。あんまり煽てないで下さいな」

「いやいや、お世辞なんかじゃ全然ないですよ」吉住は首と手とを同時に振った。

「魚の身が口の中で、ほろっと崩れる。その感触が堪らない。味付けも絶妙ですなあ。醤油の甘辛さが舌に残る。味醂の香りが鼻に抜ける。いやいや、堪らない」

「お気に召しましたか」私は言った。吉住が社交辞令で言っているのではないのは、見れば分かる。妻の料理が絶賛されるというのは夫としても、満更でもないものだった。「無理を言って拙宅なんぞにご招待した、甲斐も少しはありましたかな」

「少しは、なんてものじゃないですよ」またも首と手を振った。「ウチのはちょっとは料理ができますから、よかったらなんてお誘い頂きましたが。いやはや、降参です。こんな料理、そんじょそこらの料亭に行ったって味わえるモンじゃありませんよ。またこのブリの、見た目の綺麗さはどうですか。つやつやと輝いてる。箸を入れるのが勿体無いくらいですよ」

「さぁさぁお婆ちゃんをからかうのはそれくらいにして下さいませ」妻が厨房へ戻りながら言った。「まだ後いくつか、作っているものがあります。どうぞ、ごゆっくり」

妻の後ろ姿が厨房に消えると、吉住は私を向いた。「いやぁ貴方、幸せ者ですなぁ。こんなに美味い手料理を毎日、味わえるなんて。男冥利に尽きるというものじゃないですか。私だったらこんな料理が家で待っているなら、外食なんて一切しませんな。バスにだって乗りはしない。一日中、家に留まりますよ」

「いやぁ、ははは」

長年、勤めた警視庁を定年退職して、十年。趣味というものもなく日がな一日、手持ち無沙汰でいた私も漸く楽しみを見つけた。東京都シルバーパスを使って行き先も決めず、バスであちこち回るという趣味だった。刑事として都内を歩き回った思い出が、徘徊の中で蘇って来る。事件の現場となった場所を再訪するということもよくやった。始めてみると予想外に面白く、止められなくなった。何をしてよいかも分からず一日中、家に閉じ籠っていた日々が嘘のよう。今では毎日のように外出していた。そこのところを吉住は、からかって言ったのだった。

　彼もまた私と同様、バスであちこち回るのを趣味としていた。そうする中で、出会った。今では一緒にどこかへ出掛けたりもする仲となっていた。ふらりと立ち寄った居酒屋で酒を酌み交わすことも、しばしばだった。

　ところが入ってみると「外れ」という店だってある。先日がそうだった。外観がいい感じだったので暖簾を潜ったのだが、まず店員の態度が悪い。口の利き方がぞんざいで、いかにも客を見下ろしている。おまけに料理が酷かった。焼き魚など醤油を利かせ過ぎて、しょっぱいくらいだった。

「いやはや、失敗でしたな」吉住が声を潜めて、言った。「外から見た感じでは、いいんじゃないかと思ったんですが」

「いや、面目ない」私は苦笑いを浮かべて小さく頭を下げた。「ここはよさそうじゃないかと言い出したのは、こっちでしたから」

「いえいえ。私だって賛成したんですから、同罪ですよ」

「しかし確かに、この料理は酷い。店員の態度が悪くても美味いものを喰わすのなら、まだしょうがないかと諦めもつきますが。これじゃ話にもならない。実はウチのはちょっと、料理をやりますが。確かにこれよりは遥かに美味いものを、喰わせてくれますよ」

「ははぁ。そう言えば奥さん、料理教室もされてるって話を前に伺いましたな」

「まぁ教室と言ったって、近所の奥様方が料理を持ち寄ってべちゃべちゃ喋っているのが実態らしいですが」そこで思いつき、ポンと手を叩いた。「そうだ。よかったら今度、ウチへ来られませんか。こんな店に誘ってしまったお詫び代わりだ。女房に一つ、腕を振るわせますよ。それで今日の私の罪は、どうかご勘弁ということで」

「あぁそりゃいいなぁ。じゃぁ一つ、お言葉に甘えますか」

「えぇ、どうぞどうぞ」

かくして今日のこの席になった、という次第であった。


いくつか料理を食べると結構、腹もくちくなった。この歳になるとどうしても、食が細くなって困る。いや、困るということはないのだが昔の調子で、あれこれ注文してしまって食べ切れないことはよくあった。今夜は店ではないので残り物は後日、頂けばよいだけではあるが満腹になると、酒の入る余地もなくなってしまう。だから妻にもう暫く、呑んでいたいから後は軽いつまみのようなものにしてくれと頼んだ。丁度、卵焼きが出来るところだというのでそんな辺りでいいと応えた。

ところがこの卵焼きがまた、吉住のお気に召したようだった。

「いやぁ、これは美味い」感嘆の吐息を漏らした。「この甘さが丁度いい。しつこくなく、上品で。これは砂糖がいいんでしょうか。それともダシが利いているから、こんな味わいになるんでしょうか」

「ダシは確かに、大切です。ウチでは鰹節と昆布に加えて、煮干しも入れます」妻は答えて言った。「ただそれよりお砂糖と共に、お塩を一つまみ入れるのがコツなんです。お塩を加えると甘さが引き立つんですよね。お砂糖を増やすより、上品な甘さになります」

「ははぁ、成程」吉住は頻りに感心していた。「ここの料理教室、ウチのも通わせようかな。いやしかし、ウチのじゃどんなに来たところで駄目だろうな。ズボラが服を着てるような女ですんで。とてもこんなふわふわの食感に仕上げることなんて、できそうにない」

「まぁ、そんな」

「いえいえ、本当ですよ。しかし実際、これは美味い。我が家の近くにも有名な卵焼き屋がありますが。それに匹敵する味と私が請け合います」

「吉住さんのお住まいは確か、王子と伺いましたわよね」

「はぁ、そうです」彼は北区王子の地で不動産屋を営んでいたが、店を息子に譲ったため引退後の趣味として、路線バス放浪を始めたのだった。

「それじゃぁ有名な卵焼き屋さんってもしかして、『扇屋』さんのこと」

「ご存知でしたか」

「それは、もう。江戸時代から続く老舗ですもの。でもそれじゃ、いくら何でも煽て過ぎですわ。お馬鹿なお婆ちゃんでも、持ち上げられたんだって分かっちゃいます」

「そんなことはありません、って」

「でも、お前」私は笑いながら口を挟んだ。「王子の卵焼き屋までよく知ってるね」

「だってそれはそれは、有名なお店なんですよ。落語の『王子の狐』にも出て来る」

「いやいやそちらまでご存知でしたか」吉住が掌で自らの額をぴしゃりとやった。

「これはもう完全に、お手上げです。素晴らしい料理の数々と言い。本日は奥様に一本どころか、何本もとられっ放しです」

「まぁ、本当にお上手な方」

成程、聞いていて吉住は褒め上手だと私も思った。こんな風に持ち上げられれば誰だって悪い気はしない。ついつい奮発しようという気分にもなってしまうだろう。

一方、そう言えば私はあまり、妻を褒めた覚えがない。いつもあぁとかおぅとかぶっきらぼうに応じてばかりだ。そのことを暗に、責められたような気がした。あなたももうちょっと私を褒めて下さいな。今の一言に本音が込められていたように感じた。

実際はそんなことを言うような妻ではない。分かっている。それでもそう感じたのは恐らく、罪悪感が潜在的にあったからだろう。いつも胸の奥で妻に悪いなと思っているからこそ、被害妄想に囚われもするのだろう。

「落語に実在の店が出て来るのかぃ」だから半ば強引に、話題を転じた。「それは、どんな話」

「王子に来られたことはないですか」

吉住が訊いて来たので、首を振った。厳密にはバスを乗り継ぐ中で、通過はした。王子は路線バスの一大ターミナルである。あちこち乗っていればいつかは必ず、通ることになる。実際に彼の地で乗り換えたことも一度ならず、あった。が、それだけだった。周囲を散策したりしたことは、なかったのだ。

「今のところまだ、乗り換えまでです。幸か不幸かあそこには、捜査で行ったこともなかったですなぁ」

「それじゃ土地の者としては、幸いと捉えるべきですかな」吉住は言った。「貴方が捜査で来られなかったということはウチの近くでは、物騒な事件が起きなかった

というこ とになりますから」

厳密に言えば、ちょっと違う。私の所属していた本部（警視庁）刑事部捜査一課は大所帯だ。殺人事件を担当する第二から第五の強行犯捜査の中が更に、第1から第9の係に分かれている。特別捜査本部が置かれるような殺人事件が起こると原則として、係ごとに現場を管轄する署に出向くのだ。だから事件が発生したとしても自分の係の順番でなければ、捜査を担当することはない。つまり私が行っていないからと言って、王子で事件が起こらなかったとは限らない。単に自分の係に回って来なかっただけ、だったかも知れないのだ。

勿論そんなこと、指摘したところで仕方がない。私はただ曖昧に笑うに留めておいた。

「王子には王子稲荷という有名な神社があります」吉住は言った。「江戸時代には『関東八州の稲荷の総社』とされた程の由緒あるお宮なんですよ」

「その話も落語『王子の狐』で出て来ますわよね」妻が言った。「マクラで、装束稲荷の話題なんかと一緒に」

「いやはや、本当に落語通の奥様だ」

マクラというのは落語の語り始め、本筋に入る前にいくつか振る関連の話題のことらしかった。その程度の知識が辛うじてあるだけの私からすれば、無知を曝け出す余計な質問もなかなか口にし辛(づら)かった。

「確か大晦日(おおみそか)になると関東一円の狐が、そのお稲荷さんで装束を整えてから王子稲荷に初詣した、とか。だからその社名になってるんでしたよね」

「境内(けいだい)の榎(えのき)の下で狐達が装束を整えた、ということになってます」妻に頷(うなず)いて、吉住は言った。「安藤広重(あんどうひろしげ)の浮世絵の題材にもなってるくらい、当時としては有名な話だったらしいですね。王子稲荷に向かう狐火(きつねび)の様子を遠くから見て、翌年の農作物の吉凶を占ったなんて話もあります。今ではその伝説にちなんで、狐の格好をした人間が同じように参詣(さんけい)する『狐の行列』が大晦日に行われてますよ」

「とても基本的な質問でちょっと恥ずかしいんですけど」前置きをしてから、妻は尋ねた。「稲荷神社ではどこも、狛犬(こまいぬ)の代わりに狐が参道の両脇にいますよね。狐って、お稲荷さんの神様じゃありませんの」実は私も同じ疑問を抱いていたので、彼女が代わりに訊いてくれたのはとても有難かった。

「正確にはちょっと違います」吉住が答えて言った。「神の使いとして人間との橋渡しをする動物なんです。『神使(しんし)』とか、『眷族(けんぞく)』とか言ったりしますね」

こうした『神使』には稲荷における狐の他に春日(かすが)大社の鹿、日吉(ひよし)大社の猿に熊野(くまの)三山の烏(からす)など色々といるそうだった。

「そもそも神様だったら参道の脇にはいませんよ。本殿の奥にでんと鎮座されてる筈(はず)なんでして」

「あぁそうか、言われてみればその通りですね」それじゃぁ恥掻(はじか)きついでに、と妻は質問を重ねた。「狛犬って『あ』と『うん』がいますよね。あれ、どっちが雄でどっちが雌なんですの」

「厳密には知らないんですが」と前置きして吉住は答えた。「大抵は神殿に向かって右側が『あ』、左が『うん』という場合が多いようですね。それで『あ』が雄で、『うん』が雌、と。狛犬には子供を連れたものもよく見掛けるんですが、言われてみれば左側の『うん』の方が、子供を伴っているケースが多いように思います」

「へぇぇ」

ふと、気がついた。妻はもしかして稲荷と狐の関係などとうに知った上で、敢(あ)えて惚(とぼ)けて質問したのではなかろうか。私に恥を掻かせないように。それくらいの気遣い、いつもさり気なくするような女性なのだ。またそれくらいの知識、最初からあったとしても不思議ではないのだ、彼女なら。

真偽は分からない。ただお陰で、私としても質問し易(やす)くなったのは確かだった。それでそもそも、『王子の狐』とはどんなお話なのか。改めて尋ねると吉住が説明してくれた。

舞台は江戸時代の王子、主人公は経師屋(きょうじや)の由(よし)さん。彼は王子稲荷に参詣し、帰ろうとして狐が美女に化けるところを目撃してしまう。見られていたとは気づいていない狐は、化かしてやろうと由さんを誘う。素知らぬ顔をしてついて行く由さん。件の『扇屋』に入って散々呑み喰いし、逆に狐を酔っ払わせた。寝入った狐を店に置いて「勘定はこいつからとってくれ」と帰ってしまう。

「今では『扇屋』は持ち帰り専門になってしまいましたが」吉住が途中で解説をつけ加えた。「ちょっと前までは店内で飲食もできたんですよ。それは江戸時代からそうだった、ということなんでしょうなぁ」

「しかしそれにしても」私は感心して言った。「普通のお話では人間が狐に化かされるのが常なんだろうけども。逆にこっちが狐を引っ掛けるというのは、面白いですね」

さて店員から起こされた狐は、勘定書を突きつけられビックリ仰天。うっかり元の姿に戻ってしまう。「あっこいつ狐だ」店員から追い回され、命からがら何とか巣穴に逃げ帰った。「あぁ酷い目に遭った」人間がいかに油断のならない生き物か、子狐に懇々と諭した。

一方の由さん、友達にこの話をすると「狐はお稲荷さんの使い姫だ。悪さをすると祟りがあるぞ」と脅される。すっかり震え上がった由さんは、手土産をぶら提げ再び王子稲荷に行ってみる。

ここの辺りまで聞いてやはり、妻は稲荷と狐の意味を知っていたのだと確信した。ストーリーを聞く上でこの知識があった方が話が早かろう、と事前に教えるべく敢えて質問してくれたのだ。やっぱりそういう女性だったのだ、と胸の中で頷いた。

　さてさて以前、狐の変身を目撃した辺りまで由さんが行ってみると子狐がひょっこり巣穴から出て来た。「実はこないだ、お母さんに悪さしてしまった人間だ」由さんは子狐に土産を手渡した。「お詫びにこれを持って来たから、お母さんに渡してくれ。くれぐれも済まなかったと人間が言っていた、と伝えてくれ」

　巣穴に戻った子狐は母親に伝えた。「まぁ、あの酷い奴が、かい。どういう風の吹き回しだろう」母狐は訝る。子狐は手土産を開けた。「あっ牡丹餅だっ」歓声を上げる。しかし母狐は「あっ食べるんじゃないよっ」と慌てて制した。「馬の糞かも知れないから」

　思わず吹き出した。「いやぁ愉快な噺ですなぁ」率直な感想を漏らした。「人間と狐の立場が完全に逆転だ」

「そうそう。それがこの噺のミソなわけでして」

「落語ってこんなに面白いものだったんですね」

　一度、妻と寄席に行ってみるというのも悪くないかも知れないぞ。ふと思いついた。ここのところ、バスであちこち動き回っていると言ってもいつも私一人だ。いや、吉住と同行することはあるが妻と、ということはない。一緒にどこかへ出掛けてみるというのも一興かも知れないな、と感じた。ならば今、興味を抱いた落語を聞きに行くのはありかも知れないではないか。

「確か他にも、狐が題名になった落語がありましたわよね」私の内心を読んだかのように、妻が言った。いやいや彼女のことだ。本当に読んだのかも知れない。

「『今戸(いまど)の狐』ですかな」吉住が言った。「しかしあれは正確に言うと動物の狐ではなく、今戸焼きの方でして。おまけに博打(ばくち)の『キツネ』(江戸時代のサイコロ賭博)と間違えられてしまうお話で」

「そうそう。そうでしたね」

今戸焼きは浅草から歩いても程ない地、今戸やその周辺で作られていた素焼きの陶磁器だ。日用雑器や茶道具、土人形や瓦などが焼かれていたという。

『今戸の狐』は落語家が主人公。内職に今戸焼きも作ったが元々が器用だったため、評判になる。その話を耳にした遊び人が博打のキツネと勘違いして……という内容らしい。他にも当時の隠語がふんだんに使われ、それが一々聞き間違えられて誤解が誤解を呼ぶ。どうも当時、実際にあった話が元になっているようだと吉住は説明した。現に主人公の落語家やその師匠は実在の人物という。

それにしても本当に彼、落語に詳しそうだ。無趣味だったため仕事を辞めると何をしていいか分からず、バスの旅に出会うまでは無聊続きだったと語ったが案外、謙遜だったのではないか。あれは私に合わせて言ってくれただけだったのではないか、と訝った。

「今戸と言えば」だから、話題を振った。二人の知識に翻弄されてばかりだったのだ。ここらで一つ、こちらからも蘊蓄を持ち出さないと格好がつかない。「招き猫の発祥の地だという説があるらしいね」

「へぇ」これには吉住も虚を突かれたらしかった。「招き猫の発祥は世田谷の豪徳寺じゃなかったんですか」

「私もそう聞いていました」頷いた。「でも先日、バスでふらりとあの辺りに行ってみたんです。今戸神社に立ち寄ってみたら、説明板がありまして」

豪徳寺の招き猫伝説は、ここを菩提寺とした彦根藩主、井伊家に由来する。井伊直孝が門前を通り掛かった時、境内の猫から手招きをされた。それで門内に入ると俄に空は掻き曇り、雷雨となった。猫のお陰で天災を避けることができた、と喜んで以降、縁起物として招き猫が名物になったというものである。

「今戸の方は大名などじゃなく、主人公は貧しいお婆ちゃんだ」私は言った。「猫を飼っていたがあまりに貧乏で餌もやれず、泣く泣く手放した。すると夢枕にその猫が現われ、『自分の姿を人形にしたら福徳が授かる』と告げられた。そこで今戸焼きで猫の人形を作ると大層な評判になり、お告げ通り裕福になることができた、というわけです」

「ははぁ」吉住は感心の息を漏らした。「豪徳寺と違って今戸には、元々から焼き物の伝統があったわけですからなぁ。こりゃこっちの方を信じたくもなりますなぁ」

「それにしてもあなた、やっぱり旅って面白いですわね」妻が微笑んだ。「色んなものに出会える。思ってもみなかった知識も得られる。現にその、招き猫の伝説なんかも。あなたが今戸にふらりと行ってみなければ、知らず終(じま)いだったかも知れないんですものね。それは吉住さんも、私も」

「いい趣味に出会えた、と心から感謝しているよ」私は言った。「そもそもはお前が、勧めてくれたお陰だ」

「えー、おほん」吉住の咳払(せきばら)いで我に返った。ちょっと酔いが回り始めていたらしい。確かに今の会話、第三者の前で交わせばのろけと受け取られても仕方がない。

「それで、話を王子の方に戻しますが」一息、ついて続けた。「実は最近、地元でちょっとした話題になっていることがあるんですよ。さっきの、子連れの狛犬にも通じるような話なんですが……」

錦糸町から大塚駅行きの路線バスで上野に出、早稲田方面行きに乗り換えた。早稲田大学の正門前まで歩き、渋谷行きに乗った。途中の「四谷三丁目」で降り、品川行きに乗り換えた。「青山斎場」のバス停で降りた。

ここのところあちこち乗り回っているお陰で、こうした乗り継ぎもスムーズにやれるようになっていた。確固たる目的地があれば事前に少々調べただけで、ちゃんと辿り着くことができる。

ただし青山霊園の中に入るとそういうわけにはいかなかった。久しぶりに来てみたがとにかく広い。見当をつけて歩いているだけでは、あっという間に迷ってしまう。自分がどちらを向いているかすら分からなくなる。

仕方なく霊園事務所に行った。地図をもらい、細かく教えてもらったお陰で何とか目的の墓石に辿り着けた。霊園に足を踏み入れてから既にかなりの時間が経過していた。バスを乗り継いでいた時間の方がずっと短く感じられた。

大きな通りに囲まれた霊園なのに、中に入ると車の走行音は殆ど気にならない。ここが車道から見れば、ずっと奥に位置するからだろうか。ただし私には、自分が霊園内のどの場所に今いるのか全く分かっていない。事務所の人に地図で示してもらったルートを、正確に辿って来ただけだ。

墓石に水を掛け、目を閉じて手を合わせた。風が木の葉を揺らす音が耳に心地よかった。遠くから蟬（せみ）の鳴き声も聞こえて来た。蟬時雨（しぐれ）が耳に痛い程の季節になるのは、もうちょっと後のことだ。その時期であればこんなに歩いたのでは体中、汗塗（あせまみ）れになっていたろう。ここまで心穏やかに手を合わすこともできなかったのではないか。

　安らかに眠って下さい。じっと手を合わせたまま、胸の中で語り掛けた。目を開いた時には清々（すがすが）しい気持ちに満たされていた。

　墓参りというのは生き残った者の、自己満足に過ぎないのかも知れない。死んだ者からすればこんなことをしてもらっても、嬉（うれ）しくも何ともないのかも知れない。その前に霊魂があるという考え方そのものすら、欺瞞（ぎまん）に過ぎないのかも。

　それでもいいではないか、と感じた。こうしていると心が洗われる思いになるのは、確かなのだから。生き残った者の特権だ、自己満足くらいさせてもらおうではないか。そして霊魂というものがやはりあるのならば、自分の死を悼（いた）んでくれる行為を少なくとも嫌がることはないだろう。

　水桶を返して霊園を後にした。バス通りに出たが自分がどの位置にいるのか、またも分からなくなった。バス停は右か、左か。見当をつけて歩き出したが今度は上手（うま）くいったようだった。程なく青山斎場のバス停に行き着くことができた。

「新宿（しんじゅく）駅西口」行きに乗った。途中の「四谷三丁目」で乗り換えれば、もと来たルートをそのまま逆戻りすることになる。だが途中下車せず終点まで乗った。新宿に出るのも考えてみれば、久しぶりだったからだ。日本を代表する繁華街を、少しぶらぶらしてみるのも面白いかなと思った。

ところがバスを降り、JR新宿駅西口改札のある地下に降りると途端に後悔した。とにかく人が凄い。まるで波が押し寄せるように、人人人が流れて来る。うかうかしていると飲み込まれてしまいそうだ。どこか知らないところまで押し流されてしまうのでは、などと恐怖に近い感情にすら襲われた。

さすが新宿だ、規模が違う。我が錦糸町も結構な繁華街だし上野だって人込みでは負けていないが、やはり人波のうねりが段違いなのだ。例えば上野のアメ横だっていつ行っても人人人には変わりない。ただし人の流れは基本的に双方向である。通りに沿って行きか帰りか、だけだ。ところがここでは四方八方から人が迫って来る。これでよくぶつからないものだ、と不思議に思ってしまうくらいである。気がつけばどこに押し流されているか分からない、などと感じるのはそのせいなのだろうと思われた。明確な目的があるのならともかく、こんな人込みを縫ってぶらぶらしようという気にはとてもなれないと諦めた。

ふと見ると新宿発のバス路線の中に、王子駅行きがあるのに気がついた。これは面白い。携帯を取り出し、吉住に掛けてみた。

「あぁその路線はなかなか楽しいですよ」さすが、地元発着の路線だけあって彼は何度も利用しているようだった。「結構、長い距離を走るので時間も掛かる。私は今、外出してますが貴方が着く頃には王子に戻っているでしょう。着いたらまた、ご連絡下さい。たまには我が地元で一杯、というのはどうです」

それは是非ぜひ、と誘いに乗って通話を切った。乗り場に上がってみると間もなく発車するところだったので、飛び乗った。

新宿西口のロータリーを出るとバスは青梅街道に出た。そのまま西に向けて走り始めた。新宿警察署を左に見て成子坂を下り、神田川を渡ると上り坂に転じて中野坂上を越えた。

中野警察署の前を通り抜けた。ここも以前、事件の捜査で来たことがある。だから多少、周辺に土地勘もある。いったいどこまで青梅街道を走るのだろう。訝っていると、立体交差になっているところで右折した。環7通りに入った。今度はバスは北上を始めた。

高円寺の辺りで中央本線の高架を潜り、野方では西武新宿線の線路を潜った。鉄路だけではない。早稲田通りに新青梅街道、目白通りと大きな通りとも交差するためそのたび、陸橋が設けられていた。通りを跨いだり線路を潜ったりと、バスは上がったり下がったりを繰り返しながら環7を走り続けた。

「環状7号線」というくらいだ。この通りは東京をぐるりと取り囲むように走っている。だから北上していた道はいつか、東寄りに方向を変えている筈だった。しかし乗っている分にはよく分からない。ただ道沿いに真っ直ぐ走っているという感覚だけである。

今度はいったいいつまで、この通り沿いに行くんだろうな。思っていると、立体交差を潜ったところで漸く右折した。

これまで右折は都合、二回だった。しかもこの通りは環状線だから途中で、九十度近く方向転換している筈。ということはこの路線は、広い一区画をぐるりと取り囲むように走っていることになるな。すると今、南に向かってるということになるのかな。

考えているとバス停の名前が、「王子五丁目」だの「王子四丁目」だのになり出した。これはそろそろ終点に近づいているのだろう。見当をつけると案の定、だった。「間もなく終点『王子駅前』です」と車内アナウンスが流れた。やがてぐるりとUターンするようにしてバスは、王子駅前のロータリーに滑り込んだ。

到着を電話で吉住に告げると、「『北とぴあ』のロビーで待ち合わせましょう」と指示された。王子は乗り換えで何度か来ているが、街を歩くのは初めてである。北とぴあ、なるものもよく分からない。が、指摘されて周囲を見渡してみ、直ぐに分かった。線路脇に立つ一際、高い建物なのでどこからでもよく見えるのだ。多目的ホールや会議室などを備えた、複合文化施設らしかった。

　歩きながら腕時計を見てみて、驚いた。新宿を出て一時間以上が経過している。確かに距離的にはかなりなものがあったのだろう。車中が楽しくてすっかり、時を忘れていたのだった。

　これだけ乗っても都バスなので、二一〇円均一である。もっとも私は乗り放題のシルバーパスなので、関係はないのだが。始発から終点まで乗る人ばかりでは、バスの経営的にとても成り立たないのではないかなどと余計な心配までしてしまった。

「北とぴあ」一階のロビーで待っていると、吉住は直ぐに現われた。「やぁやぁいらっしゃい。どうもどうも」うっすらと汗を掻いていた。そんなに急いで来られなくてもよかったのに、と言うと「せっかく我が陣地に来てもらったんですもの。待たせるわけにはいかないではないですか」と声を出して笑った。

　それに、とつけ加えた。「それに先日、お話しした地元の謎のこともあります。できればあれを解き明かしてもらおうというのですから尚のこと、手厚くお持て成しをしなくては」もう一度、笑い声を上げた。

「いえいえ」手を振った。「地元の皆さんでも悩んでるような謎なんでしょう。私ごときがちょっと覗いたくらいで、解き明かせるとはとても思えませんよ」

「何を仰います。私が毎日バス停に佇んでいた理由を、ズバリと見抜いてしまった貴方ではないですか。それに比べればこれくらいの謎、何てことはない筈ですよ」

「あ、い、いや」彼が以前、平井駅前のバス停に佇んでいた理由を一発で見抜いたのは、妻だ。彼女が見事な推理で解き明かしたのだ。なのにそれを、吉住は私の手柄だと勘違いしているのだった。何とか誤解を解こうとは思っているのだがここまで、上手い機会に巡り会えずにいるままだった。「あれは、その」

「まぁまぁ、いいではないですか。まずはこないだお話ししたような、王子の町の歴史が分かるようぐるりと所縁の地をご案内しますよ。その上で問題の、王子稲荷に行ってみることと致しましょう。楽しみの一杯はその後、ということで。さぁさぁ、行きましょう」

　まずは「北とぴあ」を出、目の前の大通りを渡った。そのまま通りの歩道沿いに、北へ向けて歩き始めた。

　これは私がつい今し方、バスで通って来た道だ。方角的に逆戻りしているような格好だな、と分かった。

　指摘すると、吉住は大きく頷いた。「これは北本通りといいます」彼は言った。

「正式には国道122号線で、日光まで繋がっているんですよ。江戸時代、将軍家が東照宮に参詣する際に通った日光御成街道の跡ですな」

「その頃からやはりここは、交通の要所だったわけですね」納得して私も頷いた。先日の話を思い出して、つけ加えた。「だからこそこの地に、関東一円の狐が集まって来るなどという伝説も出来たんでしょう」

「いや全く、その通りだと私も思います。あぁそこそこ。この角を、右折です」

北本通りから右に折れた。直ぐ左手に、赤い柵で仕切られた小さな社が見えた。装束稲荷神社だった。

関東一円の狐がいったんここに集まり、装束を整えたという伝説にしては小ぢんまりしたお宮だな。内心、思っていると吉住が言った。「案外、小さな神社でしょう」

「あ、いえいえ」心を読まれたみたいでついつい、どきりとした。慌てて話題を逸らした。「やぁここに、説明板がありますな。あぁ成程、伝説について書かれている」

先日の話題にも出て来た、安藤広重の浮世絵も説明板には添えられていた。浮世絵付きの説明板なんて面白いですな。感想を述べると、吉住は全くですなと同意して笑った。

「あそこ」と社殿の左脇を指差した。屋根を見下ろすように木が立っていたが、そのことではないらしかった。「あぁ、この木ではありません。狐達が装束を整えたという榎は、現存していないんですよ。ただ、ほらこれ」

成程。木の根本の辺りに「装束榎」と彫られた石碑が立っていた。「ははぁやっぱり、ここが伝説の地という証拠ですな」

「榎が今はないのが、何とも残念なんですけどね」

「まぁそれは、しょうがないですよ」

社に手を合わせ、北本通りに戻った。吉住が通りの向こうを指差した。「方角的には王子稲荷は、丁度この西側に当たります。今は線路が通っているので、分断されてますが。昔の狐達はこのまま、真っ直ぐ西に向かって王子稲荷に参詣したということなんでしょう。ただせっかくなので、王子の地名の由来となったところにも足を延ばしておきませんか」

「えっ、王子の地名の元は、その稲荷神社ではなかったのですか」

「ええ、実は」

駅まで戻った。線路を潜って反対側に出た。

「ほらここ」ビルの一階に、お持ち帰りの卵焼きを売っている窓口があった。落語にも出て来るという老舗『扇屋』だった。「以前はこの建物の二階で、食事もできたんですけどね。今はこうして、持ち帰り専門だけになってしまいました」

少し進むと、川沿いに水遊びもできるような親水公園が整備してあった。木々が生い茂り水車が回っており、もっと暑い季節になれば涼を求めて多くの住民が集まって来るのだろうなと思われた。

「音無川です。石神井川の旧流路を整備して、公園にしてあるんですよ」

　頭上を大きく跨ぐ橋があり、その根本へと繋がる階段が設けられていた。上がると、車通りに出た。橋の反対側には路面にレールが敷かれており、二両連結の電車が音を響かせながら走り抜けて行った。東京に唯一、残る都電荒川線だった。

「さぁ、ここです」大通りに面して大きな鳥居が聳えていた。潜ると立派な社殿が見えて来た。王子神社だった。「ここと王子稲荷をごっちゃにしてる人もいるんですけどね。こっちは稲荷神ではなく、熊野から勧進されたお宮なんです。紀州の熊野三社から王子大神を迎え、『若一王子宮』として祀ったのが今の地名に繋がっているのですよ。さっきの音無川も熊野川の支流からとった名前で、全体は石神井川なのにここだけそう呼ぶのも、彼の地にちなんでいるわけです」

　だからそれ以前、王子稲荷は「岸稲荷」と称していたらしい、と吉住は説明した。今でも確かに当社の周りは、住所的には北区岸町になるそうだ。

　王子神社に手を合わせると、境内を回り込むようにして坂道を下った。先にＪＲの高架が見えて来たところで、左に折れた。線路とほぼ平行して走る道のようだった。

と、左手に幼稚園が見えて来た。「いなり幼稚園」と表示があった。

「ははぁ、成程。ここですな」

「えぇ。ここは王子稲荷に付属する幼稚園なんです」

幼稚園の敷地の先に、神門（しんもん）があった。王子稲荷の参道だった。潜ると鳥居があり、階段に続いていた。鳥居の両足下に狐の像があった。稲荷神社にはお決まりの、狛犬の代わりというわけだ。どちらも首に赤い前掛けを付けていた。

「ははぁ、しかし」私は言った。「これでは、ありませんね」

「えぇ」吉住は頷いた。「これではありません。地元で噂（うわさ）になっているという例の狐は表参道ではなく、脇参道の方にいます。ただまぁ先に、お参りを済ませてしまいましょう。その後、ご案内しますよ」

　階段を上がった上にも鳥居があり、両側に狐がいた。同じように赤い前掛けをしていた。ただし先程の言葉通り、この狐も違う。

「狛犬もありますね」指摘して、言った。「稲荷神社に狛犬というのは、珍しいのではないですか」

「あぁ本当ですね」吉住が同意した。「いつも見ているのであまり、意識してなかったのですが。言われてみればその通りですね。狐と狛犬が同じ参道に並んでいるというのは、あまりないのかも」

鳥居の先に立派な拝殿があった。賽銭を入れ、鈴を鳴らして手を合わせた。

ちょっとこっちにも寄ってみようと誘われて、拝殿の、向かって右側に回り込んだ。本殿の背後は崖のように切り立っており、階段が設けられていた。

上ると右手の細い参道に朱塗りの鳥居が並んでおり、先に摂社などがあった。中でも「願掛けの石」とされるものが興味深かった。人間の頭より一回り大きいくらいの石が、社の中で座布団に鎮座しているのだ。

「これを持ち上げてみて、思ったよりも軽く感じたら願い事が叶い易く、逆だったらなかなか叶わないからもうちょっと頑張れ、という意味らしいです」

「それで吉住さん、持ち上げてみたことはおありですか」

いやいや、と手を振った。「無理をして腰でも痛めたら、笑い話にもなりませんから」

「しかしこれからいよいよ、謎に挑もうという局面ではないですか。ならば見事、解き明かせるかどうか。石で占ってみるというのも一興かも知れませんよ」

あぁそうか、と腕を組んだがやはり「止めておきましょう」と首を振った。「余計な冒険は止めておきます」それに、とつけ加えた。「それに謎解きを依頼するのが他ならぬ、貴方だ。貴方なら簡単に解き明かしてくれる、と確信していますからな。今更『御石様』に占ってもらうまでもありますまい」

「あ、い、いやいや」

以前、謎を解いたのは妻の方だ。なのに説明しようとすると、「それより」と前進を促された。「そこにまた、興味深いものがあるんです」

更に階段を上がった先だった。崖にへばりつくように社が設けてあり、奥は小さく凹んだ洞穴になっていた。『狐の穴跡』だった。昔、この洞窟は奥まで続いており、狐が住んでいたという。これはその、跡だという。

「成程」手を合わせた後、周囲を見渡した。「確かにこれは以前、狐が住んでいたと言われても不思議な気はしませんな」

「今もこのように崖になってますが、昔は今のように周囲に民家はなく、木が鬱蒼と生い茂っていたでしょうからな」吉住が頷いた。「狐だっていくらも住んでいたでしょう。このような洞窟は他にも沢山あったのではないでしょうか」

「そうですね」同意してから、小さく笑った。「落語『王子の狐』に出て来る巣穴も、こんな中の一つだったのかも知れませんしね」

「そうそう。そんな風に想像してみるのも、楽しいものでしょう」

さて、いよいよです。階段を下り、元の境内に戻った。今度は拝殿の左側に向かった。先に鳥居があり、潜ると坂道の途中に出た。こちらが脇参道だった。

「さっき、幼稚園の手前に上り坂があったでしょう」吉住が言った。「あれを上って来ると、ここに至るわけです」

「ははぁ、成程」坂道は鳥居の前を抜けても更に上りが続いていた。坂を上がり切ると先程の、王子神社の鳥居前から続く車道に出るらしかった。

「それでほら、そこです」吉住が指差した。こちらの鳥居の両脇にも、狐がいた。

「あぁ、ほらほら。今日も、そうだ」

先日、妻と聞かされた話の通りだった。

「こちらの狐は左右とも、子狐を伴っていた」家に帰って、妻に説明した。「もうかなり古いらしくて、顔が崩れ掛けているが、ね。それでも子狐であることに間違いはない。その、左側の像だけなんだ。吉住さんがこの前、話してくれたそのままだった」

脇参道の親狐も他と同様、赤い前掛けを付けていた。ただ、それだけではない。左側の像は何故か子狐も、白い前掛けを付けていたのだ。

「不思議なんですよ」先日、この話題を持ち出した吉住は言っていた。「それも、毎日じゃない。日によって付けていたり、いなかったりなんです。ただ付けている時は必ず、左側の像だけ。右の子狐が前掛けを付けていることは、一度もないんです」

神社の人に確認してみたがそんなもの、自分達は知らないという。そもそも付けるのであれば毎日、必ずになるのが当たり前だし左側にだけ、ということもあり得ない。言われてみれば一々ごもっともだった。

「神社の人でないのならいったい誰が、何のためにそんなことをしているのか。何故、左側だけなのか。付けたり付けなかったりというのにも何か理由があるのか。ご近所さんの間ではここのところ、密(ひそ)かな話題になっているんですよ」

逆に親狐の赤い前掛けは、神社の人が付けたものということだ。言われて初めて気がついたが確かに、稲荷神社の狐は大抵が前掛けを付けている。それも普通、赤いものを。そのことに何か理由があるのかと素朴な疑問をぶつけてみた。

「私も神社の人に改めて、同じことを訊いてみたんです」吉住が答えて言った。「すると明確なことは分からないが、そもそもはお地蔵様から始まった風習なのではないか、と」

地蔵は地域の子供を鬼や病気から守ってくれているのだが、不幸にして亡くなってしまった子供をあの世で世話もしているという。そこで「これが亡くなった我が子のものです」と地蔵に前掛けをする風習が出来た。それを、お稲荷さんの狐にもするようになったのではないか、というのだった。

「稲荷神、という名は字から見ても想像のつく通り『稲』、つまり農作物を司(つかさど)る神様です。そこから更に豊作、実りの神ということで経済界にも広く信仰されるようになったものです。食べ物にまつわる神様なのだから、その使いである狐が前掛けをしているのもある意味、通じるものがあるのかも知れませんね」

赤の意味についても説明してくれた。赤は古来より聖なる色と崇(あが)められ、魔除(まよ)けの効果もあるとされて来た。だからこそ稲荷神社の鳥居は赤で統一されているのであり、狐も赤い前掛けをしているのだ、と。

「ところが」と吉住は言うのだった。「その子狐がしているのは何故か必ず、白い前掛けなのです。周りが赤ばかりなので余計に目立ちますよね。それで地元の人間が気がつき、ちょっとした噂(うわさ)になっているというわけでして」

実際、行ってみたら彼の説明していた通りだった。しかもその後、地元で一杯やろうという話になって居酒屋に行ったのだが帰りにもう一度、王子稲荷を訪れてみると子狐の前掛けだけがなくなっていた。

「私達が居酒屋で一杯やっている間に、誰かが取って行ったんだ」私は言った。

「しかしいったい誰が、何のために。おまけに行ってみれば分かるが、決して安易な作業じゃない。狐は柵の内側にいるので、鳥居の脇から足場の悪いところに回り込まねば、子狐の首に前掛けを付けたり外したりはできないんだ。柵の外から手を伸ばしてサッサとできるような作業じゃない。それなりの意志がなければこんなこと、続けられない筈なんだ。なのに」

「境内には他にも、狐はいたというお話でしたわよね」妻が質問して来た。「でも他の狐は、子供は伴ってなかったんですすか」


「あぁ」頷いた。「表参道だけじゃない。『狐の穴跡』に続く参道になんかにも、狐はいくらでもいた。それら全て、赤い前掛けを付けていた。だが子狐を伴っていたのは、脇参道のものだけだった」

「そしてその左側の像だけが、子狐の首に前掛けが付いていたというんですね」そうだ、と首肯した。「それも、白の」

もう一度、頷いて言った。「赤の意味については先日、吉住さんが説明してくれたよね。魔除けの意味もある、と。しかしこちらは、白。つまり魔除けの意味合いは込めていない、ということなのかな」

「そうですね」妻が言った。「そもそも子狐なんですもの。単なる涎掛け（よだれかけ）なのかも知れませんわ。あまり宗教的な意味合いは、ないのかも」

あぁそうか。納得しそうになって、はっと気がついた。妻の声が明るい。既に謎を解き明かしてしまった、快活さではないか。

私は顔を上げた。声と同様、ぱっと輝くような彼女の表情がそこにはあった。

「吉住さんに電話して、ちょっと尋ねてみて下さらないこと」妻は言った。「その脇参道の近くにパン屋さんか何か、食べ物を持ち帰りできるようなお店屋さんはありませんか、って」

結局、今回も妻の推理は見事に的を射ていた。吉住に電話して確認してみると果たして、「あぁ、確かに近所でも美味しいと評判の弁当屋がありますね」とのことだった。そこで、ちょっと行って訊いてみてもらえないか、と促した。結果は全て、案の定、だった。

「えぇ、その通りです」客足の引いた頃合いを見計らい、行って尋ねてみると弁当屋はあっさりと認めたという。「ただちょっと、あまり表沙汰にはして頂きたくないんです。何よりその、ご当人さんが」

「あぁ、分かっている」吉住は大きく頷いたそうだ。安心させるべく最大限の笑みを浮かべましたよ。後に彼は、私に語った。「私だってそのお母さんに、嫌な思いをさせる積もりは毛頭ない。それどころか我々にだって何かできないか。考える礎(いしずえ)にならないかと思っているんだ」

「そうでしたか。それなら」

安堵(あんど)した表情で、説明してくれた弁当屋によるとこういうことだった。

例の、いなり幼稚園ではない。線路と平行する道をもう少し行った先に、保育園がある。そこに、子供を預けているお母さんがいた。子供を迎えに行った帰りにしばしば、総菜などを買いにその店に立ち寄っていた。

「直ぐに分かりましたよ」弁当屋は吉住に言ったという。「父親はいないんじゃないか、ってね。亡くなったのか、別れたのかは知りませんが。実は私も母一人、子一人の家庭で育ったんです。それで直ぐにピンと来た。とても他人事とは思えなかったんです」

子供を保育園に預けている間、母親が働いて家計を支えているのだろう。決して豊かなわけではないのだろうことも、ピンと来たという。総菜などを選ぶ際、値段と中身などを細かく吟味する様が伝わって来るのだ。少しでも安く有利なものを買おうとしている。切実さが伝わった。我が家も同じでしたからね。そういうのは分かるものなんですよ、と弁当屋は語ったらしい。

そこである日、失礼ですがとお母さんに話し掛けてみた。長年この商売を続けていても未だ、見込みが狂ってしまうこともあります。今日はお客が多いだろうと踏んで弁当を作り過ぎ、余らせてしまうことも。そういう時は「閉店間際価格」で安売りするのですが、どうでしょう。密かにお知らせしますので余り物を、特別にお譲りするというのは。

　当初、お母さんは渋ったという。有難いお話ですがそんな、特別扱いにして頂く謂(いわ)れはありません。施しは受けたくない。家庭は自分の力だけできっちり持たせてみせる。これまでも必死でやって来たのだ。今更、他人の世話にはなりたくない。誇りが伝わって来た。意地のようなものだった。ただそれは、依怙地(いこじ)と紙一重のようなものでもありましてね。弁当屋は振り返って吉住に言った。

「困った時はお互い様、っていうじゃないですか」頑(かたく)なお母さんへの説得に努めたらしい。「ウチだって弁当を余らせて、困ってるんです。ヘタをしたら捨てるしかない。なのにそれが、お宅の役に立つことができるとしたら私としても、こんなに嬉しいことはない。せっかく作ったものを捨てるのは、こちらとしても嫌なものですからね。どうです」

　結局、お母さんは折れた。弁当屋の申し出を受け入れた。子供にひもじい思いをさせることだけは避けたい。できるだけ美味しいものを食べさせてやりたい。母性本能が依怙地を凌駕(りょうが)したのだろう。無理はいつまでも続かない。このままでは自分も倒れてしまうかも、という自覚が心のどこかにあり、それが頑なさを打ち砕く要因ともなったのかも知れない。

　ともあれこうしてお母さんと、弁当屋との取り決めは成立した。お母さんは保育園に子供を迎えに行くと、帰途は必ず王子稲荷の脇参道前を通る。そこで弁当屋は余り物が出そうな日には、左側の鳥居脇の子狐に白い前掛けを付けておく。あれは「今日は余り物があるから取りにいらっしゃい」とお母さんに知らせる目印であったわけだ。お母さんはメッセージを受け取ると、子狐から前掛けを外して弁当屋に赴(おもむ)く。前掛けと余り物とを交換し、改めて家路に就く。

余り物が出る日と出ない日があるから、あの前掛けは付けられたり、なかったりする。付けてある時はお母さんが外して返しに行くから、夜となると前掛けは消え失(う)せている。地元で密かな噂になっていた謎の真相とは、こういうことだったのだ。

「ただし真相が分かったからといってこれを、皆に明かしていいということにはなりませんからな」吉住は言っていた。「何と言っても中身が中身だ。知れ渡ってはお母さんが恥ずかしい思いをするし、こちらとしても本意ではない。だからこいつをどう扱うか、慎重にならざるを得ませんよ。何とか、いい方向に持って行けないかと試行錯誤の最中で」

母子家庭に限らず、子供の貧困は最近の社会問題になっている。自分の近くにもそうして、困っている家庭があるのなら何とか助けてあげたい。善意のあるご近所はいくらでもいるという。だからそうしたところにだけこの話を打ち明け、困っている家庭を周りで支援できる仕組みを作り出せないか。例の弁当屋にも一枚、相談に乗ってもらい検討の真っ最中だというのだった。

吉住なら上手くやれるだろう。確信があった。貧困家庭を支える上手い仕組みを作り出してくれるだろう。例の謎を解くことによって社会問題の改善に、僅かでも貢献できるとしたら当事者としてもこんなに嬉しいことはなかった。王子まで出掛けて謎に首を捻ったった甲斐はあったというものだった。

「しかしお前」妻に訊いた。訊かずにはおれなかった。「どうして分かったんだい。あの前掛けが弁当屋から、特定のお母さんへのメッセージだと」

「お弁当屋さんだと分かってたわけではありませんわ」妻は答えて言った。「だから吉住さんに尋ねてもらう時、あなたにこう伝言をお願いしたでしょう。『その脇参道の近くにパン屋さんか何か、食べ物を持ち帰りできるようなお店屋さんはありませんか』って。そういうお店なんじゃないか、とは察しがつきましたけど。お弁当屋さんだと見抜いてたわけではありません」

「だから、そこなんだよ。弁当屋とまでは分かってなかったにせよ、料理を持ち帰れる店だとは読んでいた。何故だ」

「そうですね。とにかくあの前掛け、付けられていたりいなかったり。付けられていてもある時間になると、消えていたり。誰かから誰かへのメッセージなんじゃないかとは、見当がついたんです。じゃぁそれは、誰から誰に、なのか。そこで、必ず左の子狐にだけ、というところに注目してみたんです」

先日、吉住が説明していった通り神社の狛犬は多くが向かって右側が「あ」、左側が「うん」になっている。また右側が雄、左側が雌とする説もあるという。だからいつも左側にだけということは、母子の狐を象徴しているのではと考えたらしかった。

「その通りだ」私は言った。「弁当屋もまさにそう考え、左側の狐にだけ付けるやり方を思いついたんだそうだ。吉住さんが言っていた」

「落語『王子の狐』もありましたものね。あの話を詳しくしていたものだから、母子の狐という発想がすんなり出て来たのかも知れません。そこでメッセージの受け取り先は母親なのでは、と思ったんです」

「では、メッセージの送り主については」

「前掛けを付けているのが子狐なわけでしょう。それも、白の。だから単純に、涎掛けなのではと考えてみたんです。この前もあなたに、言ったみたいに。するとこの子狐はまだ幼い。小さなお子さんを連れたお母さんに、送り主は何をメッセージしているのでしょう。前掛けというところから連想すれば、それは食事ですよね」

ご飯を食べにいらっしゃい、というメッセージだろうか。しかしそうなると、母親とは近しい人になってしまう。食事に訪れることができる程の仲、ということになるのだから。だがこんな形でメッセージを遣り取り(やと)しているところからすれば、少し距離のあるような間柄と見た方がよいようにも思える。仲がよいのならばそもそも、携帯で伝え合えばいいのだから。

ならば「食べにいらっしゃい」ではなく、「料理を取りにいらっしゃい」だとしたらどうか。かくしてテイクアウトのできるような店なのでは、と連想は繋がったのだという。

「いやはや、脱帽だ」私は額を叩いた。正真正銘、本音だった。「まさに見事だ。素晴らしい推理と言う他ない」

「お婆ちゃんの勝手な連想が、たまたま当たったというだけですわ」それに、とつけ加えた。「それにあなたの教えてくれたことも、発想の一つの助けになってくれました」

「私の教えたこと」見当もつかなかった。「何だい」

「狐が題につく落語としてもう一つ、『今戸の狐』の話もあの時しましたわよね。そこで教えてくれたじゃありませんの。今戸は実は、招き猫発祥の地との説もあるんだ、って。招き猫。そこでこの狐も招いてるんじゃないか、って発想になったんです。招き猫を置いてあるのは普通、飲食店。だからメッセージの送り主はお店なのでは、という風に。ね、ほら。勝手な連想でしょ。推理と言えるようなものではとてもありませんわ。やっぱり当たったのはたまたま。たまたまなんですわよ」

こんな風に謙遜する。自己卑下してみせる。加えてあなたの手柄でもある、と持ち上げてすらくれる。そういうところまで引っ括めて私は、妻に敵う点はどこにもなかった。強いて一つだけ、よい点を挙げられるとするならばこうして、自分をわきまえる謙虚さだけはあるということだろうか。

やれやれ。心の中で、首を振った。今回の件でますます、吉住は私への誤解を強めている。相変わらず見事だ、と賞賛している。

時が経てば経つ程、弁明は難しくなる一方のようだ。いつ、どうやってやればよいのか。上手い機会は訪れてくれるのか。あまり明るい未来は期待できそうもない。困難しか窺えない前途に、途方に暮れるばかりだった。

第三章　うそと裏切り

江戸川区葛西はその名とは裏腹に、東京二十三区の中でもかなり東の方に位置する町だ。事実、地下鉄東西線に乗って東へ向かい葛西駅を過ぎれば次は浦安駅、千葉県に入ってしまう。

都バスに乗っていてもそうだった。厳密にはここより東に位置するバス停もいくらもあるのだろうが、「葛西駅前」はかなりの規模のバスターミナルであり、東の交通の要衝という立ち位置。ここまで来ればいよいよ都の東端、という感覚になる。もっとも東京都シルバーパスでバスをあちこち乗り継ぐ趣味を最近、始めた私の旅の拠点は錦糸町なので葛西は比較的、近い。またこの二箇所を繋ぐ路線はかなり面白いルートを採るため、乗っていて興味が尽きることはなかった。

ここのところ頻繁に、私はこの町に足を向けていた。真っ直ぐ錦糸町へ帰れる場所にいても、敢えて違う路線に乗る。葛西を経由してから改めて、我が家へ向かうコースを選んでいた。

その日もそうだった。都のあちこちを気の向くままに回った挙げ句、葛西にやって来た。バスを降りると環7通りを南へ向かう。清砂大橋（きよすなおおはし）通りとの交差点を越えると直ぐに、左斜めに切り込むように延びる道が現われる。片側一車線ながら路線バスも走る通りであり、道沿いに民家に混じって畳屋や海苔（のり）問屋などが点在する。その中にある小さなスーパーが、私の目的地だった。

と言っても入るわけではない。通りの向かいから、中の様子を窺（うかが）う。個人経営の小規模な店舗である。葛西駅の周辺にはちょっと歩くだけの距離に大型スーパーがいくつもあり、まともに張り合っては勝てるわけがない。それでも長年、地元に根差してやって来た強みがあるのだろう。客の個別のニーズに細かく対応しているのだろう。店内は常に、人で賑（にぎ）わっていた。客と店員との軽やかな会話が、外まで聞こえて来るようだった。この分ならここはずっと安泰（あんたい）に違いない。確信して、私は再び家路に就くのだった。葛西駅前に戻り、錦糸町へ向かうバスに乗った。

バスは都営地下鉄新宿線の船堀（ふなぼり）駅前などを抜け、京葉（けいよう）道路に出る。後はこれをひたすら西へ向かえば、錦糸町に至る。途中、小松川（こまつがわ）と城東（じょうとう）の二つの警察署前を走り抜ける。

ところがその日はふと思いつくところがあって、「水神森（すいじんもり）」バス停で途中下車した。大規模ショッピングモールの目の前だった。これだけ大きなところならきっと、電気店も入っているに違いないと踏んだのだ。

場内案内図を見ると果たして、敷地の奥に全国チェーンの電気屋があった。が行ってみると逆に、広過ぎた。ロボット掃除機の売場に辿り着くまで、結構な時間を要してしまった。何ら関係のない携帯電話の売場なんかを、うろうろと歩き回る羽目になった。

漸く辿り着いてみると小型の円盤状の機械が、いくつか陳列されていた。宇宙人が小人ならば、乗るのはきっとこのサイズの空飛ぶ円盤ではなかろうか。こんな機械が自分で勝手に動き回り、部屋を掃除してくれるなんて。何だか不思議なような感覚に襲われた。自分が突然、近未来に来てしまったようだった。もっともそれは私が、時代に取り残されたロートルだからに他ならないのだろうが。

「何かお探しですか」感心して見ていると店員に話し掛けられた。

確かに、探し物には違いない。だからこんなところに来ているのだ。が、具体的にどのような物を求めているのか。自分でもよく分かってはいない。

「これにはこのような機能が備わっている」「これは値段的にお手軽なのだが、性能としてはちょっと劣る」与し易しと見られたのだろう。店員は個々の機種について、懇切丁寧に説明を始めた。

「はぁ、まぁ」曖昧な反応を返すしかなかった。それがまたこいつは、上手く売り込めば買わせることができると見られてしまったのだろうか。解説は更に、熱を帯びた。

　しかしどれだけ細かく説明を受けようと、具体的にどのようなものが欲しいのかよく分かってはいないのだ。と、言うか本当にこれを必要としているのは、妻なのだ。なのに彼女に、相談はできない。

「色々と有難う」とうとう、降参するように私は言った。言わねば永遠にこの時間が続きそうに思えた。「今、受けた説明を妻にも伝えるよ。そうした上でどれを買うか、具体的に詰めようと思う」

　すると店員は、膨大な量のパンレットを手渡して来た。「今の私の説明などでは、とても至りませんので。これらを読んで頂ければよくお分かりになれるかと思います」だがちらりと覗いてみた感じでは、「オプション」だの「スペック」だの訳の分からない言葉が並んでおりとても理解できるとは思えなかった。おまけに妻にはこれを、見せるわけにはいかないのだ。「またここにはない機種も、ご希望とあらば直ちに取り寄せますので」店員は最後まで熱心だった。

　やれやれ。頭を振り振り、店を出た。バス停に歩み寄った。

「重いでしょうが」パンフレットを収めるためとして手渡された紙袋には、電気店の名前が大きく書かれていた。これは何？ 見られれば妻には訊かれるだろう。対して、どう誤魔化すか。懸念は尽きなかった。下手に隠そうとしたら逆効果だ。直ちに見抜かれてしまう。妻は、そういう女性なのだ。

やがてバスがやって来たので、乗り込んだ。後から中学生らしい少年が続いた。そこで、おや？ と思った。

「店内にいた少年なんだ、それは間違いない」私は妻に言った。「携帯電話の売場をうろついていた時に、見掛けた少年だった」

電子書籍というものをやってみようかと思ったんだ。そもそも何故、大型電気店などに行ったのか。妻から尋ねられる前に、先回りして説明しておいた。バスを乗り継ぐ際に時間が合わず結構、待たされる時があるからね。屋外のバス停だ、やることは何もない。そういう時に雑誌の記事でも呼び出して、読めばいい時間潰しになるんじゃないかと思いついたんだ……

ロボット掃除機を探しに行ったなんて言えるわけがない。言えば彼女を傷つけてしまう、と分かっているからだ。

一週間ばかり前だった。妻が友人と電話で話していた。半開きのドアから僅かに、声が漏れ聞こえた。

「腰痛が、ね」言葉が耳に飛び込んで来た。瞬時に、悟った。

妻は綺麗好きである。掃除となると、徹底的にやる。家具の裏側やソファの下にまで手を突っ込み、隅々まで拭う。あれをやっていれば今に、腰でも痛めてしまうのではないか。密かに危惧していたから一言で、即座に理解したのだ。やはり彼女、既に腰痛を覚えていたのに違いない。なのに私を心配させまいと、ずっと黙っていたのだ。

そこで数日後、何気ない風を装って話し掛けてみた。「最近、ロボット掃除機というものがあるらしいね」

ところが妻の見せた反応は予想以上に、激しいものだった。「あんなものは必要ありませんわ」言い放った。断固とした口調だった。

「し、しかし」

「大切なお掃除を機械なんかに任せるわけにはいきません。それは主婦としての、誇りのようなものですもの」

「し、しかし」

「それにお掃除は、私の楽しみの一つでもありますのよ。隅々まで磨いて部屋が綺麗になって行くのを見ると、こちらの心まで洗われたみたいに感じるんです。いくらもう、若くないとは言っても。その楽しみをまだまだ、機械なんかに奪われるわけにはいきませんわ」

「し、しかし今では、色んな機械も出ているようだよ。いつまでも無理をして、身体を壊すようなことがあってもいけないし。今の内にいくつか機種を見てみて、事前に検討しておくというのもいいのかも知れない」

するとは、悲しそうな表情を見せた。「ご免なさい。私の身体のことまで案じて下さってたんですね。本当にもう、こんなお婆ちゃんですものね。いつの間にかあなたに、そんな心配を掛けていたなんて、私」

「あ、いやいや。そういうことじゃないんだ。ただ、ちょっとした思いつきを口にしただけだったんだが。どうやら余計なお世話だったようだね。分かった分かった。この話はもう止めにしよう。何てことはなかったんだ、忘れてくれ忘れてくれ」

お前は実は既に、腰を痛めているんだろう。なのに無理をして、私に黙っているんだろう。言い出せるわけがなかった。

だから今も、悟られるわけにはいかなかった。実は電気屋に行ったのは、ロボット掃除機を探すためだったなんて。渡された大量のパンフレットも、見られるわけにはいかなかった。ただ、電子書籍を検討に行ったのだとの説明を押し通した。それよりも少年の話題の方に興味を持ってもらうべく、努めた。別な方に注意を向けなければ直ちに見抜かれてしまう。そういう女性なのだから、妻は。

「中学生くらいだろう」私は言った。「大人への階段を上り始めてはいるが、まだ幼さが多分に残る。そんな年齢だ。だが私が中学生くらい、と見当をつけたのは恐らく、制服を着ていたからという面が大きかったと思う。もっとも彼に注目したのもまた、服装のせいだった面が大きいと思うが」

「服が変わっていたのですね」妻が言った。「電気店で見掛けた時と、バスに乗り込む時とで。だからこそあなたは、おや、と思った。その少年に対し不審を抱かれたのでしょう」

早くも脱帽だった。私の話の持って行き方から鋭く、服が変わっていたのだろうと見抜いたのだ。「大正解だ。では、どっちだったと思うね」少し試してみることにした。悪戯っぽく微笑んで、謎を吹っ掛けてやった。「電気店と、バスに乗り込む時と。彼が制服を着ていたのは、どっち」

少し考えて、妻は答えた。「バスに乗り込む時じゃないかしら。そちらの方がありそうに思えますもの」

「またもや大正解だ」最早、両手を高々と掲げたい心境だった。「お前の推察通り店内で見掛けた時には、少年は私服だった。幼さが残る容体とは言え、時刻的にそんな少年がショッピングモールにいて、殊更に不自然というわけではなかろう。学校の終業時間がいつなのか、正確には知らないし学校ごとに違うだろうしね。特別な行事か何かで、早目に授業が終わることだってあり得る」

学校から帰って来た子供が、大型ショッピングモールに遊びに行くというのもよくあることだろう。特に、現代にあっては。娘を早くに亡くした我が家としては実際に経験することはなかったが、今の子供とはそういうものだろうと想像はついた。

勿論（もちろん）そうした場合、友達と何人かで連れ立って、というのが更にありそうな図だろうが。逆に一人だからと言って特別に、不自然というわけでもない。だから最初は気にも掛けなかった。欲しい携帯の機種でも探しに一人で来たのか。それとも友達と待ち合わせているのか、くらいに考えていた。

ところがその後、バスに乗り込む際には少年は制服に着替えていた。だからこそ私の目に留（と）まったのだ。妻の指摘の通りだった。

「改めて見てみると、少年は大きな紙袋を提げていた」私は言った。「その中に着替えを収めていたのに違いない。ショッピングモールに入る前には、私服を。トイレかどこかでそいつに着替えて、店内をうろついている時には代わりに制服が入っていた」

「制服姿で長いこと、そんなところをうろついていては大人の目を引いてしまうという計算ですね。補導員を呼ばれてしまうかも知れないから」

私は頷いた。「その通りだ」

「逆に家から出る時と、帰る時には制服を着ていた。つまり」

もう一度、大きく頷いた。「不登校。親には学校へ行く振りをして、家を出る。しかし実際には行っていない。ショッピングモールなどで時間を潰している。周りの目を誤魔化すため、私服に着替えたりまでして、ね。それで適当な時刻になれば、制服に戻って家に帰る。まず間違いあるまいと私は踏んだ」

私もその通りだと思います、と妻は賛同した。彼女に同意してもらえると、確信が更に強まる心地だった。

「でも、どうなさるお積もりですの」心配げな表情になっていた。「補導員に通報しますの、その少年について」

「さぁ、そこだ」腕を組んだ。実際、難しい問題であるのは確かだった。「個人的にはそれが、もっとも安易な解決策には違いない。彼のことを補導員に知らせて、後は任せる。だが」

「それで根本的な解決になるとは思えない。そうですわね」

「全くだ」

補導員だって専門家である。悪いようにするとは思えない。家庭と学校との間に立って、少年のために最もよい路は何か探ってはくれるだろう。

　ただ一方、彼らも忙しい。補導員だけではない。学校その他、関係先は皆そうだろう。登校拒否の少年だって彼だけとは限るまい。特に補導員に限って言うなら、何人もの問題児を抱えている可能性は高い。するとあの少年一人に、どこまで真摯に向き合ってくれるのか。どこまで必死に時間を割いてくれるのかというと、甚だ懐疑的にならざるを得なかった。

　確かにいったんは、少年は家庭に引き渡されるだろう。不登校問題について学校との話し合いが持たれるだろう。しかし彼が学校へ行かなくなった真の原因について、本当にとことん追究してくれるのか。登校拒否はいけないことだと頭ごなしに叱りつけて、今後の通学を誓わせるだけに終わるのではないか。いかにもありそうに思われた。

　それでは意味がない。確かに一時は、彼も通学を再開するかも知れない。問題は一見、なくなったかに見えるかも知れない。しかし根本的な解決にはなっていないのだ。彼が学校へ行かなくなった真の原因を突き止め、そこを解消しない限り。少年は再び不登校を始めるだけである。

「でも、あなた」妻の顔は心配げに翳ったままだった。言わんとすることは、聞くまでもなかった。

「分かっているよ」苦笑を浮かべて見せた。「困難は、承知の上だ」

長年、警視庁に刑事として勤務した私だが少年犯罪を担当したことはない。ずっと所属していたのは刑事部であり、そうした案件を担当する課のあるのはかつての保安部、今で言う生活安全部である。

もっとも普通の事件を担当する上で、子供と接する機会が皆無だったわけではない。とある事件で少年から得た貴重な証言を手掛かりに、捜査方針を修正し解決へと至ったこともある。今はその経験を根拠とし、儚い自信を奮い立たせるだけだった。

「そうですね」妻は頷いた。「大勢の人と向き合い、信頼を得て重い口を開かせて来たあなたですものね。そこに、少年も大人もないのでしょう。心を開かせる根っ子のところは、同じなんでしょう」

あなたならできると思います、などと持ち上げられては却って、プレッシャーになる。尻込みしたい心境にもなってしまう。そこで先手を打った。お前にも相談に乗って欲しい、と水を向けた。

「最初が肝心だと思うんだ」私は言った。「どのような局面で、彼に話し掛けるのがいいか。その際、掛けるのはどんな言葉が適当なのか。最初をしくじったら取り戻すのに、かなりの労力を要することになるだろうからね。それどころか、二度と取り戻せなくなる恐れだって高い。だから事前に検討しておきたいんだ。知恵を貸してくれ、頼む」

「ええ、勿論ですわよ」妻はにっこりと微笑んだ。「私なんかで、よかったら」

「昨日も、会ったね」

妻と打ち合わせた通り、バスを降りたところで話し掛けた。昨日、少年は「錦糸町駅前」でバスを降りると東京メトロ半蔵門(はんぞうもん)線の乗り場へと消えていった。だからその途中で声を掛けるのが一番いいだろうという結論になったのだ。車内だと周りの注目を浴びて彼が固まってしまうだろうし、ショッピングモールでだとこちらが補導員と勘違いされてしまう。最初から心理的に追い込んではいけないのだ。逃げ道のあるところで話し掛ければ彼を安心させ易いだろう、ということで妻との意見は一致したのだった。

声を掛けられた少年は見た目にも明らかなくらい、はっと全身を硬直させた。恐る恐る、といった風にこちらを振り向いた。

「怖がることはない」笑みを浮かべた。が、殊更な笑顔ではいけない。おもねるような態度では逆効果だ。あくまでこちらが優位にあるのだが、相手を威圧するわけでもない。その程度の物腰が大切だと妻も同意していた。「おじさんは補導員ではない。定年退職をとうに終え、今はバスを乗り継いで小さな旅をするのが楽しみ、というような不甲斐無い老人に過ぎない。ただそうしている中で、君の姿を見掛けてね。問題を抱えているのではなかろうか、とピンと来たんだ。それで、力になれるかも知れないと思ってね」

「どうして」言葉尻が震えていた。だが声の響きや顔つきから、聡明な少年であることが窺い知れた。ただし優秀さと繊細さは、紙一重でもある。ちょっとした傷が転落の切っ掛けとなり兼ねないのだ、特に多感なこの年頃にあっては。「どうして、僕が」

「だから言ったろう。バスに乗ってうろうろしている中でたまたま、君を見掛けたのだとね。問題があるのなら力になれるのかも知れない、と思って声を掛けてみたまでだ」

「関係ありません」踵を返した。「おじさんには関係ないことだと思います。放っといて下さい」足早に歩き去ろうとした。

「だが早晩、また声を掛けられることになるんじゃないかな」背中に声を放った。

「おまけに次回も、私に、であるとは限らない。むしろ別な人、それこそ補導員から、という可能性の方が高いんじゃないのかな」

　びくん、と立ち止まった。

　再び振り返った表情からは驚愕や怯えより、もっと違うものが感じとれた。眼の中の光から、こちらを頼りにしたい内心が窺えた。そう、彼はずっと求めていたのだ。今の苦境から救い出してくれる、誰かが現われるのをずっと待っていたのだ。

　声を掛けてよかった、と心から思った。もっともその救い出してくれる誰かに、私がなれるという確信は未だ抱けずにいるものの。

「ちょっと話をしよう」私は言った。最初の笑みは湛えたままだった。「そうすれば何か、解決策が見えて来るかも知れない」


「少年は名を球人君という」私は言った。まずは話をすることに成功した。第一段階クリアの報告を妻にしていた。「私立桑川学園中等部の、一年生だ」

「キュート君？　まぁ」

　予想していた通りの反応だったので、「私も当初、同じことを思ったよ」と遮った。キュートが英語で「可愛い」という意味であることくらい知っている。それを子供に、しかも男の子に付けるのか!?　聞いた瞬間、私の内心は妻と全く同じだった。本人を目の前にして怪訝そうな表情を浮かべるのを、抑えるのが一苦労だったくらいだ。「最近よく聞く、何とかネームとやらの一つか、とね。だが漢字を知って、そうではないのかも、と思い直したよ」字の説明をしてから、続けた。「親が野球か何か、球技が単に好きな人なのかも知れない」

「そうですわね」妻は頷いた。無理に、の気がなきにしもあらずのようにも見受けられた。「それに今の親御さんがお子さんにどんな名前をつけようと、私共がとやかく言う筋合いではありませんものね」最後の方は、自分に言い聞かせているような口調になっていた。

その通りだ、と首肯してから続けた。「それにどれだけ私達にとって、違和感のある名前だろうと本人の責任ではない。親が付けたものなんだからね。本人の中身を云々する材料とはならない。事実、彼はとても利発な少年だよ。最初に接した時から感じたし、話している内にやはりそうだったと確信した」

「そうですわね」妻は繰り返した。「何と言ってもあの、桑川学園なんですものね。あそこに通っているというだけで、お利口でないわけはありませんわ」

妻の言っているのは皮肉でも何でもなかった。私立桑川学園は小学校から高校まであるが、いずれも成績優秀で卒業生は最終的に、軒並み有名大学に合格することで知られている。学業だけではない。文武両道をモットーとしているだけあってスポーツ活動も盛ん。全国大会で優勝するような部もいくつもある。文化活動にも力を入れているそうだった。要は、あらゆる面で優れた子供達の通う学園というわけだ。

「球人君の家のあるのは、押上らしい」私は言った。押上は最近、東京スカイツリーが立って全国的になったが元は庶民的な下町で、今もツリーの足下には昔ながらの町並みも残っている。「小学校三年まで地元の公立に通い、編入試験を受けて桑川学園に通うようになった。詳しくは知らないが編入試験なのだから、一年生からの入試よりも合格者枠は少ない筈だろう。にも拘わらず受かったのだから、それだけ優秀ということなのではないかな」

　桑川学園は小学校の段階から、入学するにはまず試験を受けて合格しなければならない。また小学校から中学というように、内部進学する際にもある程度の成績を得ておかなければ振り落とされる、と聞く。球人君は小学四年から編入し、今年の四月に無事、中学に進学した。学業に秀でている、ということだけは間違いのないところと見てよかろう。

「成程、押上、ですか」ところが妻は、妙なところに納得していた。「だから錦糸町からバスに乗って葛西。なのに行きたくないから途中下車して亀戸、ということですわね」

　桑川学園のあるのは、葛西駅の程近くである。押上からなら地下鉄の半蔵門線に乗って錦糸町に出、バスに乗り換えればよい。私がここのところ、しょっちゅう乗っている路線だ。途中、亀戸を通る。まさに例のショッピングモール前を走り抜ける。妻の指摘した通りだった。

「彼もそう打ち明けた」私は頷いた。「学校に行きたくない。思いが募っていたところでふと見ると、バスがショッピングモールの前に差し掛かるところだった。ここなら時間が潰せる。不意に思い至って、気がつくと途中下車していたそうだ。以来、習慣になってしまった。亀戸まで来ると降りてしまう。どうしても先まで乗り続けられない。結局、着替えを紙袋に詰めて家を出る。偽装の準備までして学校を休む毎日になったということらしい」

「行きたくない学校をいざ、休んでみるととても心が軽くなった。一度、楽をしてしまうとなかなか元には戻れない。いけないと思いつつもずるずると続けてしまう。そういうものかも知れませんわね」でも、と妻は眉を顰めた。「でも、そもそもどうしてなんですの？　どうして球人君は、学校に行くのが嫌になってしまったんですの。せっかくそうして、編入試験という難関を突破してまで入ったところなのに。そもそも登校拒否が始まったのは、いつからなんですの」

「うむ、そこだ。私も尋ねてみた。すると学校に行かなくなったのは、この九月から。夏休みが明けてからだというんだ」

「まぁ。じゃぁ問題は新学期。夏休みが終わり二学期が始まって、何か球人君が嫌になるようなことが起こったわけなんですね」

「うむ。私もそう思って切り込んでみた。ところがそこから先はなかなか、彼も話したがらない。ただどうやら成績に応じて生徒を入れ替える制度があり、新学期になってクラス替えがあったらしい。言葉の端々から判断するに、問題はそこにあったようなんだ。しかし話題がその辺りになるとどうしても、彼の口が重くなる」

「きっとそこが、問題の要だからでしょう」

私もそう思う、と大きく首肯した。

「でも、あなた」妻の表情が心配げに曇った。補導員に通報することは避け、私が少年に接してみようと決意を告げた時と、同じような翳り方だった。「話したがらないものを無理に喋らせようとしたって、駄目なことは存じてます。そんなこと、あなたは言われるまでもありませんわよね。会話術に長けたあなただったからこそ、初めて会った相手なのに球人君はここまで打ち明けてくれたのでしょうし。でも」

言わんとすることは分かっていた。そう、時間がない。じっくり構えて相対したいのは山々だが、許される時間はあまりにも少ないのだ。早晩、どちらかが気づく。親か、学校か。

今のところ球人君は、学校に嘘を言って誤魔化しているらしい。最近、変な高熱が続いていて登校できない。どうも具合がおかしいので今度、病院で検査を受けることになっている。ただ医者も忙しいのでなかなか、予定の日が決まらない。電話で担任に告げてあるという。だからもう暫くは、時間を稼ぐことはできるだろう。

ただしいつまでも、というわけには当然いかない。いずれ近い内に、学校の方から家に問い合わせがあるだろう。その後、球人君の具合はいかがですか。掛かって来た電話を受けるのが、運よく自分だったらいい。何とでも言い訳できる。しかし受話器を取ったのが親だったら、万事休すだ。全ては一瞬で瓦解（がかい）してしまう。

「分かっている」頷いた。「ただお前も指摘した通り、だからと言って焦（あせ）っては駄目だ。せっかくここまで彼の信頼を勝ち得たのに。無理に喋（しゃべ）らせようとすれば、逆効果になる。口を閉じてしまう。心を閉ざされてしまっては終わりだ。解決策を探るどころか、問題がどこにあったのかすら分からず終（じま）いになる」

　だからいざとなれば開き直って対処するよ、と妻に告げた。そろそろ時間切れだと判断すれば本人の許可も得て、親と会う。率直に話をする。事情を打ち明け、彼のために最大限の努力をしたいと説得する。悪い話ではないのだ。私が学校との間に立って、仲介役を引き受けたっていい。とにかく彼と学校とを隔てる、見えない障壁を取り除くことこそが肝要なのだから。

　一つ、懸念があるとすれば私の立ち位置だった。何故、他人の貴方（あなた）がそこまでしてくれるのか。疑心暗鬼を抱かれては、払拭はなかなかに困難かも知れない。単なるお節介です、と言っても受け入れてもらえない可能性はある。

　ただ私の昔の職業が、有利に働いてくれるかもという楽観はあった。元刑事という経歴はやはり、一般的に信頼をもって受け止められる。補導員だって警察からの嘱託なのだ。だからこの件は、私が責任持って預かりたいと進み出れば認めてもらえる展開は案外、あり得るのではないか。

もう一つ、懸念として球人君の親が頑迷な分からず屋、という恐れもないではなかった。彼の名前を付けた張本人、という思いが悪い予感を増幅させている面もあったかも知れない。

我が家のことに口出ししないで下さい。強く言われている自分の姿が、ついつい脳裡に浮かんでいた。この子は私達がきつく叱って、元通り学校に通わせます。貴方は第三者で何の関係もないことなのですから。もう、この子には近寄らないで下さい。

頭ごなしに拒絶されれば、それでも自分に任せるべきだとは抗弁も難しかろう。他家の内情に干渉する、法的権限はどこにもないのだから。警察だって原則的には民事不介入なのである。ましてや自分はそこを離れた、一個人に過ぎない。引き下がるしかあるまい、それでは何ら根本的解決にはならないのに、と分かり切った上で……まぁ今から最悪の展開ばかり、予想していても何にもならないが。

「まぁ、出たとこ勝負だ」私は言った。「いざとなればそれくらいの腹積もりで、当たる。開き直る。精神的に余裕を持っていないと、下手なことを仕出かしてしまい兼ねないからね。とにかく焦りだけは禁物だ。じっくりと彼と相対する。球人君が胸襟（きょうきん）を開いてくれるのを、待つ。今は、それしかない」

あなたの仰（おっしゃ）る通りだと思いますわ、と妻は言った。それにこのことに関して、あなた以上の適任がいるとはとても思えません。ずっと刑事として人の心と向き合って来た、あなたしか。持ち上げられそうになったので、慌てて制した。

「それにどうしても、気になることがあるんだ。球人君が最後に残した言葉。あれを解き明かさないことには私としても、まんじりともできん」

「最後の、言葉」

「あぁ。彼は私と別れる間際、吐き捨てるように言ったんだ。『あいつは裏切り者だ』と。『僕はあんな裏切り者の顔なんか、見たくもないんだ』と」

許される時間は残り少ない。が一方、焦りだけは禁物。

私はできる限りソフトに、球人君と接し続けた。とにかく回を重ねることが大事なのだ。時間よりも、優先すべきは回数だ。繰り返し会うことで相手は、より心を開いてくれる。

だから当初は無理に長い時間、寄り添わないように心掛けた。そろそろ家路に就くという時間帯に例のショッピングモールで待ち合わせ、共に錦糸町に出て近くの喫茶店に入り話したりした。

その内、一緒に別な場所へも足を延ばしてみてはどうかと提案した。いつまでも同じショッピングモールにばかり行っていると、どうしても周りの目を引いてしまうだろう。水を向けると少年は、そうですね、と笑った。

そこで、亀戸天満宮の方へ行ってみるのはどうかと案を挙げた。この町を代表する神社である。ショッピングモールから見れば総武本線の線路の北側、反対側に当たり歩けばそれなりの距離になる。同じ亀戸でも離れているので気分転換になるのでは、と思ったのだった。神社の前を走る蔵前橋通りに出ると、天神に所縁の鳥うそを象った像がガードレールの柱に並び、いかにも参道という雰囲気になる。

ところが球人君は「あっちには行きたくない」と即座に否定した。有無を言わさない拒絶ぶりだった。

「ほぅ、そうかぃ」絶対に嫌だ、という物腰に興味を引かれた。何故かと問うのではなく、胸に浮かんだ推察をぶつけてみた。「それはもしかして以前、言っていた『裏切り者』に関係があるのかな」

「えぇ」腹立たし気に頷いた。「えぇ、えぇそうですよ。とにかくここで、あいつの話なんてしたくない。早くどこかへ行ってしまいましょう」

そこで豊洲に出た。最近、開発が著しい臨海地区の中心地である。築地市場もここへ移って来る計画というし、東京五輪の際にも選手村など関連施設が立つという。都バスからしても主要なターミナルの一つだった。錦糸町からなら乗り換えなしで直行することができた。

　球人君はこちらの方へ来るのは初めてだという。スカイツリーの足下、『東京ソラマチ』にも負けない近未来的な施設に心奪われたようだった。巨大ショッピングパーク『アーバンドック ららぽーと豊洲』の中を興味深げに歩き回った。

　やがて、一息つくべく喫茶店に入った。

「さっきは済みませんでした」コーラフロートのアイスの下にストローを突っ込み、啜(すす)り上げてから彼は言った。漸く、落ち着いたようだった。「亀戸じゃやっぱり、生々し過ぎて」

「やはり例の、『裏切り者』にまつわる土地だったんだね」

「そいつの家が亀戸天神の、直ぐ裏手なんです」頷いた。「同級生で、小学校の頃はとても仲がよかったんです。だから家に遊びに行ったことも何度もあった。僕は親友だと思ってた。なのに」

　名は、行弘(ゆきひろ)君というらしかった。何とかネームではない、普通の名前ではないか。やっぱり今だってそういう名の子供もいるんだ、と思ったが勿論、口に出しはしなかった。

「僕は小学四年から桑川学園に編入したけど、行弘は一年生から通ってました。亀戸ですから、行き易いですからね。乗り換えなしに、バス一本で行けますから」

途中入学の球人君は当初、学内になかなか馴染めずにいたという。何とか打ち解けようとしている内、最初に仲よくなったのが行弘君だった。同じゲームが大好きだったことから意気投合し、互いの家を訪ねあう程の仲になった。間もなく他にも友人は何人も出来たが、最も親しいのが行弘君であることに変わりはなかった。

事件の発端は、小学六年の二学期だった。突如、苛めの嵐が球人君へと向かい始めたのだ。

最近、子供の苛めが社会問題化していることは私も聞いて知っている。自殺にまで追い込まれるケースも後を絶たず、ニュースに接するたびやり切れない思いに囚われる。苛めそのものは私が幼い頃から、いや恐らくは人類の歴史上ずっとあったことだろう。ただ現代のそれはどうも、極めて陰湿化しているのが特徴らしい。報道で耳にしていたが球人君が巻き込まれたのもまさに、陰々滅々とした〝攻撃〟の数々だった。

「ウザい」誰からともなく、言われ始めた。それも面と向かって、ではない。匿名でネット上に書き込まれるのだ。「臭い」「死んで欲しい」悪口雑言があっという間に度を増していった。「そうだそうだ」「あんな奴、消えてくれたら助かる」「それが世のため人のため」罵倒の輪は広がる一方だった。

嫌なものだろうな、としみじみ思う。誰が書き込んでいるのかも分からないのだ。今、友人面(ヅラ)して目の前でにこにこ笑っているこいつが実は、悪口を撒(ま)き散らしている張本人かも知れないのだ。果たして書いているのは、こいつか。それともあいつか。周りの誰も信用できない。疑心暗鬼は膨らむ一方。これではまともな精神状態でいられるわけがない。

桑川学園のような優秀校でもこんなことが起きるのか。訝(いぶか)りたくもなるが考えてみれば、逆にエリート校こそ起こりがちという側面もあるのかも知れない。幼い頃から勉学に励むべく強いられるのだ。本来ならまだまだ、遊びたい盛りだろうに。またスポーツや文化活動に力を入れていると言っても、そこには馴染めない子だって出て来るだろう。しかし対外的にはお利口さんであることが求められる。有名校に相応(ふさわ)しい健全さが望まれる。さぞストレスも溜(た)まるだろうと思われた。そうして積もり重なった鬱憤が、陰湿な苛めという形で吹き出す。いかにもありそうなことではなかろうか。

その内「あいつは呪われている」という書き込みが始まった。理由などない。そもそも悪口を書かれるようになった切っ掛けすら分からないのだ。いつの間にか誰かを怒らせてしまい、こんな状況を呼んでしまったのか。それとも誰かがただ単に面白いからと、攻撃の対象者を適当に捜してそれが自分になっただけなのか。いずれにせよ悪口の中身に思い当たることなど何もない。根拠もないことを一方的に延々、書き込まれるだけである。

更にいつの間にか「不吉なのはあいつの制服だ」という話になっていた。桑川学園では小学校から、制服がある。皆が定められた同じ服を着ている。だから球人君の服だけ不吉というのは、全く筋が通らない。どこからそういう話になったのか、首を捻らざるを得ない。が、そもそもがそういうものなのだ。最初から理屈など何もない。ただの言い掛かりに過ぎないのである。「あいつの制服を消してしまえ」「そうしないと皆にも呪いが伝染る」などと書かれるようになった。

するとある日、本当に制服がなくなった。体育の授業が終わり、教室に戻ってみると机上に置いてあった制服が消えていたのである。あちこち捜し回って、漸く見つけた。トイレの掃除用具入れの中に無造作に突っ込んであった。「もののけ」と大書きした紙がガムテープで貼りつけてあった。

「酷いな」思わず言葉が口を突いた。「苛めは悲しいかなどんな社会にも、どの世代にもある。おじさんの勤めた警察にだって苛めはあった。普段は正義の味方面しているが裏を返せば、どこの組織もこんなもんだ。人間は弱い。だから自分より弱いものを探す。自分が優位に立とう、と弱い者を攻撃する。悲しいかな、人間とはそんなもんだ」一息、ついて続けた。「しかし今、聞いた話は酷いな。陰湿に過ぎる。そこまで酷い目に遭わされれば君が精神的に疲れて、ヤケになったとしても不思議ではない。誰だってそうなってしまうと思う」

しかし今までの話はまだ去年、彼が小学生だった時分のことだ。なのに登校拒否が始まったのは、最近。それまでは彼も、本当にヤケになる程には精神的に参っていなかったことになる。

「行弘が救ってくれたんです」球人君は言った。「『放っとけ』って言ってくれた。『こんなことをしてるのは苛めてるのが、情けない連中だからだ。相手にしてやらなければつまらなくなってその内、苛めは止んでしまう。誰かまた別な奴へと標的は移る。それまで我慢してればいいだけだ』って」

情けない連中なんか相手にしてたら、こっちまで同じレベルに堕ちてしまう。行弘君は言ったという。だから放っておけ。そして別な奴を標的に〝攻撃〟が始まっても、僕達はそんなことには一切、同調しないようにしていよう。僕達は下らない苛めをするような、情けない連中とは違うのだから。

立派なことを言うものだ。聞きながら、感心した。この行弘君というのは年齢的に見ても、かなりしっかりしているのではないか。少なくとも小学六年生の口にするような言葉とはなかなか思えない。なのにその彼が、「裏切り者」というのは……!?

「あいつに言ってもらえた時は、本当に嬉しかった」球人君は振り返った。「僕としてもかなり参っていたので、お陰で助かりました。そして改めて思ったんです。やっぱり彼だけは僕の本当の親友だ、って。彼との友情だけはこれからもずっと、大切にしていかなきゃならない、って。なのに」

口を噤んだ。暫し、沈黙が流れた。

私は待った。促してはいけない、と分かり切っているからだ。もしこの場で、次の言葉が出て来なかったとしてもそれは仕方がない。彼が口にする気になった時、初めて聞けばいいのである。

実際には暫しの沈黙の後、球人君は再び口を開いた。絞り出すような声になっていた。

「なのにあいつは、僕を裏切った。綺麗事を言って慰めておきながら実は、苛める側に回っていたんだ」

「そんな」ついつい、言葉が飛び出していた。「本当なのかぃ。何かの間違いじゃないのかぃ」

「間違いありません。僕のことを話しているのを、聞いてしまったんです。あいつは最初から僕を苛める側にいた。裏切り者だったんだ」大きく息を吐いて、続けた。

「許せない。あんな奴の顔なんか金輪際、僕は見たくもない」

　だからこそこの二学期、クラス替えで彼と同じ組になったため不登校が始まったのだ。陰湿な苛めにも耐え抜いた球人君も、裏切り者の顔を見ることだけはどうしても我慢できなかったのだ。


　具体的にどのような状況下で、行弘君が球人君のことを話していたのか。聞き出すことができたのはそれから数日後だった。

　またも遠出に誘い出したのだ。先日と同じ路線で豊洲に出、今度は「東京テレポート駅前」行きに乗り換えた。「台場駅前」で降りた。ここの海浜公園には、人工とは言え砂浜がある。対岸には芝浦や天王洲アイルの摩天楼が聳えるが、海を目の前にすれば気分も晴れるし開放的になれるだろうと踏んだのだった。

「今年の一月でした」球人君は言った。小学六年の三学期が始まり、少し経った頃だったという。「放課後、廊下を歩いていて教室の中で話す声が聞こえたんです。行弘と、担任の先生とが話してました。先生は歴史部の顧問をしていて、行弘もそれに入ってたので放課後もクラスに残ってたんです」

　制服。呪い。漏れ聞こえて来た言葉に、はっと足を止めたという。昨年から始まった苛めは、まだ収まってはいなかった。だから最初は行弘君が、球人君の受けている苛めについて先生に報告し対処策を求めているのではないか、と思ったという。

　ところが足を止めて耳を澄ますと、先生の声が飛び込んで来たのだ。「おっとそれより、球人はもう帰ってるんだろうな」

「ええ」行弘君は答えて言った。「大丈夫です」

「そうか」先生の声は安堵(あんど)した風だった。「ならば安心だな」

「その辺のところは僕だって、抜かりはありませんよ」行弘君はちょっと軽口めいて、つけ加えた。「それこそ、祟(たた)りでもあっちゃぁ敵(かな)いませんからね」

　続いて二人の笑い声が響いた。茫然(ぼうぜん)として立ち尽くす球人君の耳の中に、いつまでも消えないこだまとなって。

「僕がちゃんと帰っているか、確認したんですよ」球人君は言った。「二人が僕の噂(うわさ)をしていた、何よりの証拠じゃないですか」

　確かに今の会話が一字一句、正しいとすれば球人君の陰口を叩(たた)いていた二人が、盗み聞きの恐れを払拭するべく確認したとしか受け取れない。他の解釈は難しい。

「しかし」私は言った。「それじゃぁ担任の先生までが君の苛めに一枚、嚙(か)んでいたということじゃないか。あるいは百歩、譲ってもあるのを知りながら知らん振りをしていた」

「そうですよ」球人君は大きく頷いた。「いい先生だと思ってたけど、そっちも裏切り者だったんだ。表ではいい顔をしておいて裏では、僕をからかって楽しんでたんだ。許せない、行弘も先生も。どっちも裏切り者だ」

幸い、残された三学期はそう長くはなかった。程なく卒業式となり、小学校生活は終わりを告げた。中学校に進学し、件の先生とも顔を合わせることはなくなった。行弘君とも別なクラスになった。悪い思い出は振り捨てて、新生活に気持ちを切り替えられるようになったのである。例の苛めもとうに終わっていた。

ところがこの二学期になって再び、行弘君との同組を余儀なくされた。苦い記憶が生々しく蘇った。一時、離れていたお陰で逆に、再来した思い出はあまりにも辛過ぎたのである。

先生までが苛めに加担するということがあるのだろうか。疑問は尽きなかった。勿論、教師とて人の子である。表向きは聖職でも裏を返せば、歪んだ人間だっていることだろう。事実、教師の起こした不祥事はニュースで繰り返し報じられている。今や珍しくもなくなっている。

だからあり得ない、とは言えなかった。球人君の再現した会話が正確であるなら、彼の主張を覆すことは難しかった。そしてせっかくここまで胸襟を開き、打ち明けてくれた彼に対して「本当にその通りの会話だったんだろうね」などと念を押すこともできなかった。

「いやぁ、袋小路だよ」妻に言った。一緒に、亀戸まで出て来ていた。「彼の言うことが正しいなら、確かに親友や先生に裏切られたとしか思えない。そしてそうであるのなら、彼の登校拒否をどうすればいいのか。解決策が思いつかない」

二人で亀戸天神に参るのは、珍しいことでは決してない。特に初詣は、近場ということもあって大抵ここへ来る。また境内の藤は見事の一言で、心字池に紫の影を落として咲き乱れる四月下旬は、何か別用でもない限り見物に訪れるのを常としていた。

ただ、今回は特別だった。球人君の問題をどうしていいか分からない。だから神頼みでもしてみよう、とここへ足を向けたのだった。もう一方の当事者、その行弘君のおうちは天神様の裏というお話だったじゃありませんか。ご縁のある神様ですもの、きっとお知恵を貸して下さるわよ、と妻は言った。

確かに時間はもう殆どない。どうやら球人君の家庭がそろそろ、気づき始めたようなのだ。息子は本当は学校に行っていないのではないか。今のところ微妙な問題だけに、どう対処してよいか迷っている風なのだが。間もなく決定的な行動に出るのは避け難いと思われた。学校に問い合わせの電話、一本。それで全ては急転回してしまう。

だからもう残された時間は限りなく少なかった。苦しい時の神頼み、を地で行くことになったのも言わば当然だったのだ、我ながら。

普段なら錦糸町からJR総武本線に乗って一駅、亀戸で降りる。ところが今回は妻が、あなたの辿るルートをそのままなぞってみたいと言い出した。そこで葛西駅行きのバスに乗り、「水神森」バス停で降りた。まずは球人君との最初の出会いの場、ショッピングモールに足を踏み入れた。

「この辺りで彼を見掛けたんだ」電気店の携帯電話売場で、妻に説明した。「その時は、私服だった」

それで、あなたが探した電子辞書の売場というのはどこですの。訊かれるのではないか、と胆が冷えた。気が気ではなかった。本当はそんなもの、探してはいない。だから売場がどこかなど知る筈もない。

幸い妻は余計な質問などせず、電気店を後にしてくれた。京葉道路を渡り、明治通りとの交差点を右折した。直ぐに総武線の高架を潜った。明治通りを北上した。亀戸天神に向かうルートだった。

蔵前（くらまえ）橋通りに出ると角の有名な豆屋の前に、うその像が立っていた。左手に行くと亀戸天神、と示す道標（みちしるべ）だった。事実、ここから蔵前橋通りを五分も行くと右手奥に、赤い鳥居が見えて来る。

「うそは日本海沿岸に生息する雀の仲間の鳥だが、太宰府天満宮のお祭りの際に害虫を駆除してくれたことから、天神と縁があるとされたそうなんだ」私は言った。ここのところ町に出掛けるたびにそこの歴史や、所縁の逸話などを調べるのが楽しみになっていた。先日、今戸が招き猫発祥の地との説もあると披露して、感心されたのが癖になっている面もあるのかも知れない。「また鷽という字は學にも似ている。そんなことから学問の神様である天神と繋がりがあるとも考えられたようだ」

「毎年、一月に天満宮では『うそ替え神事』があることは存じてましたけど」妻は言った。「鳥と天満宮の由来についてまでは、知りませんでしたわ」

　氏子が木で彫られたうそを年に一度、購入して古いものと取り替えるのが「うそ替え神事」である。鷽は嘘にも通じる。一年、経った木うそは悪い事も溜め込んでいるため、新しいものと交換することで幸運を招くとされているのだった。

「今では学問の神とされているが天神は、そもそもが祟りをなす荒ぶる神だからね」

　天満宮に祀られる菅原道真は知られている通り、平安時代の貴族であり右大臣までに上り詰めたが周囲の嫉妬を買い、罪を着せられ左遷されてしまう。九州、太宰府の地に流された道真は都を懐かしみながら憤死したがその直後から、天変地異が相次いだ。これは祟りに違いないと恐れた朝廷は、慌てて道真を天神に祀り上げる。

これが全国に点在する天満宮の興りである。

「だから木うそに祟りを封じ込めて毎年、替えるという神事にもなるわけですのね」

亀戸天神の鳥居を潜り、心字池を跨ぐ二つの太鼓橋を渡った。季節になれば見事に咲き誇る藤も今は、藤棚に枝を張るだけで静かに春陽を待っているかのようだった。拝殿の前まで進み出ると賽銭を入れ、大きく柏手を打って頭を垂れた。球人君の不登校をどうか解決できますように、と祈った。

頭を上げると少し後ずさりし、改めて荘厳な拝殿を見遣った。ぐるりと視線を巡らせ、全体を見渡した。

参道の左手に五歳の頃の道真像と、「うその碑」とが並んで立っていた。幼少の頃から優秀だったらしい道真は、五歳にして和歌を詠んだという。その歌が、像の台座に刻まれていた。

「さぞや神童と呼ばれたことだろうよ」私は言った。「やがて朝廷の要職に上り詰めたが、一転して左遷。死んだら荒ぶる神から、学問の神だものなぁ。激動の変遷だよなぁ、考えてみれば」

「学生服のブランド名にもなっているくらいですものね」妻が言った。岡山の制服メーカー「カンコー（菅公）学生服」も、道真の通称からとった名だ。それだけ学問の神として全国的に、認知されている証（あか）しのようなものだった。春になると大勢の受験生が各地の天満宮を訪れ、志望校を記した絵馬を奉納することもよく知られている。「あなた、もしかして」

　指摘される通りだった。制服。祟り……。二つの言葉が今、頭の中で音を立てて渦巻いていた。

「あなた。球人君が聞いたという、お友達と先生との会話。確か、一月だったというお話でしたわよね。まさか、この日では」

　妻の指差しているのは「五歳菅公像」の隣、「うその碑」の方だった。そこには「一月二十四日、二十五日」と毎年「うそ替え神事」の行われる日取りが明記してあった。

　やはり天神様の御利益は灼（あらた）かだったようだ。

　境内で妻が気づき、推察した通りだった。行弘君と先生はあの日、教室で球人君の噂をしていたわけでも何でもない。ただ天満宮の由来について、説明していただけだった。歴史部の部員であり、亀戸天神の氏子でもある行弘君に顧問の先生は教えたのだ。そもそも菅原道真がどういう人で、何があって天神信仰が生まれたのか、を。解説の中で「呪い」だのといった言葉が出、学問の神から「制服」にまで名前が使われた逸話に進展した。球人君はそれらを漏れ聞いただけだった。

では彼の名が出て来たのは、何だったのか。件の日はまさに妻の推量通り、一月二十五日だった。だから先生はふと思い至り、氏子である行弘君に確認したのだ。「木うそはもう替えてるんだろうな」と。もしまだであれば期日は、今日まで。こんなところで話している場合ではない。早く帰って、取り替えて来なければならないのだから。

対して行弘君は答えた。「ええ大丈夫、抜かりはありません」つまり前日の内にちゃんと、「うそ替え」は済ませたということだ。「それこそ、祟りでもあっちゃぁ敵いませんからね」

「馬鹿でした。僕が馬鹿だったんです」全てを知って、球人君は言っていた。私から指摘され、直ぐに行弘君に連絡をとったのだ。かくして真相が明らかになった。

「変な聞き間違いをして、勝手に誤解して。何も悪くない行弘や先生を、一方的に裏切り者だなんて決めつけて」

「君に罪はない」応えて私は言った。「謂れのない苛めを受けていて、精神的に参っていたんだ。そうなるとついつい、被害妄想も膨らんでしまう。悪い方に悪い方にと考えが向く。ついつい聞き間違いをしてしまったというのも、自然なことだと私は思うよ。悪いのは下らない苛めなんかした連中だ、君ではない」

「ええ、行弘もそう言ってくれました」零れんばかりの笑顔だった。「悪いのは苛めた連中だ、って。でも分かってよかったぞ、とも言ってくれました。急に僕がよそよそしくなったので、あいつとしても訳が分からないでいたらしいんです。それどころか二学期に同じクラスになったら、僕が学校にも出て来なくなって。どうしていいか見当もつかず、これまで来ていたらしいんです」

単なる聞き間違いから下手をしたら、大切な友情が壊れたままになってしまうところだった、というわけだ。考えれば余計なお節介をした私も、幾ばくかの貢献をしたことにはなるなと自惚れてもよかろう。

「有難うございました、おじさん」言葉が透き通っていた。微塵の誇張も裏もないことは、声音からも確信できた。「僕の誤解を解いてくれて。お陰で掛け替えのない友達を、取り戻すことができました。本当に何と、お礼を言っていいか」

「いいんだよ」私は手を振った。「大切な友情が元に戻った。僅かなりとお手伝いができたとすれば、それだけで私は光栄だ」おまけに、とつけ加えた。「おまけに聞き違いというのは、誰だってやることなんだからね。本当に、誰だって」

言いつつ脳裡に、家に置いてあったペットボトルが浮かんでいた。中身は透明な液体で、ラベルには「Ｏ２」と書かれていた。

これは、と妻に訊くと答えて言った。

「何でも酸素濃度を特別に濃くした、お水らしいんですの。元々はスポーツをした後なんかに、水分補給や疲労回復のために飲むものらしいんですけど。美肌効果もあるから、ってお友達が。この歳になって今更、お肌の艶も何もないでしょうと断ったんですけどねぇ。とにかく一度、試してみたらいい、ってそれはそれは熱心で」

「もしかして」私は言った。「こないだ、この水について電話で話してなかったかい」

「あら、聞かれてたんですの。恥ずかしいわ。とにかくこんな歳でお肌も何も、と断ったんですけどねぇ。あんまり熱心に勧められるので、いつまでも無下にもできなくて。とにかく一度、というので送ってもらうことにしたんです」

何のことはない。私が漏れ聞いたのは「腰痛」ではなく、「オーツー」だったわけだ。勝手に聞き間違え、腰の痛みから清掃のせいだと決めつけて、ロボット掃除機を探すまでに至っていたなんて。独り相撲もいいとこだった。とても妻に打ち明ける気にはなれなかった。

ついつい、思い出し笑いを浮かべていた。そう言えば実話を元にしたという落語『今戸の狐』だって聞き間違えがテーマではないか。球人君を責められる者など、古今東西どこにもいない。

どうかされたんですか。球人君が怪訝そうに顔を覗き込んで来た。が、弛(ゆる)んでしまう頰を抑えるのは難しかった。

第四章　迷宮霊園

所用があって新宿に出た。用が済んでみると間もなく正午、という時刻だった。さてどうするか。迷った。近場で昼食を済ませて次へ動くか。しかし新宿の雑踏は、どうにも好きになれない。

そこで、吉住の言葉を思い出した。東京都シルバーパスを使ってあちこちバスを乗り歩く、同好の士である。彼の方が始めたのが早いので私からは先輩に当たり、知識も豊富。既にかなりの距離を走破している。

「私の一族は墓が多磨霊園にありましてね」彼は言っていた。「お盆や命日には家族で墓参りに行きますけど、悔しいんですよね。私としては是非、一度バスで行ってみたいんですけど」

新宿からＪＲ中央線の「武蔵境駅前南口」まで行く、小田急バスの路線がある。何とか一度、乗ってみたいのだが家族と一緒では勝手な行動が採れない。未だに果たせずにいる、ということだった。

　東京都シルバーパスは都内であれば、どの会社のバスでも基本的に乗り放題である。ただ私の住んでいるのは山手線の東側であり、周囲を乗っている限り都バスが大半という結果になるのだった。逆に西側に来れば、都バスより私鉄系のバスの方が充実している。

「それがね。妙なルートを走る路線なんですよ」吉住は言っていた。「おまけに一日、二往復しか運行してない。レアな路線でしてねぇ。墓参りの時なんか、乗る絶好の機会なのに。一度カミサンに提案したんですけど『バスで行く？　あんた何言ってんの』と一蹴ですよ。女なんかにこの楽しみが、分かって堪（たま）るか、ってんだ。あぁ、乗ってみたいなぁ」

　一日、二往復だけの運行。確かその一本目は、昼前に出発という話ではなかったか。思い出し、慌てて案内板を確認した。新宿の西口地下から地上に上がった。小田急ハルク前の乗り場だった。

　見ると、もうバスは来て待っていた。十一時四十五分発だった。ギリギリセーフで乗ることが叶（かな）った。

　バスは出発すると甲州（こうしゅう）街道に出、西に向けて走り始めた。東京オペラシティを通り過ぎ、代々木（よよぎ）警察署の前を走り抜けた。頭上を中央高速に繋（つな）がる、首都高4号線の高架がずっと覆っていた。

「小田急なのに新宿駅を始発とするバスは、実はこの系統だけらしいんですよ」

吉住の言葉が頭に蘇った。小田急電鉄は新宿と小田原を結ぶため、この名前がある。小田原から箱根湯本、更に強羅まで延びる箱根登山鉄道も同グループの関連会社である。新宿は同社にとって本拠地に他ならず、本社もここに置く。なのに新宿を発着するバス路線はこの系統だけ、とは確かに意外だった。

「それにね。前半は京王線に平行して走ってばかり。これもおかしいですよねぇ」

新宿と八王子を結ぶ京王電鉄の京王線は、基本的に甲州街道と並走している。だからこの道を走っている限り、京王線と並行することになるわけだ。事実「幡ヶ谷駅」「笹塚駅」と京王の駅名の付くバス停が続いた。

と、松原の交差点で右折した。井の頭通りに入った。

ところが井の頭通りがまた、京王電鉄の井の頭線と並んで走っている。「永福町」「西永福」「浜田山」とこれまた、井の頭線の駅名と同じバス停が並んだ。成程、小田急のバスのくせに京王系列の路線に沿ってばかり走るわけだ。これは吉住の言う通り妙な路線だなぁ、と感心した。環8通りを渡り、高井戸警察署の前を通り抜けた。

やがて道が混んで来始めた。歩道も人で溢れ出した。いよいよ吉祥寺駅に着いたのだ。駅と井の頭公園との間を走るこの道沿いには、マルイやドン・キホーテなどの大型店が並んでおり通行人が物凄い。またバス停も連なっていて、車はなかなか前に進めなかった。

漸く前方にＪＲの高架が見えて来た。このまま井の頭通りを走ってあれを潜るのかな、と思いきや、左折した。吉祥寺通りに入った。道の左は井の頭公園。右は動物園を有す井の頭自然文化園である。左右の歩道は親子連れやカップルの姿が目立つようになった。まだまだ通行人で溢れていた。

特に小さな子供が増えて来たな、と思うとやがて理由が分かった。左手の先に『三鷹の森ジブリ美術館』があったのだ。子供達の大好きな宮崎駿監督の、アニメーションの聖地である。親にとって家族サービスの、何よりの場所であろう。通りの両側の雑踏は暫く、途切れそうになかった。

連雀通りを右折すると漸く、通行人の数も減って来た。私はホッと肩の力を抜いた。車内には関係ないとは言えやはり、外が混雑していると落ち着かない。スムーズに流れ始めた走行音に、リラックスして背凭れに身を預けた。

バスは連雀通り沿いに、ずっと西へ向かっているようだった。マンションや店舗、時おり公共施設などの並ぶ車窓の風景をのんびりと眺めた。

が、再び上半身を持ち上げた。窓の外に目を凝らした。知っている。俺はこの辺りを、知っているぞ。

交差点の手前、右手に大きな鳥居が見えた。あれだ、やっぱり。咄嗟に停車ボタンを押していた。「八幡前・三鷹市芸術文化センター前」のバス停で降りた。

交差点に戻った。八幡大神社の鳥居を見て改めて思った。やっぱりここだ。三鷹通りを北に向かった。

確かこの辺りじゃなかったかな。見当をつけて、左の路地に入った。直ぐに正しかった、と分かった。人工の水路がある。道に行き当たるようにして、ここから下流は暗渠になっている。

大雨が降った際など、流れ込んだ水を下流に落とすための水路だった。護岸として巨大な矢板が並んでいる。今は水が涸れ、コンクリートの川床が見えていた。防護柵の間から覗き込むと、ところどころに小さな水溜まりが残っているだけなのが分かった。

あの時はそうではなかった。大雨が何日も続き、水が轟々と音を立てて流れていた。暗渠に入る手前、ゴミを塞き止めるための柵に大量の浮き草などが絡みついていた。

そうだ、ここだ。立ち止まった。水路に沿って、土が剥き出しの小道がある。先はちょっとした広場になり、ブランコなどの遊具が置かれている。

そうだこの木だ、この根本の辺りだ。立ち尽くし、目を閉じた。当時の光景が瞼(まぶた)の裏に浮かんで来た。

何日も降り続いた大雨がまだ止(や)まず、足下がぬかるむ中。ここに老人が倒れていたのだ。胸を一突きにされていた。警視庁刑事部捜査第一課に勤めていた頃、担当した中で未解決に終わった事件の一つだった。真相は遂に、闇の中のままだった。

「不思議なものだ」家に帰って、妻に語った。「現場に立ってみると色んなことが、思い出される。もう、何十年も前の事件なのにな。あぁこんなことがあった。あんなことも。当時のことが次々、鮮明に浮かんで来るんだ」

「事件を追って何十日も、何百日も捜査に歩き回ったのでしょう」妻は言った。「そういうものなんでしょうね、私には分かりませんけども。真相を突き止めたいという熱意が強かったからこそ、記憶も鮮明に残るのでしょう。現場に立つとそれが、生々しく蘇って来るんじゃありませんかしら」

「ましてや未解決に終わった、という悔しさがあるからね」頷(うなず)いた。「どうしても忘れられない、という面はより強くあるのかも知れない」

ただし、重々しい話を続けたいわけではない。食事の最中、本日の話題として振っただけなのだ。重苦しいままにしたのでは、妻のせっかくの料理を楽しめなくなってしまう。それでは本意ではない。そもそも勿体無い。

「ただいつまでも、そこに立っていても仕方がない」私は言った。「あれだけ捜査しても真相は分からなかったんだからね。今さら立ち尽くしてみたところで、何がどうなるわけでもない。それより、バス路線だ。後少しで終点というところだったんだから。吉住も乗り残してるコースを、最後まで乗ってやろうとバス停に戻ろうとしたんだ。そこで、はたと思い至った」

「だって、あなた」妻が笑った。「その路線、一日に二往復って」

「そうなんだよ」合わせて笑った。「ついつい途中下車なんかしてしまったお陰で。次が来るのは、夕方だ。それじゃ帰れなくなってしまう。仕方なく、三鷹駅まで歩いたよ。十分ちょっとで着いたかな。「調布駅北口」行きという小田急バスがあったので、そいつに乗った。調布からは渋谷に行く路線があると知っていたからね。渋谷まで戻れば、後はいくらでも帰り道は分かる」

「まぁ」妻の笑みは続いていた。「そうまでして、バスで戻らなければなりませんの。せっかく三鷹駅に行ったんですもの。JRに乗るなりすれば、もっと簡単に帰れるんじゃありませんの」

「いや、それじゃルール違反だ」首を振った。「バス乗りの精神に反する。それにこれはあくまで、道楽なんだからね。せっかくシルバーパスでただで乗れるのに、横着のために余計な乗車賃を払うわけにはいかない。無駄金はなるべく使わない。こんな風に遊ばせてもらっている、お前に対するこれは礼儀だ」

「まぁ、そんな」

お陰で食事の時間は、楽しい雰囲気の中で過ごせた。

実は一つ、気になることがあったのだが。この場で妻に言う気にはとてもなれなかった。三鷹から帰る途上、調布でバスを乗り換える際。背中にふと、視線を感じたのだ。刑事の勘だ、間違いない。あの時、確かに私は監視されていた。


視線の主が誰だったのか。知ったのは数日後のことだった。いつものようにバスのぶらり旅に出ようとして、錦糸町に来た。「新木場(きば)駅前」行きの出る乗り場の列に並んだ。ふと前方に知った顔が見えた。「よぅ」迷わず声を掛けていた。

振り返った顔と、目が合った。瞬時に悟っていた。この視線だ。先日、調布で私を見詰めていたのはこいつだったのだ。

「よぅ」相手も応じて声を上げた。同時に片手を挙げ、列を外れて歩み寄って来た。「久しぶりだな、元気だったか。あぁそうか。お前、確か自宅はこの近くだったたな」

「そうなんだ」頷いた。「実は最近、東京都シルバーパスでバスをあちこち乗り歩いて、暇潰しをしてる。やってみたら結構、これが楽しくてな」

「何だお前もか。実は俺もなんだ。人から勧められて、やってみたら止まらなくなった」

警視庁時代の同僚、郡司だった。捜査一課の同じ班に属し、いくつもの事件に共に関わった。互いに気心が知れていた。

長年、刑事をやっていると眼が独特の光を帯びる。本人が意識してなかろうと、どうしてもそうなる。だから間違いない。調布で感じた視線は確かにこいつのものだった。

あの頃から何を考えているのか今一つ、摑み辛いところのある男だった。時おり謎めいた言い回しをして周りを煙に巻くことがあった。ただ優秀なのは間違いなく、捜査方針にも進んで意見を述べることから苗字を捩って「軍師」と渾名されていた。

「この辺りにもよく来るよ」郡司は続けて言った。「何と言っても『鬼平』所縁の地だからなぁ」

「あぁ、そうか」

郡司は時代劇好きとしても知られていた。特に『鬼平犯科帳』は大のお気に入りで、私も勧められていくつか短編を読んだ覚えがあった。彼の「軍師」の渾名には、趣味から来た面もあったんだったな、と思い出した。

「そっちに大横川親水公園があるだろ」彼は言った。「近くには江戸時代、時の鐘があった。住民に時刻を告げるために鳴らした、江戸に九つあった鐘の内の一つだな。小説では長谷川平蔵の旧宅は、その鐘楼の前にあったことになってるんだ。若き日の平蔵はそこを本拠地に暴れ回り、『本所の銕』と恐れられてたってわけさ」

ところが、とつけ加えた。蘊蓄を傾けるマニア特有の光が、眼で悪戯っぽく瞬いた。

郡司によると史実は、ちょっと違ったらしい。実際の長谷川邸は鐘楼のところからちょっと離れた、現在の都営地下鉄菊川駅のところにあったという。

「だから両方、回って来たよ」彼は言った。自慢げな響きが声に含まれていた。「鐘楼前の場所は今では、コンビニになっていた。そこに墨田区が立てた『長谷川平蔵の旧邸』の案内板があった。一方、菊川駅の方に立てられた記念碑には平蔵と並んで『遠山金四郎』の名前もあった。実は長谷川家は平蔵の死後、文京区の方へ引っ越してるんだ。残された屋敷には例の『遠山の金さん』が住み着いた。こういうことになってるってわけだ」粋なことをするもんじゃないか、墨田区も。だから語っている郡司の顔は嬉々としていた。こういう時は謎めいた言動を採る一面は、綺麗に消え失せてしまう。趣味には人間を純化する効果があるのだ。「史実上の場所だけでなく、小説で描かれた場所にも『屋敷跡』として案内板を立てている。いやいや粋なことをするなぁ、と感心させられて来たところだよ」

お前は先日、調布でなぜ俺をつけ回していたのだ。訊きたかったが直接、ぶつけてもどうせ答えが帰って来ないことは明白だった。それこそ謎掛けのような言い回しで、煙に巻かれてしまうのは目に見えている。暫く行動を共にして、探りを入れて行くしかあるまい。

そこで、話題を換えた。「それでこれから、どこに行こうとしていたんだ」列の私の前に並んでいたのだ。「新木場駅前」行きに乗る積もりだったことになる。

「あぁ」列の方を振り返った。「バス停に戻って来て、乗り場案内を見ている内に思い出したんだ。そう言えば新木場は、あの現場だったな、と」

「あぁ」私は頷いた。「それじゃ同じだ。俺もこれから、久しぶりに現場を訪れてみる積もりだった。列に並んでいて、お前に気づいたわけなんだ」

「そうか」頷き返して来た。「やっぱり元刑事ってのは、どこか似ちまうのかな。行動も同じようになっちまうのかな」

「そうかも知れないな」

丁度、バスが来たので共に乗り込んだ。終点まで、他愛のない会話を交わした。時々、外を眺めながらあぁこの辺りにも来た覚えがあるな、などと話し合った。

「新木場駅前」で降りた。倉庫などの立ち並ぶ中、南に向かうと直ぐに水辺に出た。左手は第一貯木場である。埋立地で囲まれた水面に、大量の木材が浮かべられている。

が、我々の目的地は反対側だった。橋を渡って右手に行き、新木場公園に足を踏み入れた。

「ここだったな」

「あぁ」

もう何十年前になるだろうか。ここで、死体が上がったのだった。死んでから時間が経(た)っており、水にも長いこと浸(つ)かっていたようで腐敗がかなり進んでいた。魚などから肉を齧(かじ)り取られたこともあり最早、人間の姿をしていなかった。骨と、僅かに残った肉片の塊に破れた服が纏(まと)わりついていただけだった。あまりの無惨さに若手の刑事が、戻しそうになったくらいだった。

着ていた服から予想された通り、死体は成人男性だった。骨格からして二十代から四十代くらい、と推定された。が、分かったのはその程度だった。

まずはこの死体が何者なのかが摑めない。ここで殺され海に投げ込まれたのか。それとも他所(よそ)で捨てられ、流れ着いたものなのかも判然としない。死体の右足首には千切れたロープが結びつけられていた。浮かんで来ないよう、錘(おもり)をつけて沈められたのだろう。それが切れたため浮き上がり、こうして発見されるに至ったのだろう。

ダイバーを潜らせてみたが、現場近くの海底には錘らしきものは発見できなかった。ここで捨てられ、ロープが切れたために浮かんで来ただけだったら錘も海底にある筈である。ないということは他所で捨てられたものと推定できる。ロープが切れたお陰でくびきから外れ、流れ流れて漂着したものであろう、と。

しかし想像を膨らませられるのもそこまでだった。ここで捨てられたのではない、と断言することもできない。例えば麻袋の中に塩など、水に溶けるものが詰められた錘だったとしたら、どうか。塩が徐々に水に溶け、流れ去れば軽くなる。丁度その時、ロープも切れて死体は浮かび上がった。麻袋もどこかに流されてしまった。だから今、潜ってみても海底に錘は発見できない。そうではない、と断言できる根拠はどこにもない。

結局、分からないこと尽くめだった。骨から生前の顔を復元させ、「尋ね人」のポスターを全国の交番に貼り出させたが情報は集まらなかった。死体が誰か、突き止め切れないのでは捜査の端緒すら摑めない。事件は迷宮入りになった。何も分からないまま終わった、という徒労感だけが残った。

「DNA鑑定というものもあの頃、なかったに等しいからな」私は言った。「あればまた、違った展開になっていたかも知れないが」

「しかし死体のDNAは採れるだろうが、それだけでは何にもならないからな」郡司が指摘して言った。「今では犯罪者のＤＮＡデータベース化が進んでいるから、前科者なら一致するということもあるかも知れないが。そもそもちゃんとしたデータを採り始めたのも、最近になってからだし。そうなると、判明するのは直近の前科者だけ、ということになってしまう。だから今後、データが充実して来ればそれなりの効果はあるだろうがまだ今の段階でも、さして効果があったとは思えないよ」

身内が自分の親兄弟かも、などと名乗り出てくれたりしたらまだしもな、と彼はつけ加えた。親族がいればＤＮＡで本人とほぼ特定することはできる。だが実際には「尋ね人」の情報すら集まらなかった。これでは何もできない。死体のＤＮＡが採れただけでは身許は突き止められない。確かに郡司の指摘する通りだった。

「実は」新木場駅に歩いて戻った。ガード下に店があったので共に入った。まだ陽の高い時刻で多少、後ろめたい思いもあったがまぁよかろうと苦笑し合った。ビールを頼んで乾杯した。「こっちの現場に来てみる気になったのも先日、別なところに行ったせいなんだ。初めての路線に乗っていてふと、ここは来たことがあると気づいてな」

新宿から「武蔵境駅南口」行きの小田急バスに乗ったことを話した。「あぁ」と郡司は膝を打った。彼はあの事件でも、一緒に捜査に当たったのだ。「例の、三鷹駅近くの」

そうあれだ、と頷いた。

もっともあの事件と、こちらとではあまりに違うことだらけだった。まずあっちの事件では、死体が何者かは明確に分かっていた。近所に住む老人だった。殺される直前までの行動も摑めていた。現場近くのコンビニに買い物に現われ、店員が目撃していたのだ。

だから共通点は一つだけだ。解決できなかった。真相を突き止め切れなかった。ただその一点だけで、私達にとっては忘れ得ぬ汚点として残る。悔しさを伴う記憶となって。

「そう言えば」私は言った。「あっちのマル害（被害者）には、奥さんがあったな」

「あぁ」郡司は両手の指を組み合わせて顎を載せた。小さく首を振った。「亡くなったよ。もう十年ちょっと前になる」

郡司はあの事件に、妙に執着していた。捜査がなかなか進まず、〝帳場〟（捜査本部）が縮小されてからも掛ける熱意は変わらなかった。繰り返し繰り返し現場を訪れ、周辺の聞き込みを続けていた。被害者の自宅にも通い詰め、奥さんから話を聞き込んでいた。だから消息についても摑んでいるのではないか、と思ったのだ。結果的には案の定、だった。

「そうか。あの時点で確かに、それなりの歳だったからなぁ」

「今じゃマル害と一緒に、多磨霊園で眠ってるよ。実は俺の先祖の墓も、あそこにあってな。だから盆や正月、参りに行くたびあっちの墓にも手を合わせている」

「そうか」

　事件を解決に導けなかった。墓石の前で詫びているのだろうと私は察した。気持ちは同じだ、共に捜査に当たった仲間なら。

「霊園に通い易いところにいる、という面もある」郡司は苦笑を浮かべた。「俺はお前と違って、『鬼平』なんかとは関わりの薄い方に住んでいるからな。本所だ何だと舞台になり易い下町と違って、多摩の方じゃ。時代劇は、あんまり」

「お前の家は確か、府中だったな」

「あぁ」頷いた。「ただ市内は市内でも、東の端っこ。もうちょっと行ったら調布市に入る、という位置関係だ。最寄りは京王線の武蔵野台駅になる」

　調布、という地名が先方の口から飛び出たため、思わず胸が騒いだ。住んでいる家が近い。だから駅前を通ったお前を、たまたま俺が見掛けたとしてもさして不思議ではなかろう。私から追及される先手を打ってこの後、そんな風に弁明でも持ち出そうというのか。

　しかしならば、何故じっと見詰めていた。声を掛けようとしたがちょっと距離があったので躊躇った、などという言い訳は通用しない。私の背中に突き刺さっていたのはそんな視線ではなかった。断言できる。

調布、の言葉に私が動揺したのを察したのか、どうか。郡司は素知らぬ顔で話を続けた。

「三多摩、なんて言い方があるよな。旧武蔵国多摩郡は東西南北の四つに分かれたんだが、東多摩郡だけが早くに区制に組み入れられ西南北の三つが長く残ったんで、こう呼ぶんだそうだ。今じゃ住居表示として残ってるのは西多摩郡だけだが。我が府中市は往時の区分で言えば、北多摩郡に入る」

やはり私を見たという件には言及しない。本来ならこうして酒を酌み交わす席では、格好の話題の筈だろう。実は先日も調布で、お前を見掛けてな。俺とお前とはここのところ、出会い易い巡り合わせなのかな。いかにも自然な話題の筈だろう。なのに、口にしない。やはりあれは見掛けただけではなかった。密かに後を尾行けていた視線だった、証拠のようなものと言っていい。

「娘夫婦は埼玉の方に住んでいてな。一緒に暮らそう、と誘ってくれているんだが」郡司の奥さんが亡くなって、もう数年になる。葬式には私も列席した。今は男やもめの一人暮らし、ということとなのだろう。そこで彼は、慌てたようにつけ加えた。「……あ、いやいや。そうだったな。済まん」

私の娘はまだ子供の頃、交通事故で命を落とした。郡司だってよく知っている。だからこの話題はまずかった、と思ってくれているのだ。

「構わんよ」小さく手を振った。「昔の話だ。逆に気を遣わせてしまって、済まん」

実際、人の娘の話を聞いて「自分の子も生きていれば」などと平静でいられなかったのは、ずっと昔のことだ。勿論、生きていれば今ごろ結婚して私にも孫の二、三人はいたかもな、などと想像を膨らませることもなくはない。思いを馳せることが皆無、となることは決してあり得ないだろう。それでも動揺は今はない。時間が経つとはそういうことだ。相手に気を遣わせて逆に申し訳ない、というのも偽らざる本心だった。

「そうか。じゃ、ま、まぁ続けさせてもらうが」続けてくれ、と私が促すので郡司は言った。「娘にそう言ってもらえるのは有難いこった、とは俺も思うよ。旦那は次男坊なんで実家に帰る必要もないから、って。だがなかなか、その気になれない。踏み切れない。一人でいるのはこれはこれで、気楽なものでな。娘夫婦なんかと暮らすと互いに遠慮しなきゃならんだろ。特に、旦那の方に。そんなのどうにも願い下げだ。だから身体の動く内はもう暫く、今のままでいようと思ってる」

「それじゃ」私も向こうの話題に合わせた。話を続けている内にいつか、彼の狙いが見えて来る局面もあるかも知れない。「もう暫くは多摩暮らし。奥さんの眠る霊園にも通い易いまま、ってわけだな」

「あぁ、そういうこった」頷いてから、薄く笑った。「ただ『たま』ってのは変わった地名でな。『ま』の字に二通りがある。一つは『麻』の下に『手』と書く『摩』。今の話題の三多摩とか、多摩川とかはこっちの字だ。もう一つは『麻』の下に『石』と書く『磨』。都営多磨霊園は、こっちの方なんだ」

「へぇ」ついつい興味を持った。最近、土地だの地名だのという話題に妙に惹(ひ)かれる。バス旅の帰りに図書館で調べ物をすることも多い。「どう違うんだ」

「さぁ。俺もよくは知らん。昔、多磨村ってのがあってそこに霊園が出来たから、こうなったらしいんだが。両方の字の使い分けがよく分からんのだな。昔の地名で言うと北多摩郡多磨村ってんだから、何とも、はや」

「へぇぇ」思わず笑った。「じゃぁ今も三多摩地区に、多磨霊園があるってわけだな」

「そうなんだ」またも頷いてから、つけ加えた。「もっとも実は『多摩霊園』だってあるんだぜ。町田(まちだ)とか、八王子の方に。だからコンピュータで文字検索なんかしたら、違う方を教えられることにもなり兼ねん」

「そいつは心配ご無用だ」コンピュータを扱うことなんて殆(ほとん)どない。使い方がよく分からないからだ。だから妙な検索をして勘違いする恐れだけは、まず考えないでよかった。

それより話している内に、私も行きたくなって来た。あの事件の被害者と遺族の眠る墓石の前で、解決できなかった詫びを述べたくなった。

「あぁそりゃ、いいじゃないか」郡司も賛同してくれた。「で、いつ行く」

せっかくだから明日にでも、と言うとそれじゃ一緒に行けないと首を振った。今、言った娘の家に何日か滞在することになっている、という。

「旦那の方のご両親がこっちに出て来るらしくてな。子供も連れて家族、全員で旅行に行くことになってるそうなんだ。その間、飼い犬の面倒を見ててくれ、って」

「犬と一緒にお留守番ってわけか」吹き出してしまった。「向こうは旅行に行く、ってのに」

「まぁ、いいさ。お父さんも一緒に行きましょう、なんて誘われるよりましだ。向こうの両親と何日も一緒なんて、それこそ気を遣ってしょうがない」

多磨霊園はとにかく広い。だからできれば一緒に行って、墓前まで案内してやりたかったんだが。頻りに残念がるので、仕方がないよと手を振った。

「娘さん夫婦へのサービスだ。今はその気にはなれなくても、一緒に住もうなんて誘ってくれるだけでも嬉しいじゃないか。たまにはその、お返しってことで」

まぁなぁ、と腕を組んだ。「それでお前、まずは霊園までどうやって行く」

「さっきも言った通り元々は、新宿から武蔵境までのバスに乗ったのが切っ掛けだったんだ」私は言った。「ところが事件現場の近くを通ったんで、ついつい途中下車してしまった。路線完乗を果たしてないんだ。だからまずはあれを、終点まで行きたい」

吉住の言葉を思い出していた。彼の一族の墓も、多磨霊園にある。せっかくだからあの路線で行ってみたいのだが、家族が一緒なので未だ果たせないでいる、と。逆に言えばあの路線から乗り継げば、霊園に辿り着けることになる。

「そうか、それはいい」郡司は大きく頷いた。「知らない奴がよくやるミスがあって、な。京王線にそのものズバリ、多磨霊園という名の駅がある。うちの最寄り、武蔵野台の次の駅だ。名前からすりゃそこで降りれば、霊園は目の前だと思い込んじまうだろう。ところがどっこい、なんだ。霊園はそこから二キロ程も離れてる。歩くと結構な距離になるし、土地に不案内なら道にも迷っちまうだろう」

だが武蔵境から来るのならいい、と郡司は請け合って言った。

「いいか。『霊園』も何もつかない、ただの『多磨』だ。ここで降りるんだ。そしたら迷わずに着ける。大丈夫だ」

降りたら右手に行け、と彼は言った。直ぐに車通りに出る。そこで、ニヤリと笑った。

「俺の昔の渾名を連想させる。そんな名前の通りだ。行ってみりゃ、直ぐにピンと来る。そいつに沿って、左だ」

来た来た。内心、思っていた。俺の昔の渾名を連想させる名前の通り。こうした謎めいた言い方を、彼は好んで使っていたのだ。ある意味、久しぶりに彼らしさが出たと言っていい瞬間だった。

「車道沿いに暫く行くと斜め前方に切り込むように、分かれる道がある。そっちへ行け。間もなく霊園の大きな門前に出る。門を潜ると先はロータリーだ。車が入ってＵターンできるようになってる。いくつか道が分かれてるが、ロータリーを半分回りこんで門を背にする形で、真っ直ぐ延びる道を行け」

少し歩かなければならないが、それが一番分かり易いと郡司は言った。目指す墓のあるのは10区らしい。一つ一つの区画もかなり広いが丁度、角地にあるから行けば分かる筈だ、と。

店を出るともう、結構な時刻になっていた。陽は西にかなり傾き始めていた。

郡司はＪＲ京葉線で家路に就くというので、駅前で別れた。結局、監視の真意を探り出すことはできなかった。まぁ今後もこうしてちょくちょく顔を合わせていれば、いつかは突き止めることができるだろう。気長に行くしかあるまい、と割り切って私はバスに乗り込んだ。

東京の西側まで帰らねばならない郡司と違い、このまま家に直行したのではちょっとまだ早い。時間的に余裕がある。途中、東陽町辺りから上手く乗り継いで葛西まで足を延ばす積もりだった。ここのところ行っていなかった、あの、小さなスーパーの様子を久しぶりに覗いてみよう。あんな話題の後では行かずにはおれない心境になっていた。

新宿から武蔵境に行くバスは繰り返すが、一日に二本しか走っていない。乗り過ごしたら終わりである。だから翌日、早目に家を出た。路線を乗り継いで新宿に着いた。用心し過ぎたようで目的のバスが出るまで、三十分以上も時間があった。ぶらぶら歩いて、京王線の新宿駅まで赴いた。自動券売機の上に掲げられている、路線図を見た。郡司の家の最寄りという、武蔵野台駅を探した。直ぐに見つかった。調布と府中の丁度、中間にある駅だった。府中市内でも東の端っこ。もうちょっと行ったら調布市に入る、という位置関係だ。郡司の言葉を思い出した。一つ先が多磨霊園駅だった。これも郡司の言葉通りだった。名前からすればそこで降りれば、霊園は目の前だと思い込んでしまうだろう。ところが霊園はそこから二キロ程も離れている。つまりあそこには行くな、とあいつは言っていたわけだ。ぼんやりと眺めていたら、結構な時間になっていた。慌ててバス乗り場に戻った。

今度も逃すことなく、乗り込むことができた。

途中までは二度目の乗車である。だから敢えて、別の側の席に座った。前回とは違う側の車窓を楽しめるからだ。同じ路線に乗る時は大抵、私はそうする。

前回は「八幡前・三鷹芸術文化センター前」バス停で飛び降りてしまった。そこまで再びなぞるのに、一時間近くを要した。途中、吉祥寺駅前後の雑踏は相変わらずだった。

芸術文化センター前を離れると胸が高鳴った。いよいよここからは未乗区間である。初めての路線に乗る時はいつも、気分は高揚する。

バスはそれまでと同様、連雀通りを西に進んだ。この通りは位置関係として、JR中央線と並行して走っているのだろう。JRの線路はここから右手、北側に位置するのだろうと見当をつけた。

思った通りだった。暫く行くとバスは右に曲がった。いよいよ駅の方へ向かうのだ。途中、武蔵野赤十字病院の前を回ると次は終点、「武蔵境駅南口」だった。芸術センター前からバス停にして、ほんの五つ目くらいだった。本当に前回、完全乗車ぎりぎり手前で私は降りてしまっていたのだ。

初めて降りる駅前である。辺りを見回した。バス乗り場の案内を確認した。どうやらここから直接、多磨霊園に行く路線はないらしい。

ただ、「武蔵小金井駅南口」行きが頻繁に出ていた。ピン、と来た。武蔵小金井駅前は東京西部における、バス路線網の一つの拠点と聞いている。あそこまで行けば霊園行きが出ている筈だ、と見当をつけて乗り込んだ。

バスは南に向かい、再び連雀通りにぶつかった。右折して西へ進んだ。これまで辿って来た道を更に、先へ行っている感覚だった。

途中、おやと思った。「新小金井駅」というバス停があったのだ。はてそんな駅があったかしら。ＪＲの武蔵境と武蔵小金井の間には、東小金井駅しかなかった筈だが。

単線の線路を跨いだ。駅舎がどこにあるかよく分からなかった。あれは何だったのだろう。不思議に思っている内にバスは右に折れ、武蔵小金井駅前のロータリーに滑り込んだ。前が一時間近くを要したのに対し、こっちはあっという間の旅程だった。

ここも初めて降りる駅前である。だがあまりうろうろする必要はなかった。「多磨町」行き、という路線を見つけたのだ。

再び郡司の言葉が浮かんでいた。いいか、「霊園」も何もつかないただの「多磨」だ。ここで降りるんだ。

こいつだ、こいつに違いない。迷うことなく、乗り込んだ。

バスはまたも南に向かい、三たび連雀通りに出た。ただし今回は曲がることなく、突っ切って直進した。途中、「前原坂（まえばるざか）」というバス停があったが成程、結構な傾斜路だった。左右を見ると崖のような段差があり、そこを緩やかに降りられるように渡された坂道らしかった。

「ハケ」だ、と思い至った。武蔵野台地が段丘状になっている部分の、崖線だ。ここまで地中を流れて来た地下水が、崖になっているところから地上に湧き出る。だからこの辺りには泉が多い。「黄金（こがね）に値する井戸」という意味で「小金井」の地名になったとの説もあると聞く。

坂を降り切ると道は二股に分かれており、バスは左の道に入った。「参道口」のバス停を過ぎると次は「多磨霊園裏門」だった。

おかしいな。訝（いぶか）った。バス停の名前からすればここで降りれば、霊園に行ける筈ではないか。しかし郡司は多磨で降りろ、と言った。これは、どういうことなのか。

霊園は広い。きっと終点まで行った方が、目的の墓に近いということなのだろうと思い直した。行き方をこと細かに説明してくれた、彼の言葉を頭で反芻（はんすう）した。

途中、「試験場正門」のバス停を通った。懐かしいな。思い出した。警視庁を定年退職し一時、東京都交通安全協会に勤務していたころ何度か来たことがあったのだ。そうだった。府中試験場から道向かいの緑豊かな土地は、多磨霊園と職員に教えられた覚えがある。だがあの時、道を渡って霊園に入ることはなかった。仕事の一環で来ていたのであり、わざわざ霊園に行く用事もなかったからだ。

そうか言われてみれば俺は、近くまで来たことは何度かあったんだな。感慨に耽(ふけ)っていると次が終点「多磨町」だった。大通りから小道に右折し、直ぐのところに設けられた折り返し所だった。

バスを降り、小道に面して立った。目の前は鬱蒼(うっそう)と木の生い茂った敷地である。多磨霊園である。柵で囲われているが近くを探せば、入り口がどこかにあるに違いない。

しかし郡司は言っていた。降りたら右手に行け。直ぐに車通りに出る。そう、右手に行けばこれまで走って来た大通りである。まずはこれ沿いに行けということだった。ならば従うしかあるまい。それが最終的に、目的の墓に辿り着く最良のルートなのだろうから。

あいつらしく謎めいたことも言っていた。車道は俺の昔の渾名を連想させる名前の通りだ、と。行ってみれば直ぐピンと来る。そいつに沿って、左だ。

言われた通りにすると、霊園の敷地に沿ってここまで来たルートを逆走する形になった。これで本当にいいのだろうか。迷わずにはいられなかった。本当にこのように、行けとあいつは言っていたのか。

電柱で確認してみると今、辿っている大通りは「東八道路」という名であることが分かった。これも思い出した。東京と八王子を結ぶ道、という意味でこの名がついたのだ。府中試験場に行った時に、教えられた覚えがあった。

この名前が何故、あいつの渾名「軍師」を連想させるのか。歩きながら考えた。最初に浮かんだのは亡くなったコメディアン「東八郎」だった。しかしお笑い芸人からどう連想を膨らませても、軍師には結びつかない。

そこで思い至った。そうだ、東郷平八郎元帥だ。日露戦争でロシア帝国海軍バルチック艦隊を破って勝利を収め、「軍神」と称された。東京の原宿と福岡県には彼を祀った東郷神社がある。「軍神」なら成程、「軍師」は音感としても近い。

やはりここだ。確信を新たにした。やはり奴が行け、と言ったのはこのルートなのだ。信じて辿るしかない。

途中、左手に霊園内に入る入り口があった。車道になっており、ここを通るバス路線もあるようだった。

しかし違う。あいつは言っていた。車道沿いに暫く行くと斜め前方に切り込むように、分かれる道がある。そっちへ行け。間もなく霊園の大きな門前に出る、と。

この道は東八道路とは直角に交わっている。斜め前方に切り込むように、という表現にはとても符合しない。おまけにここから霊園に入っては、大きな門前に出ることも叶うまい。

更に東八道路を真っ直ぐ進んだ。延々、霊園の敷地沿いだった。本当にこれでいいのか。またも迷いが生じようとした時、左斜め前方に切り込むように分かれる小道が漸く現われた。

そちらに入ると直ぐに、左手に霊園の小金井門があった。大きな門だ。確かに郡司の言った通りである。しかしここから入るのならば、さっきの「多磨霊園裏門」バス停で降りればずっと早かったことになるではないか。なのに何故、霊園の敷地沿いを延々逆走するよう歩かねばならなかったのか。いったいあいつは私に、何をさせたかったのか。

「解せない」家に帰って来て、妻に言った。途方に暮れたように自然に、首を振っていた。「あいつの真意が分からない。私をあんな風に歩かせて、何の意味があったのか」

「その東八道路を歩かせることで」妻も首を傾げていた。「あなたに見せたかった物でも何かあったのでしょうか」

「私もそう思った。だから途中で見掛けた物が何だったか、思い返してみた。府中の免許試験場、この話はしたね。確かに多磨霊園裏門で下りていれば、試験場の前は通らず見ることもなかった。しかしこれを見たからと言って、何になる。お前は実は、多磨霊園の近くまでとっくに来ていたのだぞ、と知らしめたかったのか。しかしあいつが私にそんなことを教えて、何になる。それから、そうだな。目立った施設と言えば『小金井リハビリテーション病院』があった。私が府中試験場に行っていた頃には確か、まだなかったものだ。しかしこれまた、だから何だ。新しく出来た病院を私が見たからと言って、何になる」

「それで」暫く首を捻ってから、妻は尋ねた。「その門から入ったことで、お墓には辿り着けたんですの」

「あぁ、いや。そこも、なんだ」説明を続けた。「あいつの指示した通りに歩いてみたら確かに、大きな門前には出た。門を潜ると車がUターンできるように設けられたロータリーがあった。いくつか道が分かれているが、ロータリーを半分回りこんで門を背にするような形で、真っ直ぐ延びる道もあった。全て、あいつの言った通りだった」

　だから私は訝りながらも、その道を真っ直ぐ歩いてみたのだ。が――

「道の先はまたロータリーになっていた。そして、更に真っ直ぐ進める道はもうなかった。一つの区画の角に、突き当たる格好になってしまったんだ」

「まぁ」妻は口に手を当てた。「郡司さんは目指すお墓があるのは、10区だと仰(おっしゃ)ったのでしょう。その、付き当たった角地というのは10区ではなかったんですの」

それが違ったんだ、と首を振った。「14区と表示されていた。慌てて近くの園内案内図を見たが、確かにそのまま14区を対角線上に斜めに突っ切れば、次が10区であることは分かった」

しかし区画内には墓石がびっしり並んでおり、斜めに突っ切ることなどできはしない。道に沿って、敷地を迂回しなければ先へは行けないのだ。仕方なく私は14区を縁取る道沿いに、正方形の横と縦、二辺を辿るように歩いた。そうして10区に辿り着いた。

「郡司さんは目指すお墓は10区の角地にあると仰ったんでしたよね」妻は言った。「だから行ってみれば見つけ易い筈だ、って。ではその、14区と接した角地に」

「それもまた違ったんだ」再び首を振った。「私もそう思って見てみたが、14区と接した角地には目指す墓はなかった。お陰でもう一度、今度は10区の敷地をぐるりと半周する羽目になったよ。結局、最初の角から丁度、対角線上の場所に墓はあった」

何とか、最終的に墓参りをすることは叶った。事件を解決できなかった詫びを、墓石に語り掛けることはできた。

しかし残ったのは疑問ばかりだった。何故なのか。何故、郡司は私にあれだけの遠回りを強いたのか。彼は私に何をさせたかったのか。

霊園、即ち墓地である。墓石がどこまでも並び、周囲は鬱蒼と木が茂っている。遠くから車の音は入って来るものの、基本的には立ち籠めるのは静寂だ。風が鳴り、葉擦れの音がする。卒塔婆が触れ合う擦過音が時おり耳を打つ。独特の空気の中を延々と歩いていると、不思議な気持ちに囚われた。頭が混乱した。まさに迷宮だった。

「お前も知っての通り、あいつは謎めいた言動が好きな奴だ」妻は郡司とは何度か会っている。だから奴の人となりも知っているのだ。「相手を煙に巻くようなことを時としてやる。だからこいつも、その一環なのだろう。しかし分からない。奴の真意がどこにあったのか。訊くのも癪だからね。だから突き止め切れない限り、あいつと再会する気になれない」

妻はつと立ち上がった。隣の部屋へ行き、ノートパソコンを持って戻って来た。私はこういう機械に触るのは苦手だが、彼女は違う。新しい料理のレシピなんかもこれを使って仕入れるらしいし、友達と連絡を取り合ったりもしている。

妻はノートパソコンを開くとスイッチを入れ、パチパチとキーボードを弄り始めた。画面を見詰めながら「あなた」と声を掛けて来た。「『霊園』も何もつかない、ただの『多磨』。郡司さんはそこで降りろと仰ったんですよね」

そうだ、と頷いた。

「バス停、とも明言されたわけじゃなかったんでしょう」

「いや、それは確かに、そうだ。しかし」

ノートパソコンの画面を私に向けた。地図が映し出されていた。ほらこれ、と妻は指差した。

「多磨」の表示が地図上にあった。それこそ「霊園」どころか、「町」すらもつかない本当にただの「多磨」だった。バス停ではない。駅のようで、両側には線路を示す線が延びていた。

「何だこれは」愕然とした。「こんな駅があったのか。いやしかし、どこに」

「武蔵境でJRに接続する、多摩川線という西武鉄道の路線みたいですわ」妻は言った。「だから郡司さんはあなたが武蔵境から霊園を目指すと聞いて、それならこれに乗って行け、という意味で仰ったんじゃないかしら」

地図を見ると武蔵境と多磨駅の間に、新小金井という駅があった。思い出した。武蔵境から武蔵小金井までの路線に乗っていて、「新小金井駅」というバス停を通ったのだ。単線の線路も跨いだ。あれがこの、多摩川線だったわけか。

「たま」の表記に二つある。郡司から教えられ、「三多摩地区に多磨霊園か」と笑ったのも思い出した。考えてみればそいつは、この路線にもそのまま当て嵌まるではないか。「多摩川線に多磨駅」というわけだ。

「郡司さんのお住まいの最寄りは、武蔵野台駅って仰ったわね」妻は変わらず地図を指差していた。「それじゃきっといつも、ここから乗られてるのよ」

多摩線は武蔵境を発した後、南下して多磨駅を通る。更に南下を続け、京王線の高架を潜る。ただし両者に乗換駅は設けられてはいなかった。だから私が新宿駅で京王線の路線図を見ても、乗換線として多摩川線は表示されていなかったのだ。それではこんな路線が存在していたことなど、私が知る由もなかった。

ただし乗換駅は設けられてはいないが、地図を見ると多摩川線の白糸台駅と、京王線の武蔵野台駅とは距離的にかなり近いらしい。地元の人が行く先に応じて、両駅を使い分けているとしても何ら不思議はなかった。そう。郡司にとって最寄りは武蔵野台駅であっても、霊園に行く時はちょっと歩いて白糸台駅から、多摩川線に乗ればよいだけの話だったのだ。

妻が地図で多磨駅周辺を拡大表示してくれたので、目を凝らした。

駅の改札は一つだけ。降りて右に行くと確かに車道に出る。人見街道というらしい。それを左に行けばやがて、右斜め前方に切り込むように分かれる小道が現われる。考えてみれば郡司は、斜めは斜めでもどちら方向かは明言していなかった。単に言い忘れただけだろう。私は東八道路から左に入った。しかし正解は人見街道から、右だったわけだ。

事実、その小道を進めば間もなく、霊園の正門前に出ることが分かった。門を潜ると車もUターンできるロータリーがあり、正面に真っ直ぐ延びる道があった。道沿いに二区画を過ぎれば、次は10区だった。

「ここだ」私は言った。机に突っ伏してしまいたい心境だった。「目指す墓があったのは確かに、この角地だ」

郡司の言う通りに歩いてさえいれば自然と目的地に辿り着く手筈となっていた。駅と、バス停とを取り違えてさえいなければ。正門を潜る筈だったところを裏門から入ったのだから、辿り着くのに苦労したのは当たり前だったのだ。迷宮をうろうろさせたのは謎掛け好きのあいつの魂胆があったのでは、などと深読みしたのだが、何のことはない。郡司はただ素直に、最も分かり易いルートを説明していただけだった。

「あなたが郡司さんと新木場駅前で別れた時、あの人はJR京葉線に乗ったって仰ってたじゃありませんか」妻が言った。「だから私、思いましたの。郡司さんってもしかして、あなた程バスに乗ることに拘(こだわ)ってはいないんじゃないか、って。それで、バス停ではなく駅で『多磨』を検索してみましたの」

そうだ。私は乗り残した路線を全線乗車するために、新宿から武蔵境行きにもう一度乗る、と郡司に告げた。同好の士なのだからそう聞けば、その後もバスに乗り続ける筈とあいつも受け取ると思ったのだ。バスを乗り継ぐ前提で行き方を教える筈と思い込んでいた。鉄路に乗り換えるルートなど想定してもいなかった。

だが妻の言う通りだった。私ならどれだけ家路が長かろうと、できる限りバスで帰ろうとする。家が山手線の西側に位置したとしても、新木場からさっさとＪＲに乗ることなんてない。ましてやあいつは家で待つ家族もいない、独り身なのだ。なのに迷うことなく京葉線を使った。あくまでバスに拘る私と、そうでもない郡司。大いなる擦れ違いを招くのもある意味、自然な流れだったのかも知れない。

「真相は分かった」私は言った。軽い目眩を覚えていた。「あまりに深読みが過ぎた。謎めいた言い回しが好きな奴だから、今回も何か裏がある筈だ、と。答えは実は、単純そのものだったたってわけだ」

残る疑問は一つだけだ。多磨駅で降りて右に行くと、車道に出る。俺の昔の渾名を連想させる名前の通りだ、と郡司は言っていた。私は間違って東八道路に出、東郷平八郎から「軍神」＝「軍師」と結びつけて勝手に納得した。しかし正解は人見街道だった。ならばこの名が何故、「軍師」を連想させるのか。

「私はあなたと違って、東郷平八郎元帥から『軍神』なんて言葉はとても浮かびませんわ」妻が言った。「私たち主婦が『軍師』と聞いて、普通に思い出すのはちょっと前、NHKの大河ドラマであった、あの……」

「俺は昔から、黒木瞳の大ファンだったんだよ」郡司は言った。「知らなかったかな、お前」

知るか!? 怒鳴りつけてやりたかった。何とか抑えて私は、黙って続きを待った。

「だからNHKで大河ドラマ『軍師勘兵衛』が始まって、北政所役で黒木瞳が出るって分かった時には、お前」

元々が時代劇好きなこいつである。彼女が出演していなくても毎回、楽しみに見ていたのは間違いなかろう。それでも大ファンの女優が出ると出ないとでは、大違いだ。おまけに連続時代劇には、あまり出演歴のない彼女である。結局、黒木瞳を見るのを一つの目的に毎週ドラマに没頭していた。「ひとみ=軍師」と頭の中で連想が繋がるのは自然の流れだった、こいつに関する限り。

「俺には連続ドラマを見る趣味なんてない」私は言った。声が震えているのが、自分でもよく分かった。「だから『軍師勘兵衛』という題名までは聞いていても、黒木瞳が出ているなんて知らなかった」

「そうか、そりゃ済まなかったな」郡司は飄々と返した。「それじゃ人見街道から、軍師を連想することはできなかったか。でもまぁ、俺の言った通りだったろ。指示した通りに行けば、目的の墓は直ぐに分かったろ」

「あ、あぁ」

駅とバス停を取り違え、延々と遠回りさせられたなんて告げる気にはならなかった。またも妻の推理は全て、見事に的を射ていた。感心したがそれより、あまりの馬鹿馬鹿しさに自棄になりそうな気分の方がずっと大きかった。

お陰で何故、こいつは調布で私を監視していたのか。探りを入れる機会をまたも逸してしまった。

第五章　居残りサベージ

妻と連れ立って浅草に出た。錦糸町からバスに乗り、蔵前（くらまえ）で乗り換えれば直（す）ぐである。妻と二人で遊びに出掛けるなんて、どれくらいぶりだろう。先日は亀戸までバスに乗ったが、あれは謎を解くためだった。今日は違う。暫（しば）し、考えてみたが思い出せなかった。つまりはそれくらい久しくなかった、ということだ。

浅草では吉住と落ち合った。彼の自宅は王子にある。池袋と浅草を結ぶ「草64」系統に乗って出て来たのだろう。東京都シルバーパスを使って都内のバスを乗り回す、同好の士である。くどくど説明を受けずとも互いに、それくらい察しがつく。ターミナル名を示す漢字と番号をつけて○○系統、と路線名を呼ぶのも自然にできるようになった。

三人の目的地は浅草演芸場だった。妻と吉住は以前から落語を好んでいたが、私はまだまだ初心者である。ならば一度、皆で寄席（よせ）に行こうという話になったのだった。これまで、テレビ番組やＤＶＤで落語は見たことはあったものの寄席に行くのは初めてだったのだ。

「ならば最初から見てみるといい」吉住が勧めて言った。「最初は入門して間もない、前座が出て来ます。はっきり言ってまだ上手(うま)いとは、お世辞にも言い難い。それから入れ替わり立ち替わり、色んな芸人さんが出て来る。場を盛り上げて行く。途中、『中入り』という休憩時間があります。その直前に出て来る真打(しんうち)が『中ドリ』。中入り後に最初に出て来る芸人が『食いつき』です。更に数人の演者が出て、最後を締めるのが『トリ』。東京の寄席では必ず落語家、それも大抵は大看板が務めます」

実際に行ってみると、吉住の言った通りだった。最初の前座に始まって、色々な芸人が出て来る。落語だけではない。漫才や講談、曲芸なんてものもある。それらが入れ替わり立ち替わりで、雰囲気を盛り上げて行く。いつの間にか気分が高揚している。非日常の時間が楽しくて仕方がない。独特の空気にどっぷり浸っていると、前座の拙(つたな)さも一つの味に思えて来るから不思議だった。最初から見てみるといい、というのはこういうことだったのかと納得した。

いよいよ中入りも終わり、終盤に差し掛かった。トリの一つ前、『膝代(ひざが)わり』の演目は三味線の演奏だった。吉住によると膝代わりは落語ではなく、色物とするのが決まりだという。寄席の演目を示すめくりは落語や講談が黒文字で書かれるのに対して、それ以外は色文字（主に朱文字）で書かれていたためこう呼ばれるようになったという。

はっきり言って三味線はよく分からない。上手いのか下手なのかも見当がつかない。意味も分からず聞いていたが、音色から古き良き日本の雰囲気が漂って来るのは間違いなかった。そうして気分が最高潮に乗って来たところで、いよいよトリである。なるほど寄席というのはこうして、全体で最後まで客を楽しませるものなのだなとよく分かった。

本日のトリを務めるのは古近亭志ん粋師匠だった。演目は『居残り佐平次』だった。

主人公、佐平次は弟分たちを伴って品川の遊郭に乗り込む。江戸時代の品川は東海道五十三次の最初の宿場町で、大変に賑わっていた。一晩、派手に遊んだ佐平次は弟分らを先に帰す。一人、居残る。

そろそろ料金を、と言って来る店の若い衆に対して「こんな時刻から金の話をするなんて野暮だ」と躱し、「金は先に帰したあいつらが持って来ることになってる」などと誤魔化す。ひたすら居座り続ける。

やがて夜になると店は忙しくなり、佐平次になんぞ構ってはいられなくなった。

それどころか人手が足りず、客が「ここは扱いが悪いぞ」などと怒り出す始末。すると佐平次、勝手に座敷に上がり客の相手を始める。芸も達者で客あしらいも上手いことから、たちまち人気者に。花魁(おいらん)からは「居残りどん」などと可愛(かわい)がられ、「居残りはまだか」と客から指名が来るまでになってしまう。ご祝儀も弾まれる。

面白くないのが若い衆。「もう金はいいから追い出してしまおう」ということになり、主人は佐平次を呼び出す。

ところが佐平次、「実は自分は盗み、たかり、脅しで追っ手の掛かる身なので外に出たら捕まってしまう」と言い出す。そんな男を店に置いていたら大変だ、と主人は金を渡して佐平次に帰ってもらう。

若い衆が「あいつは居残りを商売にしてる奴で、罪人でも何でもなかったみたいですよ」と報告すると主人は「そうかぃ畜生、どこまであたしのことをおこわに掛けたんだろう」と悔しがる。対して若い衆「旦那の頭がごま塩ですから」

おこわとは強飯(こわめし)や赤飯のことを指し、一方「お恐」とも書いて人を騙すという意味も持つ。その両方を掛けて、このサゲとなるわけだ。今では使われない表現なので、志ん粋師匠が話の前段でさり気なく解説してくれていたから、よかった。さもなければキョトンとして寄席を出る羽目になっていたことだろう。

近くの居酒屋に三人で行った。「あぁ楽しかった」ビールで乾杯した。

モツの煮込みを名物とする店だった。この一角には、こうした店がずらりと並ぶ。お世辞にも上品な場所とは言い難い。妻はあまりこういうところには慣れていない。物珍しそうに店内を見回していた。

「まぁ、メニューにクジラのベーコンだなんて。それも、とってもお安い」

妻は料理が得意である。なのに私はしばしば、バス旅の締め括りにこういう店に飛び込んで一杯、引っ掛けて帰ることも多い。あなたいつもこんなところに好んで来ているの!? 私の料理よりこういう味がお好みなの、と責められているような心地だった。

「ま、まぁこういうところもある、ということさ」慌てて言った。我ながら言い訳がましい口調にしかならなかった。「仕事をしていた頃には帰りに、仲間とこうした店に立ち寄ることも多かったからね。今でも懐かしくなってついつい、入ってしまうこともある」

「確かにこういう味つけを、奥さんがすることはないでしょうけども」吉住が援護してくれた。モツの煮込みを指差して言った。またここの煮込みは、特に濃い味つけが売りなのだ。「こういうところで二級酒の熱燗でも引っ掛けながら、つまみにするにはこのくらい濃い方がいい、ってこともあるわけですよ」

「いえ別に、濃い味だからどうこう、ってわけではないんですけれど」一つまみ、モツを口に入れて顔を顰(しか)めた。「これは、ご飯が頂きたくなりますわ。私は熱燗は頂けませんので。あ、済みません。ご飯を一杯、お願いできませんこと。このツユを少しずつ染み込ませながら頂いたら、お箸が進みそう」

　確かにこの店内にあって、妻の存在は浮いていた。上品な物腰が場違いなのは疑いようのないところだった。

「さっきの『居残り』のサゲですけども」吉住が話題を換えてくれた。「師匠が事前に解説してくれていたからいいものの、やっぱり今の時代では使わない表現であることに変わりはない。それで噺家(はなしか)さんによって銘々、サゲを変えている場合も多いんですよ」

　例えば亡くなった立川談志(たてかわだんし)師匠はこうだったという。金や着物を渡して佐平次を表から帰すように言う主人に対して、若衆が反論する。「あんな奴に金品までやって表から帰すなんて、冗談じゃない。裏から帰せばいいじゃないですか」

　すると主人「あんな奴に裏を返されたら、後が怖い」

「へぇえ、さすがですわね」妻が感嘆の声を漏らした。「談志師匠なだけ、ありますわ。見事に転じたサゲですわよね」

「裏を返す」とは吉原(よしわら)から始まった言葉だそうだ。客は最初の登楼(とうろう)の時、花魁とは一言も言葉は交わさない。同じ席で、大勢の連れと共に酒や料理を味わうだけである。「初回」は見合いのようなもので、互いの視線は合わせてもそれ止まり、ということらしい。

二回目が「裏」である。同じ花魁を買うことを「裏を返す」といい、初回よりはかなり打ち解けあった雰囲気になる。それでもまだ男と女の仲になることはない。三回目が「馴染み」で、やっと男女の交わりが許される。言わば見合いをし、結納を交わしてやっと結婚に漕ぎ着けた、という形であろう。吉原の遊びとはこのように、随分と金の掛かるものだったのだ。ともあれこうしたわけで、同じ遊女を二度目に買う、あるいは同じ店に再び通うことを「裏を返す」と称すようになったという。

「しかしなぁ」私は言った。「その言い回しからして今は、あまり使われなくなっているんじゃないのか、な」

「そうですわよね」妻も頷いた。「するとまた、新しいサゲを考えなきゃならないってことにもなりますわね。さっき噺家さんが銘々、サゲを変えている場合も多いって吉住さんが仰ってましたけど。落語って古い芸だから逆に、常に時代に合わせてそういう苦労もあるということなんでしょうね」

「そうですね」吉住は言った。にやり、と口元を歪めてつけ加えた。「言い回しであれ女性との仲であれ、『馴染み』になるのはいつの世も大変、ってことですか」

どっと笑いが弾けた。いつの間にか妻は、この店の雰囲気にもすっかり馴染んでいた。

せっかく『居残り佐平次』を聞いたんだ。現地の品川に行ってみませんか、と吉住から誘われた。反対する理由は何もなかった。

「業10」系統に乗って新橋に出、「渋谷駅前」行きの「都06」系統に乗り換えた。新橋と渋谷を結ぶ路線には「都01」系統もあるが、「都06」の方は都営地下鉄の大門駅前を通る。ここで、東京タワーから「浜松町駅前」を経由して品川を目指す「浜95」系統に乗り換えることができるのだ。

浜松町からは方向的には、海岸通りをひたすら南下すれば品川へ向かう。だから、その通りに走るのだろうと思っていた。

ところが「浜松町駅前」のバス停を離れ、東に走って海岸通りに出たが曲がることなくそのまま突っ切った。東京臨海新交通「ゆりかもめ」の高架が見えて来た手前で、右折した。

いったん海岸通りに合流したものの、その後もスムーズに沿って走ることはしなかった。左斜めへ切り込むように分離する道に入ったかと思うと、次の交差点で右折した。海岸通りを横断し、旧海岸通りに出るとまたも右折した。曲がった回数から単純に考えれば、方角的に逆行していることになる筈だ。妙なルートを採るものだなと思っていると、橋を渡ったところで急カーブを今度は左折した。

これだから路線バスの旅は堪らない。真っ直ぐ向かえばよさそうなところを、ぐるぐると右折左折を繰り返す。お陰で方向感覚が失せてしまう。自分は今、どこに向かっているのだろう。それどころか今、走っているここはいったいどこだ。位置関係が全く分からなくなる。ただ無力にバスに運ばれている感じ。それがいい。

バスは田町駅東口前のアプローチにいったん入ったが、客を乗降させると再び元の道に戻った。その後も鋭角的なカーブを経て、品川駅の港南口前に滑り込んだ。

近代的なビル群が最近、立ち並んで見違えるようになった港南口だが吉住との待ち合わせは、線路を越えた反対側の高輪口である。彼は王子から新宿に出る「王78」系統を利用し、新宿からは「品97」に乗る。

「これもなかなか、面白いルートを走る路線でしてね」吉住は言っていた。「青山墓地の横を通ったり、古川橋から魚藍坂を上って高輪プリンスホテルの裏側に回り込んだり。乗っていて興味が尽きないんですよ」

私も以前、青山墓地に行く時にこの路線の一部を利用したことはある。だが最終的に、グランドプリンスホテル高輪の後ろを回り込むようにして品川駅前に出る、ということまでは知らなかった。

「ただ待ち合わせ場所を高輪口にしたのは、私のルートだとそっちに着くからというわけではないんですよ」弁明するようにつけ加えた。「旧品川宿へ向かうには、そっちの方から歩いた方が面白いんです。まぁ、実際に行ってみれば納得されると思いますよ」

吉住と落ち合って国道15号線、所謂〝第一京浜〟沿いに南へ向けて歩いた。直ぐ左手の頭上に京浜急行の線路が迫る。特に上り線列車が品川駅に向かって来ると、まるでこちらの上に伸し掛かって来るかのような迫力だった。ただ吉住の言う「面白い」は、まだもっと先の話のようだった。

八ツ山橋を渡って東海道線の線路を越えた。京急線の線路もこちらと並走するようにして、東海道線を跨いでいた。

「ここが映画『ゴジラ』の第一作で、怪獣ゴジラが東京に初上陸した地点らしいんですよ」八ツ山橋を渡り終えたところで吉住が言った。目の前には京急線の踏切があり、遮断機の前では車が鈴なりになって列車の通過するのを待っていた。「ゴジラはここで東京湾から上陸すると、東海道線を踏み潰し八ツ山橋を持ち上げて投げつける。破壊の限りを尽くします。つまり東京で最初に被害に遭うのはここ、というわけです」

「すると」『ゴジラ』の第一作が公開されたのは、昭和二十九年だという。「その頃にはこの先はまだ、海だったということですね」

「そういうことになりますね」

車道を渡り、線路沿いに一つ先の踏切に向かった。

「そこに見えるのが」踏切から身を乗り出すようにして、線路の先を指差した。

「京急の『北品川』駅です。ちょっと妙だとは思いませんか」

「京急は品川駅を起点として南に向かう。なのに次の駅が北品川というのは、確かに変ですね」

「その通り」したり、の表情で頷いた。「実はJRと京急の品川駅は、位置的には港区内にあるのですよ。ですから品川区内における京急の一番北側の駅は、確かにここということになるわけで」

「ははぁ」

遮断機が上がったので踏切を渡った。真っ直ぐな一本道が伸びていた。両側に店が立ち並んでおり、商店街になっていた。

「ここが旧東海道。品川宿のあったところです」

「ははぁ、成程」

確かにここが旧品川宿であったことを表示する、街路灯が並んでいた。今も息づく商店街だがよく見ると、格子窓の残る木造家屋や銅板で葺（ふ）かれた壁など、古い造りの建物がいくつもあった。今も現役で、店舗として利用されているものも多い。いかにも歴史のありそうな街並みだった。

「ほら、ここ」

吉住が左手のコンビニエンスストアの脇を指差した。「土蔵相模跡」と書かれた説明板が立っていた。

「おおぅ、ここですか」

土蔵相模は江戸時代、品川宿を代表する大妓楼だった。外壁が土蔵のような海鼠壁だったためこう呼ばれたという。幕末には高杉晋作や伊藤博文らが密かにここに集まり、倒幕の謀議などを巡らせたという。

「すると佐平次らもこういうところに上がって、どんちゃん騒ぎした挙句に居残ったってわけですな」

「そんなことを考えながら歩くと、楽しさもまた一入でしょう」

その通りだった。先日、落語を聞いたばかりなのだから実感も尚更だ。目を閉じると江戸時代、芸者や若い衆たちの交わしている賑やかな遣り取りが聞こえて来るようだった。中に混じった一際、威勢のいい声はひょっとしたら、佐平次の……

「さてさて、ちょっと私につき合って下さいよ」言うと吉住は、一軒の団子屋の暖簾を潜った。「よぅ、来たよ」ガラスケースの向こうに立つ若い女性店員に声を掛けた。

紹介された。実は、吉住の姪御さんらしい。商店街にはここに至るまでにも、和菓子店がいくつもあったのだ。甘味処の多い街だなぁ、なんてぼんやり考えていた。なのにそれらを通り越して何故、この店を選んだのか。よっぽどお気に入りなのかと訝っていたが、答えはつまりそういうことだった。彼女は名を美津恵さんといった。

「それで、伯父さん」私との挨拶を済ませると美津恵さんは、改めて吉住を向いた。

「今日はうちのお団子は、買ってってくれるの」

「いや。だから私は酒呑みで、甘いものは苦手なんだ、って」

「私が長年、ここで修業してやっとお店に出す品も作っていい、と認めてもらえたのよ。だから伯父さんにもぜひ一度、食べてみてもらいたいのに」

「いや。だから酒呑みは、どうしても甘いものが苦手で。それにこれからこの連れと、『荒井屋』で一杯やろうと思ってるとこでもあるし」

「だから今はもう『荒井屋』じゃないんだ、って。『連』という洋風居酒屋になってるんだ、って」

「いや、ま、まぁ。とにかくそこで、一杯やるのを今日は楽しみに」

「私のお団子は楽しみにならないわけね」

「いや、ま、まぁ」

どうやら吉住、姪御さんを前にしては伯父の威厳も形無しのようだった。新しいお客が入って来たのを幸い、逃げるように店を出た。「と、とにかく『荒井屋』にいるから。お前も店が片づいたら、ちょっと顔を出して」

「だから、『連』だってば」

出る時にふと見ると、新たに入って来た客はまだ若い白人男性だった。


もう少し商店街を流してから一杯やろう、と歩き続けた。

「いや、もう。私らの反対を押し切ってあの店で修業を始めまして、ね。見ての通り気が強いもので一度、言い出したら周りの意見なんぞ耳にも入らない」

吉住によると美津恵さん、小さい頃から和菓子が大好きだったという。とうとう趣味が高じて、自分も作りたいということになった。あちらこちらと食べ歩き、こここぞと決めてあの店に飛び込んだ。修業をさせてくれと頼み込んだ。幸い受け入れてもらい、最近では団子作りも任されるまでになった。

ははぁ、と察しがついた。可愛らしい顔に似合わずさっき見た通り、美津恵さんは意思の強い女性らしい。またこれもさっき見た通り、吉住は腫れ物に触るようにしか彼女に接することができない。きっと今の言葉とは裏腹に、表立って反対もできなかったのではなかろうか。修業に飛び込む彼女をただ、見送ることしかできなかったのではないか。

ただし、心配であることに変わりはない。そこでちゃんとやっているか、足繁く(あししげ)ここに通って様子を窺(うかが)った。お陰ですっかり、品川にも詳しくなってしまった。こちらから歩いて行った方が面白いだの何だの、妙に街に精通しているなと思ったが理由は大方、そんなところだったに違いない。

「妹の娘に当たりましてね」吉住は言った。「我が一族はどうやら男腹のようで、私のところも息子ばかり。姪っ子といえばあいつしかいないんです。だからどうにも、対応が難しくて」

最後まで言い訳がましくしか聞こえなかったが、姪御さんが可愛くて堪らないことだけは間違いがなかった。

旧東海道をもう暫く進むと、何車線もある大きな通りに出た。東京都心部の西側を包むようにして走る都道317号線、通称〝山手通り〟だった。北の方は板橋(いたばし)区の辺りまで達しているとは知っていたが、南はこんなところを通っていたなんて。ちょっと予想外の驚きだった。

大通りを渡った先にも、商店街は続いているようだった。だが吉住はそうはせず、山手通り沿いに右折した。少し歩くと先程の第一京浜に出た。

頭上を京浜急行の高架が跨いでおり、駅があった。「新馬場駅です」と教えてくれた。さっきの北品川駅からさして離れてはいない。恐らく一キロもないのではないか。

吉住は第一京浜を渡ると、歩道を品川駅の方向へ戻り始めた。「せっかくこの街に来たんだ」彼は言った。「氏神様にお参りして、挨拶しときましょうや」

やがて左手に立派な鳥居が見えて来た。『品川神社』だった。成程この街のご鎮守様である。今日は遊びに寄らせてもらってます。よろしく、と挨拶をしておくべきなのは言うまでもない。

柱に立派な龍の彫り物のある鳥居を潜り、階段を上った先は広い境内になっていた。朱塗りの柱が目立つ立派な拝殿が、どんと腰を据えていた。お賽銭を入れ、鈴を鳴らして柏手を打った。

「こっちにも寄って行きましょうか」

お参りを終えて戻る途中、参道の階段脇にある小高い山を吉住が指した。富士塚だった。江戸時代、富士山信仰が盛んだった頃しきりに造られた人工の山である。実際に現地まで行けない庶民のため近場に富士に見立てた山を造り、拝んだものである。今でもあちこちに残されているが、吉住によると品川のこれが都内では最大の規模なのだとか。

登り始めてみると道の脇に「一合目」「二合目」などと表示されており、本当に富士登山に見立ててあるのが面白かった。登り切ってみると結構な高さで、ずっと遠くまで見渡すことができた。そもそもが階段を上って来た高台に造られているので、山頂はかなりの標高となっているのだ。「都内最大の規模」というのも納得だった。

「さっき、八ツ山橋のところが『ゴジラ』の上陸地点という話を聞きましたけど」私は言った。「つい戦後のその頃まで、目の前は海だったわけですね。ここからの眺めもさぞや、雄大だったことでしょうねぇ」

今ではずっと沖合まで埋め立てられ、ビルが立ち並んでいる。これだけの高台に上がっても、海は全く望めない。昔の眺めは今よりずっと素晴らしかったろうなぁ、と思いを馳せずにはいられなかった。全くですね、と吉住も頷いた。

富士塚を下りる時の方が大変だった。上がる時はあまり気にしていなかったが、参道が狭く結構な急坂なのだ。足を踏み外しでもしたら大怪我をしそうだった。これじゃ上での酒盛りも避けておいた方がよさそうですなぁ、と吉住と笑い合った。

第一京浜を渡り、旧東海道の商店街に戻った。

先程の「土蔵相模跡」まで来るとその先の角を右折した。緩やかな下り坂になっていた。

「やはりこの先が昔は海だった名残なんでしょうなぁ」私は言った。「旧東海道というのは本当に海岸沿いを通っていたんでしょう」

落語の『品川心中』は聞いたことがあるか、と訊かれたので首を振った。吉住によると歳をとって客があまりつかなくなった女郎が、貸本屋をそそのかして一緒に心中しようとするという噺らしかった。

「最後の晩餐だ、とばかり貸本屋は派手に騒いだ後、遊郭の裏手の桟橋から海に飛び込もうとするんですがね。つまりはそれくらい、遊郭の裏は直ぐ海だったということでしょう。結局、この辺りは遠浅で深さは膝くらいまでしかなく、突き落とされた貸本屋も死ねはしないんですけどね。旧東海道が海岸沿いを通っていた、という貴方の指摘はその通りだと思いますよ」

さぁここです。小さな坂を下り切った角の建物を指差した。二階の壁を銅板で葺いた、いかにも古そうな一軒だった。ただし一階は今風で、窓から中を覗くと店構えも新しそうな。

「元、鰻の『荒井屋』だったとこです」吉住が言った。「今ではこうして洋風居酒屋になっていますが、ね」

先程、団子屋で姪の美津恵さんと「荒井屋」「連」と言い交わしていた吉住の姿を思い出した。「ちょっと待って下さい。鰻の『荒井屋』、と言えば」

「そう。『居残り佐平次』に出て来ますよね。佐平次が遊郭で『荒井屋の中荒（中串）か何かとってもらおうじゃないか』なんて台詞がある。実在したお店だったんです。それどころか、つい十年ほど前までは営業してた」

「ははぁ」

感心した。今では洋風居酒屋に生まれ変わったとは言え、建物はこうして当時の面影を最大限、残すべく工夫してある。店の名前も『居残り　連』。粋なことをしてくれるものだ。落語を聞いた後、せっかくだから現地に行ってみようと誘ってくれた吉住に感謝した。こんなところで一杯やっていれば、身も心も落語の世界に浸ってしまうに違いない。

中に入ってビールで乾杯した。ところがメニューを見ると、サラダやパスタくらいまでなら分かるものの「コンフィ」だ「カルパッチョ」だとなると、どんな料理だか想像もつかない。

「ちょっと待っててくれ」吉住が店員に言った。「もう少ししたら、若い女性が合流する。注文は、そいつに任せるから」確かにその方がよさそうだった。

窓の外に目を遣ると、車道を車が引っ切りなしに走り抜けて行く。ぼんやり眺めながら酒を楽しむだけでも一興に思えた。それにここは、佐平次が鰻を頼んだ店の名残を汲むところではないか。目を閉じるとまたも、芸者や若い衆たちに混じって彼の声が聞こえて来るような気がした。

「それはよい体験をなさいましたわね」帰って来て報告すると、妻は言った。「吉住さん、本当に素敵なところをよくご存知ですこと。お誘いでもしてくれなければそんなお店、なかなか行けるものではありませんわ」

「うん、そうなんだ」私は頷いた。「そこまでは、最高だった。落語の世界にどっぷりと浸っていられた。酔いもちょっと回り始めたからね。本当にいい心持ちだった」

言いつつまずいな、と気がついた。「そこまでは」の語をつい、強調し過ぎたかも知れない。その後はいよいよ、美津恵さんが合流して来る場面なのだ。若い女性を間に挟んでの酒が、美味くないわけがない。なのに白状するのが恥ずかしいものだから、敢えて「そこまでは」などと強調したのではないか、などと誤解を与えはすまいか。妻は鋭い。言葉のちょっとした機微を聞き分け、深読みしてしまう。

「吉住君の姪御さんが合流して来てからも、最初はよかったんだ」慌ててつけ加えた。ちょっとわざとらし過ぎたかな。口にしつつ、自省した。が、ここまで来たら続けるしかない。「私らでは分からないメニューを、次々注文してくれた。改めて乾杯した。品川の街について暫く話した。古い町並みが残っていて、歩いているだけで楽しいと言うと姪御さんも嬉しそうに笑った。彼女だってここと見極めて、和菓子の修業に飛び込んだんだからね。勿論お店の味に惚れ込んでのことだろうが、街の魅力も全く影響しなかったとは考え難い。そこを褒められれば少なくとも、悪い気はしない筈さ」

楽しい一時が続いた。ただそれは、『居残り佐平次』の話題になるまでだった。

「あぁ、『居残り』って言えば」美津恵さんが、思い出しように言った。「伯父さん達がお店を出る時、入れ替わるように入って来た外人さんがいたでしょう」

　思い出した。美津恵さんからやり込められ、吉住がいたたまれなくなって退散しようとした時。新たな客があったのでそれを口実に店を出たのだ。若い白人の男性だった。この頃は日本を訪れる外国人の観光客が本当に多い。彼らは日本の特異性に惹かれるらしく、こんなところに？　と思うような場所でも頻繁に見掛ける。だから江戸の雰囲気を色濃く残す、旧東海道に彼らの姿があっても今さら不思議とは思えなかった。むしろこうした街並にこそ彼らは魅力を感じるのだろう、と納得していた。

「えぇ、えぇそうなんです」私の指摘に美津恵さんは頷いた。「商店街でも外人さんの姿は、よく見掛けます。お団子を買って帰られるお客さんもたくさんいらっしゃいます。だからあのお客のことも最初は、何とも思いませんでした。いつもの外国人客の一人、くらいに思ってました」

ところが、だった。

当初、彼は数人の仲間と連れ立って訪れたという。皆、同じ年代くらいの男女で一緒に訪日した友達どうしなのだろうな、と美津恵さんは感じた。共に異質な文化を楽しみに来た様子で、人数分の団子を買って帰って行った。美味しそうに頬張りながら店を出て行く姿が、今でも印象に残っているという。

ところが、だった。

彼らは数日後もやって来た。ただそれも、奇妙なわけでは決してない。この街が気に入ったのだろう。リピーターという奴である。あちこち日本を回ってみた後、特にお気に召したところにまた戻ってみる。帰国する前にもう一度、あの雰囲気を味わってみたくて。そうした外人さんの姿はよく見掛ける。だから、奇妙なわけでは決してない。

彼らは更に数日後もやって来た。一日、措いて更にまたも。足繁く旧東海道に通って来た。

その都度、人数は減っていった。二人減り、三人減り。とうとう、残ったのが彼一人だった。彼だけになってもう、かなりの日数になる。それでも、彼は通って来る。既に商店街では、お馴染みの顔になってしまっているという。

「周りのお店にも聞いてみたんです」美津恵さんは言った。「そしたらあの人、他でもお団子を買ってる、って。うちだけじゃない。よそのお店でもお団子を買って、帰ってるらしいんですよ。それも必ず、みたらし団子。いったい何をやってるんだろう、ってご近所では最近、話題になってるんですよ」

「まぁ」話を聞いて、妻も目を丸くした。「さすが品川、なんて言ったら悪い冗談ですわね。叱られてしまいそう」

「いや」私は首を振った。「吉住君もまさに、同じ感想を漏らしてたよ。『さすがは品川だ。外人さんまで居残ってやがる』って」

数日後、吉住と再び品川を訪ねた。美津恵さんの団子屋で待機していると、例の外人が前を通り掛かったので私一人、店を出た。彼の後を尾行けた。

「不思議なことがあるのなら、この人に頼むといい」あの日、吉住が私を指して姪御さんに請け合ってしまったのだ。「元刑事だったたんだ。どんな謎だって立ち処に解決してくれる。これまでもずっと、そうだった」

実際にはいつも謎を解決してくれるのは、妻なのだが。吉住は私だったと勘違いしている。誤解を解く機会をこれまで、逸し続けている。そして間が空けば空く程、言い出し辛（づら）くなるのは自然の流れというものだ。今回も私は引き受けざるを得なかった。

外人は右手にビニール袋をぶら提げていた。他の和菓子店の屋号が入った袋だった。美津恵さんが周りから仕入れた証言に基づけば、中身はみたらし団子ということになろう。既に他の店で購入していたのだ。

彼は商店街から右に折れた。品川神社への参道に相当する道だった。進めば第一京浜に突き当たる。横断歩道を渡れば品川神社の鳥居下に至る。

あまり近づき過ぎると気づかれてしまうため、少し距離をとって後を尾行（つ）けた。時間を空けて第一京浜に出てみると、外人は横断歩道を渡り鳥居を潜って、境内への階段を上がっているところだった。

お参りをしようというのだろう。ならば後に続けば、参拝を終え戻って来た彼と鉢合わせしてしまうことになる。そこで、この場所で待機することにした。境内を通って裏に抜ける道が、ないとは限らない。もし彼がそうすれば、この場で見逃してしまう。しかしそれは、単独で尾行に当たる際のリスクというものだ。顔を知られてしまう危険を冒すよりは、最も可能性の高いと思われる展開に賭けた方がいい。

結果論からすれば、私の判断は正しかった。外人は神社の裏に抜けはしなかった。

それどころか、境内に入りもしなかった。階段の途中から例の、富士塚の登山道へと足を踏み入れたのだ。頂上まで登って、袋から団子を取り出した。美味しそうに頬張り始めた。視線はずっとこちら、海の方角に向けたままだった。

「終わりましたよ」携帯電話で吉住に掛けた。時刻は既に夕刻近くになっていた。

「彼が住んでいるらしきところも、突き止めた」

「どこです、それは」吉住の声からは興奮が感じ取れた。私から連絡が入るのを、待ち侘びていたのだろう。

「それがね、戸越なんですよ。都営地下鉄、浅草線の」

富士塚の上で団子を食べ終わった外人は第一京浜に戻り、北品川駅から京急線の上り列車に乗った。京浜急行は次の品川駅で終点になるが、列車はそのまま都営浅草線に乗り入れる。彼は品川で降りずに乗り続けた。次の泉岳寺で降り、西馬込行きに乗り換えた。戸越駅で降り、住宅街の中の民家に入って行くまで私は後を尾行けたのだった。

「どうしましょう。私がそちらまで戻りましょうか」

「いや」吉住は即座に否定した。できるだけ早く、報告を聞きたいのだろう。声から思いが透けて見えた。「泉岳寺で落ち合いましょう。あまり行ったことはないが、有名なお寺の門前だ。お店くらいあるでしょう。そこで、お話を」

泉岳寺は赤穂浪士(あこうろうし)と浅野内匠頭(あさのたくみのかみ)の墓があるので、有名なところだ。『忠臣蔵(ちゅうしんぐら)』ファンの聖地であり今も訪れる人が絶えない。だから店くらいある筈だという指摘はもっともだった。行ってみると果たして、地下駅から上がって直ぐのところに居酒屋があったのでそこで吉住と待ち合わせた。

まずは乾杯した後、報告を開始した。外人が例の富士塚に上がって団子を味わっていたことから、戸越の民家に消えて行ったところまで全過程を説明した。

「ふぅむ」聞き終えると吉住は腕を組んだ。「彼はそこの家の子供、というわけなんでしょうか」

今では国際結婚くらい珍しくも何ともない。外人の消えていったのが日本人名の表札を掲げた民家であっても、そこの家の子供という仮説は奇抜なわけでも何でもなかった。

が、私は首を振った。「実は近隣でちょっと、さり気なく聞き込んでみたのです。そうしたらあの家の住民は、純粋な日本人家庭だ、と。ただし近所の人もあの外人は目撃してました。どうやら、ホームステイしているようなのです」

「ははぁ」吉住が感心したような声を漏らした。「さり気なく近所で聞き込みをするなんて、さすがですなぁ。きっと何も不審感を抱かれることなく、聞き出すことができたんでしょう」そこでもう一度、腕を組んだ。「しかし、どういうことなんでしょうなぁ。日本人家庭にホームステイしている外人。そこまでは珍しいわけでも、何でもない。ただその彼が、足繁く品川に通って来る。一人であるところを見ても、そこの家庭と関係のある用件とも思えない」

「そうですね」同意した。「戸越から品川だと乗り換えも一度で済み、便利であるのは間違いない。しかしだからと言ってこれ程、通って来る理由にはならない」

「おまけに、団子の件だ」大きく頷いた。「美津恵の聞いたところによるとあの若者、あちこちの店で団子を買ってるらしい。現に今日も、別なところで買っていたそうだし。すると彼はいつも、富士塚の上で団子を食べているのか。それも必ず、みたらし団子」

「えぇ」頷き返した。「こうなるときっと、彼の居残り<ruby>には何らかの目的があると</ruby>しか考えられない。乗り掛かった船だ。次の機会には私が、彼に話し掛けてみますよ。どうやら見た感じ、後ろめたい裏があるようにも思えない。隠すような話じゃないでしょう。恐らくすんなり、理由を明かしてくれるんじゃないかな。次の報告の際には疑問もすっかり解消されていることと思いますよ、きっと」

すんなり理由を明かしてくれるんじゃないかな。吉住に述べた、推察の通りだった。だが後半の予測については、完全に裏切られた。疑問は解消されるどころか、更なる難問が私におっ被せられたのである。

次に品川を訪れた時、前方から例の外人が歩いて来るのに出くわした。手には何も提げておらず、時刻的にも既に団子は食べ終えた後と思われた。

「やぁ」親し気な笑顔を浮かべて、話し掛けた。「最近この辺りで、貴方の姿をよく見掛けますな。先日は品川神社の富士塚で、お団子を食べているところも見ましたよ。あそこからの眺めは最高ですからね。お団子の味もまた、格別でしょう。いい場所を見つけられたものだ、と密かに感心しておったものですよ」

「あぁ」曖昧な笑みを浮かべた。

誰かが話し掛けてくれるのを待っていたのではないか。物腰に、ピンと来た。外国ではこういう場合、直ぐに尋ねて来る通行人がいるのだろう。少しでも変わった行動を採っていれば、どうしたのですか、とか何とか。実際に行ったことがないので断言はできないが、映画などで見た印象でそうなのだろうとの先入観がある。なのに日本人は遠慮しがちな質で、なかなか話し掛けては来ない。それで、困っていたのではないか。

ただ一方、彼は戸惑ってもいる。どうすればよいか迷ってもいる。心の揺れ動きを、見逃すような私ではない。「確かにあそこで食べると、お団子がより美味しいですね」

流暢な日本語だった。目を閉じて聞けば、日本人が話していると言われても信じてしまっていたろう。だから感じたまま、素直に褒めた。外人はこういう時、大袈裟なくらいストレートではないか。だからこちらも同じような対応をすればよかろうと判断した。

「あぁ、有難うございます」反応も素直だった。日本人ならそんなことはないですよ、などと謙遜するところだろうが。やはり外人はストレートだ、と勝手な感想を抱いた。「実は僕、祖母が日本人なもので。お陰で幼い頃から、日本語を教わって育ったのです」

「あぁそうなのですか」納得がいった、というように大きく頷いて見せた。

「あの富士塚の上からは眺めがいい、と教えてくれたのもグランマでした」彼は言った。「もっとも彼女は、『お宮のお富士さん』という表現を使ってましたが」

「え」正直な驚きだった。彼の日本人のお祖母さんというのは、品川にいたのか。彼の居残りもそこのところに理由があるのではないか、と察しをつけた。「貴方のお祖母さんは品川にいらっしゃったことがあるのですか」疑問をそのまま口にした。

「えぇ」頷いた。未だ戸惑いがあった。「あの、ちょっといいでしょうか」躊躇いながら続けた。「お時間があれば、ちょっと相談したいことがあるのですが」

「ええええいいですよ」

答えながら内心やっぱりだ、と思っていた。やはり彼、誰かが話し掛けてくれるのをずっと待っていたのだ。そして心の揺れ動きも未だ、収まってはいなかった。

「彼はアメリカ人。今は休みで来日してますが、普段は本国の大学に通っている学生さんらしい」吉住の待機する姪御さんの団子屋に戻って、報告した。「名は、クリス・サベージ」

「品川に居残って、名前がサベージですか」後は絶句したが、吉住が何を考えているかは聞くまでもなかった。

「大学での研究テーマは日本。同じクラスの友人と共に、休みを利用して来日した。全員、日本文化の研究をしている仲間ですからね。実際にこの国に来て、それぞれのテーマについて現地で調べて回ったというわけです」

「それで品川にも来た、と」美津恵さんが言った。「何と言っても旧東海道の、第一の宿場町ですものね。具体的に日本文化の何をテーマにしているかは知りませんが、一度は来てみたい街には違いないでしょうからね」

私は頷いた。「例の戸越の家。あそこの息子さんが以前、アメリカのサベージ君の家にホームステイしていたことがあったらしいんです。それで今度は彼がこちらに来るに当たって、泊めてもらうことにした。他の仲間はそれぞれ、安宿に泊まったりして過ごしたんだけどその点、彼はラッキーだったと語ってました。お陰で費用をあまり気にせず、期限ギリギリまで日本に滞在することができる、と」

「そうそう、そこなんです」吉住が遮るように言った。「あの外人さんが何者で、何しに日本に来たのかは分かりました。しかし何故そう、ギリギリまで残らなければならないんです。仲間が帰国してしまってからも、品川に通い続けなければならないんです」

　そこでまず、日本人だという彼のお祖母さんはかつて品川にいたらしい、というところから説明を始めた。そうしてこの地で、お祖父(じい)さんになる男性と出会った。

「僕の祖父(グランパ)は海軍の兵隊でした」サベージ君は言った。「朝鮮戦争が起こって、日本に来た。横須賀(よこすか)の基地を拠点とする隊に所属していたんです」

　朝鮮戦争のあった頃ならば、昭和二十年代後半ということになろう。隊務が休みの日には京浜急行に乗って横浜(よこはま)や品川まで出て来ることも多かったそうで、それが出会いの場へと繋がった。

「一目で恋に落ちた、とグランパは言ってましたよ。『若い頃のグランマはとてもビューティフルで、俺の心は鷲掴(わしづか)みにされてしまったようだったよ』と。グランパは数年前に亡くなりましたが生前、懐かしそうに語っていた姿をよく覚えています」

　若い男女は人種を超え、互いに強く惹(ひ)かれ合ったということだろう。ところが二人の間に危機が訪れる。朝鮮戦争で休戦協定が結ばれ、男は日本に留(とど)まる理由がなくなった。アメリカに帰らなければならなくなったのだ。

「外地での一時の恋にすっぱり見切りをつけ、女性を残して帰国してしまった仲間も大勢いた、とグランパは言っていました。でも自分はそんなことをする気は毛頭なかった、と。グランマにプロポーズしたんです。俺と一緒にアメリカに来て結婚してくれ、と。グランマは太平洋戦争で家族を亡くして身寄りがなかった。だから決断し易(やす)かった、というところもあったのかも知れません。グランパのプロポーズを受け入れました。かくして今のダディがあり、僕もこうしているということです」

　祖父と祖母の出会った所縁(ゆかり)の地。だから彼にとって特別な思い入れがある、というところまではよく分かる。しかし大学の仲間と別れてまで日本に留まり、品川に通い続けることの理由としてはまだ弱い。

「グランパが亡くなってから特に、品川の思い出をグランマは繰り返し語るようになりました」サベージ君は言った。「あぁ懐かしいわぁ、と遠い目をして。ずっと英語で暮らして来たのにこの話になると、しっかりした日本語で語るんです。『二人でよくお宮のお富士さんに登って、打ち寄せる波を飽きずに眺めたり、いつも売れ残りのお団子を安く頂いては、鳥居のところで水面に揺れる街の灯を見ながら食べたりしていたのよ』って」

　お団子、の言葉が出て来たのに思わず身体(からだ)がぴくんと震えた。いつもあちこちの店でみたらし団子を買っている、サベージ君。富士塚に登って食べていた姿が、強く蘇(よみがえ)る。まさか、まさか彼……。言葉が頭の中で渦巻いた。結局、予測した通りの言葉がアメリカ人の口からは飛び出て来た。

「実際に品川に来てみたら、お団子を売るお店がいくつもあることが分かりました。でもあの口ぶりからして、二人が買っていたのはいつも同じ店だったとしか思えません。いったいどの味を、グランパ達は楽しんでいたんだろう。一度、疑問に思ったら気になって仕方がなくって。分かるまではどうしても、この街を離れる気にはなれないんです」

「そんな」私の説明を聞き終えて、美津恵さんが戸惑ったように言った。「昭和二十年代後半と言えば、もう、六十五年も前の話なんですよ。今もその頃から続いている店はあるでしょうけど逆に、閉めてしまったところもあるでしょうし。その内、どれが二人の好んだ店だったかなんて今さら分かるわけがありませんよ」

「ええ、私もそう言ったんですけどね」小さく頷いた。「彼も胸の内では、殆ど諦めているようには見えた。ただ未練たらたらなのも間違いはないんです。何とか日本滞在中にどの店か突き止めて、『食べて来たよ』とグランマに報告したい、と」

「サプライズ、というわけですな」吉住が言った。「いきなり『食べて来た』と報告してお祖母さんを驚かせたい。喜ばせたい。だから国際電話で『どの店だったの』と訊くこともできない」

「はっきりと彼、言ったわけではありませんけどね」もう一度、小さく頷いた。

「でも感じから、そうなんだろうなと察しはつきました。何とかギリギリまで留まって、二人が好んでいた店を探し出したい、と」

「でも」美津恵さんが言った。「ギリギリ、っていつまでなんですか。大学の休みを利用しての来日なんだから、期限はある筈でしょう。いつまでそのサベージさんは、品川に来ることができるんですか」

「それが」今度は小さく首を振った。絶望、の内心が我ながら仕種に表れていた。

「帰国の準備その他を考えれば、ここに通うことができるのももう明日まで、と」

伯父と姪とは同時に声を発していた。「そんな」

「今度ばかりはお手上げだ」家に帰って、妻に説明した。「時間がなさ過ぎる。おまけにどの店か突き止めようにも、絞り込む材料が殆どないと来ている」

　少し考え込むように、目線を宙に彷徨(さまよ)わせてから妻は口を開いた。「サベージさんが言った、お祖母さんの言葉というのはその語り口のままだったんでしょうか」

「そうだと思うよ」私は答えて言った。「お祖父さんが亡くなってから特に、何度も繰り返し語るようになった。だからもうすっかり、台詞も覚えてしまったと彼は言っていたからね」

　そこで、はっと気づいて顔を上げた。妻の声に明るさを聞いたのだ。私のように絶望していない。つまり――

「『お宮のお富士さん』と仰るからには」妻は言った。「品川神社の富士塚を指すことは間違いない、と私も思います」

「そう、その通りだ」私は頷いた。「今では沖合まで埋め立てられ、ビルが立ち並んでいるけども。当時はまだ海岸線はずっと手前までだった筈だ。吉住君が言っていたように『ゴジラの上陸地点』も近いんだし、ね。だからあの高台まで登れば、一面の海が望めた筈なんだよ。『打ち寄せる波を飽きずに眺めた』という表現とは確かに符合する」

「でも後半では、こう仰ってますわよね。『水面に揺れる街の灯を見』ていたって」

「あぁ」それがどうした、の内心が声にも表れていた、我ながら。「戦後も五年が経過していたんだ。おまけに朝鮮戦争の特需もあった。品川は元通りとまでは言わないまでも、それなりの賑やかさは取り戻していたろう。旧街道沿いは華やかな灯（あか）りで飾られていたろう。その賑わいに惹かれ、休みの日にお祖父さんが品川まで遊びに来てお祖母さんに出会ったくらいなんだからね。街の灯が海面に揺れていたとしても、何ら不思議はない」

「でもあなた、お宮があるのは旧街道から見て、海と反対側なのでしょう。街の灯が海面に反射したとしてもその光は、もっと沖合の方へ飛んでいく筈ですわ。手前の方に戻って来るのは、ほんの僅かな筈。おまけに富士塚の方がずっと高いところにあるから、手前の街道の眩（まぶ）しさのせいでその先の海面は、暗く映ってしまうのではないかしら」

　あっ、と思わず声が漏れた。そうだ、そうだった。街の近くに海があったというので、光が水面に跳ね返って来るのは当たり前という思い込みがあったのだ。しかし考えてみれば、妻の言う通り。光は基本的に真っ直ぐ進むため、海面で反射しても大半は更に沖合に向かう。立ち上がった波面に当たってこちらに戻って来るものも皆無とは言えまいが、極めて少数派と見るしかない。おまけにあの辺りは遠浅だったのだ。さして高い波が立ったとも思えない。

「あなた」妻がにっこりと微笑（ほほえ）んだ。「近くにもう一つ、別の神社はありませんこと。それも鳥居が、川に面しているような」

翌日、サベージ君と品川で会った。吉住と美津恵さんも一緒で、待ち合わせ場所は彼女のお団子屋前だった。

四人、連れ立って商店街を進んだ。直ぐに山手通りにぶつかった。信号が青になるのを待って、横断歩道を渡った。

「こんな大きな車道が横切っているお陰で、人の流れも遮断され易い」渡りながら、私は言った。「渡れば先にも、商店街は繋がっているのに、ね。ついつい引き返すなり、歩道伝いに左右に折れたりしてしまう。事実、私達も先日はそうした。右に行って第一京浜に出、品川神社に参拝した。だから渡った先のことは盲点になっていたんだ」

渡り終えて更に商店街沿いに進んだ。間もなく川に出た。目黒川だった。

「しかし昭和二十年代にはまだ、この大通りはなかった。今朝、国土地理院で古い地図を見て確かめて来たから、間違いない。こんな大きな車道が街を横切るようになったのは、ずっと後の時代になってからのことなんだ。だから当時は今とは桁違いに、大勢の通行人が普通にこっちの川のところまでを、行き来していた筈だよ」

橋は渡らず、川沿いの小道を右に折れた。直ぐに鳥居が見えて来た。荏原神社だった。昨夜、妻から聞かされた街の灯と、水面での反射光について説明した。

「そう考えてみればお祖母さんの言葉にあった、街の灯が揺れる水面とは海でなかった可能性が高い。川だった、とした方がずっと自然だよね」

「そ、それじゃ」皆で鳥居の足元に立ち、川の方へ振り返ってみた。まだ明るいが夜になれば、対岸の灯が川面に揺れて美しいだろうことは容易に想像がついた。

「グランマ達がお団子を食べていたのは、こっち」

私は頷いた。「神社は二つあったのさ。海を眺めたところと、団子を食べながら街の灯りを見ていたところと。そうでなければ、あの表現はおかしいからね。神社が一つだけならわざわざ、あのように前後に分けて語った説明がつかない」

「そうだったんですか」自分は違った場所で、繰り返し団子を食べていたのか。だが落胆した風ではなかった。むしろ真相が分かって、晴れ晴れとした表情を浮かべていた。「それじゃ、グランマ達が買っていたお団子というのも」

「この近くの店だったんじゃないかと思われる」私は頷いた。「しかも『いつも売れ残りのお団子を安く頂いて』という表現をお祖母さんは使っている。売れ残った団子を安く買わせてもらう、ということは常連客になればあり得ることだろうが『いつも』というのは、ちょっと解せない。あまりに毎回、売れ残りばかりを狙って来店していては店の方だって、いい顔はしないだろうからね。だからこう考えられるんだ。もしかしたらお祖母さんは、その団子屋で働いていたんじゃなかろうか、って」

あっ、とサベージ君は声を発した。口もその形のままに大きく開いていた。

「店員だったら閉店近くの時刻になって、『これ、売れ残ってるから安く買わせて下さい』などと店主にもお願いし易い。店主だって外人さんとつき合ってる仲を知ってるから、親切な人だったら『あぁいいよ』という話にもなるだろう。そうして後片づけが終わった後、お祖父さんとここまで来て団子を楽しんでいたというわけさ。そう考えてみた方が、ずっと自然な気がする」

「私も午前中、一足先にその推理を聞かされてきっとそうに違いないと思ったんですよ」美津恵さんが言った。「それでさっき、あちこちに電話を掛けて尋ねてみたんです」橋の向こうの八百屋を指差した。「あそこ、今では八百屋さんになってるけど昔は和菓子屋をしていたんですって。かなり大きなお店で、泊まり込みの従業員も何人もいたんだとか。今でもお元気な店のお婆(ばあ)さんが、覚えてられてましたよ。昔、うちで働いていた店員さんがアメリカの兵隊さんと恋をして、海を渡って結婚したんだ、って」

「そ、それじゃ、グランマはあのお店で」

美津恵さんは頷いた。「八百屋さんに商売替えした今でも、お団子だけは自前で作り続けているんです。行ってみるといいわ。そしてお団子を味わいながら、お婆さんに昔の話を聞かせてもらえば。きっとお祖母さんの思い出話を、いくつもして下さいますよ」

四人で橋を渡り、八百屋に入った。既に話が通してあったため、お婆さんは店の奥で待ってくれていた。今は店を息子夫婦に任せているが、忙しい時には手伝うこともあるという。まだまだ元気一杯なのだ。サベージ君の顔を見るとぱっと顔を輝かせた。まぁまぁ、貴方があの彼女の。嬉しそうに思い出を語り始めた。サベージ君も熱心に聞き入っていた。団子を食べるのも忘れて時折、口が止まるくらいだった。

いつまでも店を空けてはいられない。美津恵さんが戻るというので私らも従うことにした。ここからはサベージ君と、この店との世界だ。私達が介入する余地はどこにもない。

「本当に有難うございました」戻ると告げるとサベージ君が立ち上がって、礼を言った。満面の笑みが浮かんでいた。「ここで少し、お話を聞かせてもらいます。帰りにはそちらに顔を出します。改めてお礼させて下さい」

「いいよ、ごゆっくり」私は言った。「やっと、お店を突き止めることができたんだ。ゆっくりと話をして来るといい。こちらのことは、お構いなく」

晴れ渡ったサベージ君の表情を見ていて、思った。やはり、妻は正しかった。

「あなた、もしかして」昨夜、妻は言ったのだ。懸念の表情が浮かんでいた。「そのサベージさん、実は本当の目的はお店を突き止めることじゃなかったのではないかしら」

いくら「サプライズ」の狙いもあるとは言え、日本滞在の期日は間もなく終わるのだ。ならば本国に電話を入れ、祖母に尋ねてみるのが自然だろう。実はこうしてお店を探してみたのだけれど、どうしても分からない。帰国までには行ってみたいから、どこだったか教えて、と。

ところが最後まで直接、尋ねようとはしない。それは、お祖母さんにも訊けないような疑念が胸にあるからなのではないか。

「そうか」私も思い至った。「時代が時代だものな。アメリカ兵と日本女性。事実、当時そういう話はいくらでもあった。日本文化を研究している彼だ。もしかしたらそうだったのでは、と疑ったとしても不思議はないな」

パンパン、という奴だった。日本に駐留するアメリカ兵を相手にした、日本人娼婦(しょうふ)。貧しい戦後の焼け跡にはいくらでもいたのだ。昭和二十年代も後半に入ると、朝鮮戦争の特需で景気がよくなっていたにしても手っ取り早く稼げることに変わりはない。ましてや空襲で家族を失い、身寄りもない女性である。売春防止法が施行され、取り締まりの対象になったのは昭和三十三年。それまでは公然と、街娼が通りに立っていた。

元は宿場町であり、遊郭が立ち並んでいた品川ではないか。もしかしたらお祖母ちゃんもそうで、お祖父ちゃんと出会ったのもその中で、だったのではないか。サベージ君が疑意を抱いた、としても不思議はない。

しかし、訊けるわけがない。だから実際に来てみて、どうだったのか探ろうとした。勿論（もちろん）、今さら街を歩いたところで分かる筈もない。それでも、知りたい。悶々（もんもん）として、街を彷徨った。離れ難くなった。かくしてサベージ君は居残っていたのではないか、というのだった。

幸い、お祖母さんの言葉からそれはなかろうと察しがついた。美津恵さんに調べてもらうとやはり、かつては和菓子店だった八百屋で働いていたことが判明した。疑いが晴れたからこそサベージ君は、これだけ喜んでいるのだろう。満面の笑みを浮かべているのだろう。

「なぁ、言った通りだったろう」商店街を戻る道すがら、だった。吉住が美津恵さんに語り掛けていた。「不思議なことがあればこの人に頼るに限る、って。謎は見事に解き明かしてくれる、って」慌てて我に返った。

「本当に」美津恵さんは大きく頷いていた。「私も最初は、半信半疑だったんですけど。でも結果的に、こうなんですものねぇ。あまりに鮮やかな推理に、胸が空く思いでしたよ。本当にドラマでも見ているみたい」

「あ、いや」実際は推理したのは、妻だ。なのに吉住は誤解し続けている。このままだとそいつが、姪御さんにまで伝播してしまう。

ただしこんな可愛らしいお嬢さんに、感心されて嬉しくないわけがないのは確かだった。今更それは誤解だと言い出し辛いこともあり、代わりに、言った。「ただ、落語じゃないけどサゲは大切にしたいからね。いい気分で話を終わらせたい。そう願ったのは、確かですよ」

「『居残り佐平次』のサゲは時代に合わせて、変えざるを得ない部分もあるけど」吉住が言った。「いくら時代を経ようと変わらないものもある。それが、人情って奴ですな」

「今回は本当に、人情話みたいなサゲになってくれましたものねぇ。でもそれもこれも、見事な推理あってのことですから」

美津恵さんからまたも感心されてしまった。

本意ではなかったが、この展開が満更ではない内心を自分でもどうしようもなかった。

第六章　鬼のいる街

錦糸町から「都08」系統のバスに乗り、「竜泉(りゅうせん)」で降りた。歩いて行く積もりだったが丁度、「草63」系統が来たので有難く利用することにした。バス停、一つ分だけ乗って「三ノ輪(みのわ)駅前」で降りた。日光街道沿いに歩いて明治(めいじ)通りを渡った。常磐線(じょうばんせん)のガードを潜(くぐ)って少し歩くと左手に、一階部分が通路となって向こう側に抜けられる奇妙な形をしたビルが現われる。通路にはいくつか店舗も並んでおり、眺めながら通るだけで楽しい。抜けると正面が「三ノ輪橋」の電停だった。東京に唯一残る都電、荒川(あらかわ)線の起点である。

　路線バスを乗り継いで楽しむ時に使う、東京都シルバーパスはバスや都営地下鉄だけでなく、この都電も乗り放題である。今日は雑司(ぞうし)が谷(や)の鬼子母神(きしもじん)で吉住、郡司と落ち合う約束となっていた。路線バスを乗り継いだって雑司が谷へは行ける。だが久しぶりに、都電に乗ってみるのもいいかなと思いついたのだった。

「三ノ輪橋」を出ると「荒川一中前」、「荒川区役所前」などバス停のような名前の電停が続く。「荒川二丁目」「荒川七丁目」など住居表示のような名の停留所も、路線バスを連想させる。のんびりしたものだった。たまには鉄路にこうして揺られるのもいいものだ。こっちを選んでよかった、と感じた。

ただバスと違うのは、こちらは殆どが専用軌道を走っている点だった。路面電車と言えば道路の真ん中に軌道を持ち、一般車と並走するイメージがあるだろうが荒川線の場合、そうした併用軌道はほんの一部だけなのだ。大半は一般道とは隔離されて敷かれたレールを走るため、普段とはまた違った車窓を眺めることができる。電車に独特の走行中の揺れも、心地(ここち)よかった。ドアが閉まる時に「チンチン」となる伝鐘も成程チンチン電車だ、と思えた。知らず知らず笑みが零(こぼ)れた。

と、「王子駅前」に到着した。吉住の自宅は王子にある。まさか乗り合わせることはあるまいな、と周囲に目を凝らしたがやはり乗っては来なかった。私はちょっと思うところがあり、待ち合わせ時刻よりかなり早目に出て来ていたのだ。

「王子駅前」を発車すると明治通りの中央に躍り出、左に急カーブを切って道の真ん中を走り始めた。ここだけが一般車と並走する併用軌道なのだ。急坂を上り、飛鳥山(あすかやま)公園の高台を回り込むように走った。やがて明治通りが本郷通りと分岐し、右へ折れて離れていく。と思ったらこちらも右に大きくカーブし、一般道と離れた。

再び専用軌道に入った。併用区間はこれで終わりだった。

電車はあちこち方向を変えながら走り続け、ＪＲのガードを潜った。頭上を跨ぐのは山手線の大塚駅だった。錦糸町からはここへ真っ直ぐ向かう、「都02」系統のバスもある。そちらと都電を利用した方がスムーズに目的地へ行けた、という見方もあろう。が、これで良いのだ。今日はゆっくり都電を堪能（たんのう）しようと決めたのであり、そのためには起点から乗るのは当たり前なのだから。公共交通機関を乗り潰す趣味に最早、私はどっぷり浸（つ）かっていた。

やがて右手に、サンシャイン60の超高層ビルが見えて来た。いよいよ大都会に出て来たな、との実感が胸に湧く。軌道は大通りを横切り、首都高速のガード下に設けられた「東池袋三丁目」電停に到着した。続いて緩やかな坂を上り、左カーブに差し掛かると丁度、丘の頂点のような場所に位置するのが都電の「都電雑司ヶ谷」電停だった。

次の停車場が「鬼子母神前（きしぼじんまえ）」である。待ち合わせの場所に直行するならそちらまで乗った方がいい。しかし私は雑司ヶ谷で降りた。最初から、せっかくなので先に霊園に行っておこうと決めていたからだ。

雑司ヶ谷霊園は電停から直（す）ぐの場所だった。ただ広大な面積を有するため、敷地に入ってからかなり歩かなければならない。迷うのは覚悟の上だった。だからこそ早目に家を出て来たのだ。

夏目漱石に小泉八雲、東条英機に大川橋蔵といった有名人の墓が点在する。池袋の繁華街から程ないところに、これだけ広い霊園があることに今更ながら驚かされてしまう。墓石の林立する中を進んだ。思った通り、なかなか見つからなかった。やはり早目に出て来てよかったな、とつくづく思った。漸く目指す墓を見出し、手を合わせて故人の冥福を祈った。

墓参りを済ませ、都電の線路に戻った。次の「鬼子母神前」まで大した距離ではない。再び都電に乗る気はなかった。歩き出そうとして思わず、目を見張った。大規模な工事の真っ最中だったのだ。軌道は工事用のフェンスで隔てられ、中はあまり窺えなかった。線路脇の車道にも驚かされた。以前は確か、狭い道が張りつくように鉄路に沿って走っていたのだ。それが大規模に拡幅され、二車線の道路になっていた。歩道も綺麗に整備されていた。

暫く歩いて、ははぁと思い至った。地下鉄の入り口があったのである。東京メトロ副都心線の雑司が谷駅だった。

私が昔、来た時にはこんな地下鉄は通ってはいなかった。開通したため、周囲もこうして再開発されたのだろう。狭かった道も併せて拡張されたのだろう。

見ると目の前が都電の「鬼子母神前」駅だった。こちらも整備工事の途中、という感じで矢板（やいた）が立てられたり、単管が組まれたりしていた。

　丁度、電車が停（と）まり乗客がどっと出て来るところだった。中に、吉住の姿があった。やはり彼、王子からこいつに乗って来たのだ。

「やぁ、どうも」先方もこちらに気がついた。軽く会釈しながら歩み寄って来た。

「お早いお着きで」

「ずっと以前、こちらに来たことがあったんですよ」私も歩み寄りつつ、言った。鬼子母神堂の境内（けいだい）に行くには、都電の踏切を渡らなければならない。吉住ばかりがこちらに近寄れば、会った後に元来た道を戻らねばならない格好になる。「それでちょっと先に来て、周りをうろついてまして」墓参りをしていた、と正直に打ち明ける気にはなれなかった。何となく照れのようなものが胸にあった。

　並んで踏切を渡った。周囲で大工事が行われているため、あちこちに交通整理のための警備員が立っていた。一種、物々しい雰囲気が漂っていた。

「私もここに来るのは久しぶりだったんですが」歩きながら吉住が言った。「驚きましたよ、凄（すご）い変わり様ですな。こんな大規模な工事をしているなんて、夢にも思わなかった」

　線路を渡る際、遮蔽板（しゃへい）で隠された工事現場の様子を覗（のぞ）き見ることができた。どうやら線路の付け替えまでやっているようだ。板を並べてレールを敷いた仮の軌道を電車が走っており、横の地面は大きく掘り込まれていた。線路の向こう側の道路もいったん拡幅された後、敷地の確保のために広く占有する形でフェンスが並んでいた。思った以上に複雑な工事が行われているらしかった。

「あちらに地下鉄副都心線の入り口があったので」私は言った。「地下鉄開通に合わせた再開発で、道の拡幅工事も行われたのかと思いましたが。でもそれだけじゃないようですね。副都心線が通ったのはもう七、八年は前になる。駅が出来るに合わせただけだったらもう、完成していなければおかしい。これだけ大規模な工事になる説明もつかないように思います」

「全くですなぁ」吉住は首肯した。「お陰で周囲の風景がすっかり、変わってしまっている」あぁしかし、と前方を指差して続けた。「ここから先の雰囲気は、あまり変わらないようですよ」

商店街の通りから右手に分岐する道があり、両側にケヤキ並木が続いている。鬼子母神堂の表参道である。ケヤキの樹齢は三百から四百年と言い、かなりの幹の太さを誇る大木ぞろいで、周囲の住民が大切に保存して来たものだ。床の擦り切れた石畳も歴史を感じさせ、確かにこの雰囲気だけはそうそうに変わるものではあるまいと思われた。梢(こずえ)に切り取られた空から、季節の割に明るい光が降って来る。ぽかぽかとした暖かさが肌を撫(な)でてくれているようだった。

参道はT字路にぶつかり、左へ行くと鬼子母神堂だった。平日にも拘わらず結構な数の参拝客がおり、また手前の公園では遊ぶ子供達の声が弾けていた。ただしうるさいわけでは決してない。境内も木が生い茂っていて、木漏れ日がそこここに差す。長閑な空気に満ち満ちていた。大繁華街、池袋から歩いても来られる場所にこのような空間があると思うと不思議な気持ちに包まれた。全くの別世界、と感じた。

「まだ、来られていないようですな」吉住が周囲を見渡して、言った。私の元、同僚の郡司も路線バスの旅を楽しむようになっており同好の士として、吉住と三人で出掛ける機会も既に何回かあった。互いにすっかり打ち解け合っていた。「まぁ私らの出て来たのが早過ぎたんでしょうが」

「あいつはあいつでどこか、先に行きたいところがあったようですよ」私は言った。「そこでちょっと、道草を食っているのかも知れません」

「まぁ別に、急ぐわけじゃありませんし」吉住が小さく笑った。「次の予定が押しているわけでもない。逆にすることが特になくて、暇を持て余してる爺さん揃いだ。せっかくこんなところに来たんですもの。のんびり行きましょうや」

境内に入ると左手に巨大なイチョウの木が聳え立ち、横に小屋のような建物があった。手前に何か並べられているな。思って歩み寄ってみると、駄菓子だった。こんなところに駄菓子屋があるのか。

「ここ、面白いでしょう」吉住も私の背後に歩み寄って来ていた。「ほらこれ、ご覧なさい」

指し示されたのは駄菓子の並ぶ上方に掲げられた、木の看板だった。『上川口屋（かみかわぐち）』と屋号が墨痕（ぼっこん）鮮やかに記されている。が、度肝を抜かれたのは屋号の上に書かれた文字だった。「創業一七八一年」ついつい我が目を疑ってしまう。確か明治元年は一八六八年だ。するとここの創業は、それより百年近くも前ということか。

私の狼狽（ろうばい）ぶりがおかしくて堪らないのだろう。ついつい口元を歪（ゆが）めて、吉住が解説してくれた。「そう、これは天明（てんめい）元年に当たります。最初は飴（あめ）の販売から始まったらしいんですがね。ここは日本で一番、古い駄菓子屋なんですよ」

建物も明治以前のものらしい。関東大震災も東京大空襲からも焼失を免れた、奇跡的な歴史を有す建造物。これこそまさに鬼子母神のご加護でなくて何だろう。

「いやぁ。こんなお店が現代に残っているという事実だけでここは、霊験灼（あらた）かと感じずにはいられませんなぁ」

「でしょう。まぁこの歳（とし）で駄菓子を買うというのもちょっとあれなので、どうです」

吉住が指し示したのは、ラムネだった。あぁいいですねぇ、と賛同した。少し歩き回ったので足も疲れている。ちょっと座って喉を潤しつつ、郡司を待つというのは成程いい思いつきだった。

ラムネを二本、買い求めた。ビー玉を瓶の中に押し込むと、ぷしゅっと音を立ててガスが抜ける。この感覚を味わうのも随分と久しぶりだ。大イチョウの足元に座ってラムネを飲んだ。炭酸水が喉を滑り落ちて行く感触が堪らない。木陰を抜ける風が心地よかった。本当にここは池袋の雑踏から程近い場所なのか、と改めて不思議に思われた。

「ここは、お寺ですよね」鬼子母神堂の方に目を向けながら、今更ながらの質問を敢えて口にした。

「ええ。法明寺（ほうみょうじ）というお寺ですが実は、本堂はあれじゃありません。ちょっと離れたところにあって、ここは飛び地の境内なのだとか」なのに鬼子母神信仰が人気を集め、こちらの方が有名になってしまったということか。吉住は一瞬、口を噤（つぐ）んだ。が、訊きたいことは明らかだった。眼が「しかし何故そんな質問を」と問うていた。

私は堂宇（どうう）の方を指差した。正面の両脇に、「あ」「うん」の狛犬が置かれているのだ。狛犬というのは本来、神社にいるものではないか。以前、稲荷（いなり）神社の時に学んだように。

「あぁ」と吉住は手を打った。「確かにあれは、寺にあるのは不自然ですなぁ。ただそういう感覚も、明治以降ならではなんでしょう。神仏分離の政策が採られる以前では、寺も神社もごちゃ混ぜなのが普通。江戸時代より前はあぁした光景の方がむしろ当たり前だったんではないでしょうか」

ここはその面影を今に残している。それもまた長い歴史の表れ、ということなのだろう。

「鬼子母神は元々インドの夜叉神の娘で、多くの子供を産んだのだそうです。一説には五百とか、千人とか」いつの間にか吉住の解説が始まった。彼は本当にこうした知識が豊富だ。あちこちブラブラしながらふと、所縁の情報を仕入れられる。町歩きにおいては最高のパートナーと言っていい。「ところが性格は暴虐そのもので、これだけの子供を育てるには栄養が要るということで人間の幼児を捕らえては、食べていた。お陰で人々からは恐れられていた、といいます」

見兼ねたお釈迦様は過ちを正してやろうと、鬼子母神の末の子供を隠してしまう。彼女は半狂乱になって世界中を捜し回るが、七日間かかっても見つからない。とうとう釈迦に許しを請うた。

「千人の子供を持ちながら中の一人を失っただけで、お前はそれだけ嘆き悲しんでいる」釈迦は鬼子母神に諭したという。「ならばお前のせいで、ただ一人の子を失った親達の悲しみはいかばかりと思うか」

自らの過ちを悟った鬼子母神は以降、仏法の守護神となり子供や安産の守り神となった。人々の信仰を集めて今に至るという。

「子供や安産、ですか」私は笑った。ここのご利益にあやかろう、と買ったラムネの瓶を掲げて見せた。「ならば残念ながら私らの歳になれば、あまり縁はなかったのかも知れませんなぁ」

　吉住も合わせて笑った。「ここの鬼子母神は正確には、鬼は鬼でも頭に点のない漢字を使っているようですよ。もう鬼ではない。子供を抱いた優しい姿で、『角はもうない』という意味らしく」

「鬼子母神といえばここともう一つ、入谷にも有名なところがありますよね」

「真源寺ですね。あそこともう一箇所、千葉県市川市の遠寿院を合わせて『江戸三大鬼子母神』と称すとか」

「恐れ入谷（畏れ入りや）の鬼子母神」として入谷が一つ格上とされる、と聞いた覚えがあった。だが実際に足を運んでみれば格上も下もない。長く庶民の信仰を集め親しまれて来た、というだけでこの上ない存在ではないか。格差をつけようとすること自体、無粋であろう。少なくともここに佇んでいる限り、上下の感覚は浮かばない。目を閉じて静かな時間に身を委ねた。と――

「いやぁ済まん済まん。お待たせしてしまって」

　無粋な声がせっかくの雰囲気を壊してくれた。郡司だった。不本意ながら、目を開けた。

「いえいえ、私らの方がちょっと先に着いてしまったんですよ」吉住が傍らで立ち上がった。私も合わせた。「しかし郡司さん、そちらから」

確かに彼の現われた方角は、堂宇の裏手からだった。私達と違い、裏参道から入って来たようだ。

「いやぁよく道が分からんで、目白通りから明治通りに出てしまって。池袋方面へ向かって歩いていたら『鬼子母神入り口』とあるのが見えたので、そこから入って来ました」

「目白通り。郡司さんいったい、どちらを回って来られたんです」

「まぁまぁ、説明し出すと長くなる。そいつは追々。まずは手を合わせましょう」

三人、横に並んで堂宇の正面に立ち、賽銭を上げた。ふと見上げると垂れ縄の上にあるのは鈴ではなく、銅鑼だった。神社であるなら鈴の方が一般的だろう。成程、寺だと妙なところに感心した。狛犬と銅鑼。やはりここは神仏習合の名残を残す、江戸以前からの歴史を引き継ぐ場所なのだ。手を合わせ、深く頭を垂れた。

「実は目白台に行って来ましてね」参拝を済ませ、表参道を都電の方へ戻りながら郡司が説明を始めた。「あそこには小説上は、鬼平の私邸があったことになっているんですよ」

郡司は時代小説、取り分け池波正太郎の代表作『鬼平犯科帳』の大ファンである。そう言えば先日、錦糸町で会った時も「鬼平の私邸のあった場所を訪ねて来た」と言っていた。なのに今日は、目白台という。どういうことかと問おうとして、彼の言葉に含まれた意味に気がついた。「小説上は」つまり実際は違っていた、ということだ。

指摘すると郡司は、あぁその通りだと頷（うなず）いた。してやったりの表情で私は内心、しまったと後悔していた。格好の話題を提供することになったようだ。

「前に錦糸町で会った時、ちょっと説明したよな。あっちでも小説上は、『時の鐘』前に平蔵（へいぞう）の旧宅があったことになっている、って。ところが実際はちょっと違う。都営地下鉄新宿線の、菊川駅のところにあったのが本当なんだ。池波先生、小説であっても当時の資料を読み込んでなるだけ正確を期すのが身上なんだが。やっぱり人間、ミスも犯すわな。あっちの件でも江戸切絵図を見て、ちょっと勘違いしたらしいんだ」

「江戸切絵図」とは江戸時代の住宅地図のようなものだったという。その「本所絵図」を見ると確かに、鐘楼前に「長谷川（はせがわ）」と書かれた屋敷がある。そこで池波先生、「ここぞ長谷川家の私邸に違いない」と思い込んだらしいのだった。

「実際にはそれは、平蔵とは縁も所縁（ゆかり）もない同姓の旗本屋敷だった。だがそんなの、やぁやぁ突っ込んでも野暮なだけじゃないか。それよりこれもこないだも言った通り、墨田区はその誤った方の場所にもちゃんと『長谷川平蔵の旧宅』の案内板を出している。こっちの方がずっと粋ってもんだよ」

　やぁやぁ突っ込んでも野暮。ならばその話題を、得意満面で語っているお前は何なのだ。思ったが、口にするのは止めにしておいた。それこそ「突っ込みどころが無粋だ」などと躱されてしまいそうで。

「今日の目白台も同じなんですよ」郡司の説明は、吉住を向いて続いた。鼻高々、の表情は微動だにしていなかった。「これも池波先生の、勘違いなんです。でもいいじゃないですか、小説なんだから。事実がどうだったか、なんてどうでもいい。平蔵がここに来ていたかも、とか想像しながら歩くだけで楽しい。ファン冥利に尽きる、ってもんですよ」

「ははぁ、そういうものですか」

　江戸時代、武家の「紳士録」のような『武鑑』という本が度々編まれたらしい。昭和になって作られたそのアンソロジー『大武鑑』を見てみると「長谷川平蔵宣以　天六七　与十同三十△目白だい」との記述が見受けられる、と郡司は語った。

「『天六七』とは天明六年七月を示す。同年、平蔵は弓頭を拝命したからこのことを指しているわけだな。それで配下となった与力が十人、同心が三十人だったと記されている。ここまでは正しい」郡司によると問題はこの後だった。続く「目白だい」とはその与力、同心の組屋敷のことだったのだが池波先生、鬼平が拝領した屋敷と勘違いしてしまったようなのだという。「実際には弓頭として京都から帰って来た平蔵は、元の本所の私邸に戻った。目白台はあくまで、部下達の住むところだったわけだ」

　小説では平蔵は江戸城、清水門外の役宅に詰めるばかりなため目白台の私邸は息子、辰蔵が留守を預かっている。父と違って剣術の稽古にもあまり熱心でなく、音羽の岡場所（遊郭）に通ってばかり。時折、平蔵が訪ねて来ては厳しく稽古をつけられ、共に鬼子母神に参詣するのが慣例となっていた。

「ははぁ」吉住が感心した声を漏らした。「小説では鬼平は、ここにしょっちゅう参詣していたことになっていたわけですか」

「そうなんです」得意そうに頷いた。「それに今も言ったように目白台には、平蔵の私邸はなかったが部下が住んでいたことは確かです。だから彼がこの辺に来ていたとしてもおかしくはない。今日は皆で鬼子母神に参拝しようという話になったのでならば、私だけ目白台の方にも足を伸ばしておこうと思ったのも当然でしょう」

　鼻持ちならない態度だったが、感懐も湧いた。あることに気がついたからだ。先程の駄菓子屋『上川口屋』の創業は、天明元年。長谷川平蔵が京都から戻って来たのも天明六年という。目白台の私邸、までは勘違いだったらしいがあながち、鬼平と鬼子母神が全くの無関係だったわけではない。むしろ縁があったと考えるべきだろう。指摘すると、二人も成程なぁと頷き合った。

「しかしファンというものは凄（すご）いですなぁ」吉住が言った。「そこまで小説を読み込むものですか。作者の勘違いまで押さえた上で。間違っていようと全て所縁の地として、足を運ぶとは私らなんかには想像もつかない。並々ならぬ情熱ですなぁ」

「いやぁ、こうして綿密に資料を研究、調査した上でその結果をインターネット上に公表している方がおられるんですよ。お陰で我々はそれを踏まえて、こうして楽しんでいられるというわけでして」

　自慢げな物腰が終わりそうにない。「あぁそう言えば」と話の腰を折ることにした。「土産（みやげ）の郷土玩具として有名な『すすきみみずく』が、そこの案内処で売られているんじゃありませんでしたっけ」

「あぁ、そうそう」幸い、吉住はこちらに合わせてくれた。「せっかくなのでちょっと寄ってみましょうか」

　文字通り、ススキで編んだ可愛（かわい）らしいミミズクである。由来の話も残っている。昔、貧しさ故に母親の薬も買えず苦しんでいる娘がいた。鬼子母神に祈ったところ夢の中に現われ、「ススキの穂でミミズクを作り、それを売って薬代にしなさい」

と告げられた。娘が言う通りにしてみると飛ぶように売れ、薬が買えて母親の病気も治ったという。以来、名物として作られ続けるようになった。一時、作り手がいなくなったが伝統が途絶えるのは惜しいと、「保存会」が発足し今もこうして案内処で売られているのだ、とか。

妻の土産として一つ、買い求めた。郡司も孫が喜ぶだろうなと言いながら、購入していた。

「池袋はその名前をもじって、フクロウをシンボルに使ってるじゃないですか」吉住も買いながら、言った。「それがちょっと離れたこっちでは、ミミズクだ。やはりこの辺の土地、フクロウの仲間に縁があるということなんでしょうかね」

直ぐ近くの区立南池袋小学校の敷地内には、『豊島ふくろう・みみずく資料館』があるそうだ。案内処の人が教えてくれた。行ってみようかと話し合ったが残念ながら、開館は土・日曜のみということだった。

案内処を出、都電の線路脇まで戻った。「おぉ、これは」郡司が驚きの声を発していた。彼は裏参道の方から鬼子母神に参ったため、まだ見ていなかったのだ。

「凄い工事をやってるな。これじゃ昔の面影が、全くなくなってるじゃないか」

「貴方も以前、ここに来られたことがあったのですか」

吉住の質問に私が首肯した。「私らがまだ、警察に勤めていた時分の話なんです。

その先の雑司が谷霊園も現場となった、連続通り魔事件があったのを覚えてられませんか」

「あっ」と手を叩いた。「ええ、ありましたありました。覚えてますよ。そうかあれは、最後の現場がここだったか。お二人はあの事件も、担当されていたわけですね」

当時、東京の各地で女性が襲われ殺されて持ち物が盗まれるという通り魔事件が、続け様に発生した。市民を恐怖のどん底に叩き込み、報道は暫しその話題一色に染められたと称しても過言ではない程だった。

五件目の現場が、ここだった。雑司が谷霊園で中年女性の死体が発見されたのだ。当て身を入れて気絶させ、人目のないところに被害者を引き摺ってから首を締めるといういつもの手口だった。持っていた筈のハンドバッグが消えていることからも、同じ犯人の手によることは間違いなかった。捜査のため、私らは連日この辺りを歩き回っており、お陰で当時の風景には馴染みがあったのだ。逆に今の光景に、違和感を覚えてしまうのもそのせいだった。

「ただ捜査だから、鬼子母神の境内に参拝することはなかった」吉住が指摘して言った。「だから古い駄菓子屋があったり、その由来とかについてはご存知なかったわけですね」

「しかし全く、えらい変わり様だなぁ」郡司が線路の手前側、大きく車道に張り出した工事用フェンスを見ながら溜息をついた。「確かこっちは、線路が民家の直ぐ前を走ってたんじゃなかったっけ」

「そうだったそうだった」私も思い出した。民家の玄関前に踏切がある。つまり線路を電車が走っている間は、住人は家から出ることができないわけだ。急ぐ用事があった時なんかはどうするんだろうなぁ、などと刑事仲間と話したのをよく覚えている。

途中に立っていた警備員に、話し掛けた。これは何の工事をしているのかと尋ねたところ、将来的に都市計画道路が通ることになっている、ということだった。正式には環状5号線といい、大部分が一般的に言う「明治通り」と一致している。ただし現状では池袋駅前の繁華街を走っており、渋滞が絶えない。そこでバイパスとしてこちらを抜け、サンシャイン60の足元「グリーン大通り」に繋げる計画らしかった。道は都電軌道の地下をトンネルとして縦断する。お陰でこれだけの大工事となっている道理だった。納得して、フェンス沿いに歩き始めた。

「そして、そう。あそこだ」郡司が指差した。緩やかな上り道になっている、先だった。「あの辺りだ。しかしこれだけ変わっては、当時の面影は全然ないなぁ。正確にどの地点だったかまでは、とても分からない」

「そう、そうだ。この辺りだ」

もう少し行けば車通りにぶつかる、という地点だった。車道は「東通り」といって、左手に向かえば商店街と化し明治通りに行き当たる。渡ると通称「びっくりガード」だ。西武とJRの線路を潜り、池袋駅の西口側に出る。

一方、逆に右に行くと踏切である。「都電雑司ヶ谷」電停のホームが上下線、踏切を挟んで斜（はす）に向き合っている。線路を渡って更に進めば先程、私が墓参りした霊園だ。事件の現場でもある。

「何がここ、なんです」

吉住の質問に再び私が答えた。「ここで重要な目撃証言が得られたんですよ。五件目の事件の後、間もなく真犯人が捕まったでしょう。それは、その証言のお陰だったんです」

「証人の名前までまだ、よく覚えているよ」郡司が言った。「玉谷（たまや）、というまだ若く美しい女性だった。彼女の証言が正確で、また精緻だった。見掛けた不審な男の目鼻立から背格好、服装に至るまで実に細かく説明してくれた。お陰で容疑者の絞り込みに大いに役立ったんだ。あん畜生を速やかに捕えることができたのも、あのお嬢さんが齎（もたら）してくれた計り知れない恩恵と言っていい」

あん畜生——真犯人は鬼頭（きとう）といった。「連続殺人鬼」と話題になっていたところ捕らえてみたら、「やはり『鬼』だった」とマスコミも煽り立てたものだ。三十代の後半で無職。家はそこそこ裕福なこともあって一定の職に就いた経験もなく、親と同居して暮らしていた。収入も全て親に頼っていた。一昔前に流行った言葉で言えば典型的な「パラサイト」ということになろう。

捕らえてみると鬼頭は、さして追及するまでもなく自分からべらべらと喋り出した。どんな状況で被害者を襲って、どんな風に殺したか。自分がいかに極悪非道かを自慢するように、嬉々として語り続けた。聴取に当たった担当者は胸糞が悪くなる、と取調室を出るなり吐き捨てたものだ。ただお陰で、捜査が捗ったことは間違いない。調書も整い、速やかに起訴された。彼が犯人であることには疑う余地もなく、一審で死刑判決が下った。精神的な問題を挙げて減刑を狙った弁護側も、一蹴された。法廷でも始終、ニヤニヤ笑いを浮かべ続けた鬼頭の態度が裁判官の心証を悪くしたのは疑い様がない。本人の希望もあって控訴はなされず、判決は確定した。既に死刑が執行されて、もう何年にもなる。

このように逮捕に至ってからはある意味、こちらとしては楽だった。さしたる支障もなく起訴、判決へと持ち込むことができた。ただし鬼頭を捕らえるまでの段階で、玉谷女史の証言に我々がどれだけ助けられたかは言葉に表し様もない。彼女がいなかったら第六、第七の犯行が免れられなかった。それだけは確かだ。

「成程なぁ」吉住が納得したように大きく頷いた。「そんなことがあったわけですか。しかしまぁ、鬼子母神から鬼平と来て最後は殺人鬼、鬼頭か。ここはまるで鬼のいる街、あるいは鬼を呼び寄せる街のようですね」

「全くですね」上手いことを言うものだ、と感心しながら賛同した。もう一度、周りを見渡した。こちら側に立ち並んでいた筈の民家は立ち退き、いったん広い車道となった後でこうして、工事用の敷地として大きく占有されている。これでは当時の街並みを正確に思い出すのは、難しい。「しかしこれじゃ、今となってはよく分からんな。だいたいこの辺りだった、というしか。事件を解決に導いた記念すべき場所なのに。大工事のせいですっかり不明になってしまっている」


「東通り」を歩いて池袋に出た。「びっくりガード」を潜って西口に抜け、右方向に向かって居酒屋に入った。昼間から開いており、陽の高い内から酔客が機嫌よく呑み交わしているので有名な店だ。メニューも豊富で、料理名の書かれた短冊がずらりと壁に提げられている。今日のオススメを列記したボードもある。注文に迷うくらいの量だった。酒を含めてどれもが安く、酔っ払いにとっては聖地のようなものだった。

一通り参詣を済ませたことを祝い、中生のジョッキで乾杯した。あちこち歩き回った後ということもあり、喉を流れ落ちて行くビールが心地よかった。モツ煮込みにアジフライ、ハムカツにシシャモといったつまみの代表格ばかりを注文した。腹を膨らまそうとして来ているのではない。酒を呑む合間に、ちょっと口に含むものがあればいいいのだ。それでも物足りないなと思うなら、最後に焼きそばでも頼めばいい。

ビールを呑み干すと全員、ホッピーに切り替えた。ここのホッピーセットがまた、焼酎の量が多くリーズナブルなのだ。疲れと心地よさが丁度よく相俟って、早くも頬が火照り始めていた。

「さっき吉住さんが、上手いことを言いましたが」郡司が切り出した。「酔ってしまう前にちょっと、これだけは言っておきたいという物腰だった。「雑司が谷を『鬼を呼ぶ街』なんてね。確かにそうだ。あん畜生――鬼頭もまた、呼び寄せられるようにあそこに来たのかも知れません。そして墓穴を掘った。不審な行動を目撃されてしまった。ただ実は一つ、未だに腑に落ちないことがあるんですよ。事件は解決したんだがずっと胸のどこかに引っ掛かって、支えのままで残っている疑問が」

次いで私を向いた。「お前、覚えてるだろ。玉谷女史が、鬼頭を目撃したあの路地」

あぁ、と頷いた。再開発のせいで当時の面影がすっかり失われ、細かく再現するのはもう無理だが。大まかなところは記憶にある。線路から一本、こちら側を通る細い路地だった。「東通り」から入ったところとは言え、民家と民家の間を抜けており街灯もなく夜ともなれば薄暗かった。そこで彼女は、罪を犯して来たばかりの殺人鬼と鉢合わせしたのだ。さぞ恐ろしかったのではないか、と心中を推察してしまう。

もっとも目撃した時点では、あれが犯人とは彼女も分かっていなかったわけだが。それでも挙動が不審で、印象に深く残ったと玉谷女史は証言している。だからこそ第五の事件が報道された時点でもしやと思い至り、自ら警察を訪ねて証言してくれたのだ。容姿など事細かく語ることができたのも、強く記憶に焼きついていたお陰だった。

「な、そこなんだよ」郡司は言った。「うら若い女性が夜、あんな薄暗い路地で不審な男と鉢合わせた。さぞかし恐ろしかったろうと俺も思うよ。そこで、なんだ。当時の模様を想像してみるに、不思議でならないことに思い至るんだ」

その時、鬼頭は五人目の犠牲者を手に掛けたばかりだった。気絶させて雑司ヶ谷霊園に引っ張り込み、首を絞めて殺害した。ハンドバッグを取り上げ、現場を後にした。

ところが急いで霊園から出て来たため方向感覚を一瞬、失った。後に鬼頭は、取り調べに対して証言している。T字路にぶつかる形になり左手には、目の前に交番があった。さしもの鬼頭も焦ったという。

そりゃ俺だって、ギョッとしますよ。まだ手にゃ女の首の感触が、残ってるままなんですからね。おまけにハンドバッグまで持ってる。見られたら不審者、どころじゃねぇ。直ちにお縄だ。幸いまだ、交番の中から俺は見られてねぇ。警官の姿も見えねぇ。慌てて引っ返しましたよ。霊園の中に戻った。肝が冷えましたよ、今んなって振り返っても、ッたく……

死体を放置した場所の前を通り過ぎ、霊園の中を急いだ。一刻も早く現場からも、交番からも離れたい。罪を犯したばかりの人間にすれば、当然の心理であろう。右に直角に分かれる道があったので、折れた。これで交番方向の霊園入口からは、死角に入った。少なからずホッとしたらしい。ただ道の先の方は、明るくなっている。人目のあるところに出る前に、と戦利品（鬼頭の表現による）であるハンドバッグを開けた。

ところがめぼしいものは入っていなかった。財布にも四千円がある切りだった。これでは人一人、殺した戦果（これも鬼頭の表現である）としてはあまりに乏しい。けっと吐き捨てた。四千円だけ抜き取ってポケットに入れると、財布ごとハンドバッグを傍らに投げ捨てた。最初から手袋をしているから、指紋を残した恐れはない。

現場近くであっても、捨てて何の支障もない筈だった。むしろこんなもの、持ち歩いている方がずっと危険性が増す。

再び歩き出すと辺りが明るくなり、都電の線路に出た。踏切を素早く渡った。右手に路地が伸びていた。民家と民家の間を抜ける細道で、人目を避けるにはよさそうだ。一瞬で判断し、鬼頭は路地に入った。

ところが正面から、歩いて来る人影が現われた。玉谷女史だった。咄嗟に鬼頭は踵を返した。更に細い裏路地に飛び込んで、逃げた。ところがこの行動を不審に思われ、女史の記憶に深く刻まれてしまったのだ。殺人鬼の命運は、ここに尽きることになったのである。

「な、そこなんだよ」郡司は繰り返した。「交番の光を見て慌てた鬼頭は、人目を避けて迂回路を採った。現場から距離を空け理想的、と思われる路地に入った。なのに期待は裏切られ、正面から通行人が来てしまった。顔をまともに見られることになった。そこなんだ、俺が不思議で堪らないのは」一息、ついて続けた。「何で鬼頭は女史に鉢合わせして、引き返した。逃げるようにその場を離れた。お陰で不審がられ、証言から逮捕に繋がっちまったわけじゃねぇか。どれだけ焦ってようとそんなこと、思い至らない奴じゃない。あの時点で踵を返すなぞ、考えられる限り最悪の行動だ。それくらい、分からない奴じゃない」

「成程」吉住は口に当てていたホッピーグラスを、カウンターに置いた。「せっかく路地に飛び込んだにも拘わらず正面から、通行人が来た。虚を突かれたのは分かります。でもそこで引き返してしまっては、最悪だ。注意を引いてしまうだけだ。何故、素知らぬ顔をして遣り過ごさなかったのか、ということですな。そのまま何食わぬ顔をして擦れ違っていれば、女性の印象に残っていなかったかも知れない。よしんば記憶に刻まれてしまったとしても、警察に証言までする気にはならないかも知れない。不審な行動を採って覚えられてしまうよりは、そちらの方がずっとよかった筈じゃないか、ということですな」

「いや、それだけじゃないんです」郡司は小さく首を振った。「むしろあいつのこれまでの行動パターンからすれば、遥かにやり兼ねなかったことがあるんです」またも一拍、間を措いた。次の言葉が私にも、容易に想像がついた。「何故あいつは、目撃者である玉谷女史をも手に掛けてしまわなかったのか」

「郡司の言う通りなんだ」私は妻に語った。「言われてみれば、確かにそうなんだよ」

二人と別れ、帰宅していた。土産に買って来た「すすきみみずく」を妻に渡した。わぁ、可愛い。話に聞いたことはあったけど実物は、こういうものだったんですのね。郷土玩具として長年、残って来たのも当然ですわよ。こんなに愛らしいんですもの。

心和ませている時に殺人の話など、持ち出すのは心苦しい。が、切り出さずにはおれなかった。郡司が訝しがるのももっともなのだ。何故、鬼頭は第六の殺人を犯して目撃者を消すのではなく踵を返して、印象に残るような行動を採ってしまったのか。お陰でこちらとして大助かりだったわけだが。あいつからすれば命取りの行為であったことは間違いない。指摘されると不思議でならず、疑問が胸に渦巻くばかりだった。解消せずには、とてもいられなかった。

「謎があるのなら」吉住の口にした言葉が胸に蘇った。笑顔を私に向けて、続けたのだ。「この人にぶつけてみればいい。立ち処に解き明かしてくれますよ。これまでもずっとそうだった。この人の推理力の鋭さは、私が一番よく分かってる」

「へぇ、こいつが」眉を顰めた郡司の表情も鮮明に浮かぶ。「鋭い推理力、ってですか。私は古いつき合いだが、そんなの目にした覚えはありませんけどなぁ」

「いやいや。それじゃ貴方の前では、ひけらかしていなかっただけでしょう。謙虚な方ですからな。私は実際にこの目で、何度も見ている。どんな謎でもこの人に掛かればイチコロだ。保証します」

吉住は誤解している。これまで見事な推理の閃きを見せて来たのは全て、妻だ。

私は間に立っていただけだ。なのに彼の誤解を解く機会を、逸し続けて来た。気がつくと吉住の私に対する信頼は、確信に近いものになっていた。なればなる程、今さら言い訳がし難い悪循環に陥る道理だった。

　そいつは眉唾物じゃないか、とする郡司の表情が癪に障る。あいつが正しい、と自分では分かっているから尚更である。できればあんな奴の鼻を明かしてやりたい。吉住の言う通り自らの推理で、この謎を解き明かして見せたい。

が、どうしても分からないのだ。何故あの夜、鬼頭は破滅的な行動を採ったのか。考えても答えが思い浮かばないのだ。ならばいつものように、妻のお知恵を拝借するしかない。郡司に見透かされた通りで悔しいが、仕方がない。私自身、答えが知りたくて堪らないのだ。

「実際、あいつは一日の内に二人を手に掛けたこともある」状況の全てを妻に説明して、私は言った。「第二、第三の事件がそうだ。一人を殺してみると手持ちがとても少なかった。奴の表現による、戦果に乏しかった。だから次の犠牲者を物色した。第三の被害者は、不幸なことにこうして目をつけられたんだ。前にもやったことなんだ。今回に限って躊躇う理由はどこにもない」

「雑司ヶ谷霊園で殺された、その第五の犠牲者の方も手持ちが少なかったんですものね」

私は頷いた。「そこに来て、鉢合わせしたのが玉谷女史だ。考えてみれば彼女も、ハンドバッグを肩から提げていた。見逃すような奴じゃない。いくら虚を突かれていたとしても、だ」

正面から通行人が現われた。顔も見られてしまった。このままでは目撃証人になってしまう恐れが、否定できない。ならばこいつも殺してしまおう。幸い、高価そうなハンドバッグも持っていることだし。目撃者を消した上に戦利品も補える。一石二鳥じゃないか。普段のあいつなら咄嗟に、頭の中でこうした考えが渦巻いた筈だろう。

素知らぬ顔をして擦れ違いざま、当て身を入れる。気絶させて横の、更に細い裏路地に引き摺り込む。首を絞めて止(とど)めを刺し、ハンドバッグを奪う。難しいことではない、決して。むしろ自然な行動であろう、あいつからすれば。

「被害者はこれまで、女性ばかりだった」私は言った。「年齢には結構なばらつきがある。だから動機としては性的なものよりむしろ、力の誇示のような面があったのではないかと私は見ている。女性を手に掛けることによって自分の強さを実感する。歪んだ欲望があったのではなかろうか、とね。ただだからと言って、性的な側面が皆無というわけでもあるまい。実際、被害者の中には若い女性も含まれている」

そういう観点からすれば玉谷女史は、奴の犯行の対象として理想的だった筈だ。若く、美しい女性。その命を自由にするくらい、変質者の征服欲を満たすことはあるまい。ましてや彼女は目撃者として、自分の命運を脅かす存在にもなり兼ねないのだ。罰を与える、という意味でも生贄にする価値は充分ある。奴ならば当然、こちらの方の思考形態を採る。なのに——

「誰かもう一人、路地に入って来た人があった、とか」妻が仮説を挙げた。「他にも目撃者になり得る人が現われた。だから第六の犯行に及ぶ、どころではなかったということはありませんの」

ない、と首を振った。「鬼頭が慌てて踵を返した時点で、玉谷女史も驚いたらしい。引き返す動機がまさか自分だなんて、そんな時点では想像もしていないものね。反射的に振り返ってみたそうだよ。自分の後ろに誰かいて、それであの男は逃げ出したんじゃないかと思って。だが、誰もいなかった。彼女が明言している。路地には女史と鬼頭の二人だけ。他には誰もいない。これだけは確実だ」

「そうですの」

妻の顔がふっ、と緩んだ。見逃すような私ではなかった。一つ、立ててみた仮説を私が即座に打ち消したのだ。普通ならば肩を落とす局面だろう。なのに、逆の反応。これまで何度も接しているので最早、慣れたようなものである。

分かった。彼女は既に推論に達している。少なくとも、何らかの。今のはその前に、他の可能性を潰すために敢えて挙げた仮説に過ぎなかったのだ。

　いよいよ核心を突く言葉が出る。ついつい、息を詰めてしまった。妻の口元をじっ、と見詰めた。膝を乗り出して、次の言葉を待った。

「最初から一つ、不思議でならないことがあるんですの」妻は言った。「その路地、民家に挟まれて街灯もなく薄暗いところだった、と仰いましたわよね。なのに何故、その若い女性は犯人の顔をはっきり見ることができたんでしょう。目鼻立から背格好、服装までも克明に証言できるくらい、はっきりと」


「光、これが鍵だったわけだよ」吉住、郡司の二人を前にして私は解説を始めた。先日と同じ池袋の居酒屋。せっかくだからあそこで種明ししようと提案すると、両名とも飛んで来たのだ。資料を広げる必要があったのでカウンターだけの一階や二階ではなく、三階のテーブル席に着いた。乾杯した後、切り出した。「郡司は覚えているだろうがあそこは、夜ともなれば薄暗かった。正面から相対したぐらいではとても、目鼻立から服装なんて分からなかった筈なんだ。精々、性別と体つきについて証言できるくらいでね。なのに彼女は細部に至るまで証言した。つまり光が差したんだ。薄暗い路地に一瞬、光が差し込み鬼頭を照らし出したんだ。そうとしか考えられない」

「車が入って来たということですか」吉住が言った。「細い路地とは言え、『東通り』に出る道だ。車が入って来たとしても不思議ではない」

いや、と首を振った。「光が差したのは、玉谷女史の背後からだ。だからこそ鬼頭の顔を、正面から照らし出した。だが彼女は証言している。鬼頭が踵を返した時点で、振り返ってみた、とね。別な人が背後に現われて、それであの男は引き返したのかと思って。しかし誰もいなかった、と証言している。車が路地に入って来たのなら当然、言及している筈だ。路地にはあの男と自分だけだった、と明言しているからには車でもない。それだけは確かだ」

「じゃぁ、いったい」

そこで私は地図をテーブルに広げて見せた。このために今日は、三階に上がって来たのだ。当時の住宅地図をコピーして来たものだった。

「思い出して欲しい」私は言った。「あの路地は都電の線路から一本、入ったところにあった。私も乗ってみたが都電の軌道は、東池袋三丁目の電停を出ると緩やかな上り坂になる。雑司ヶ谷の停車場に差し掛かる手前から、左方向にカーブを切る。丘の頂点のようなところに位置するのが、『都電雑司ヶ谷』電停なんだ」

「都電が走って来た、というのか」郡司が弾かれたように言った。「そのヘッドライトが路地に差したというわけか」

私は頷いた。「坂を上って来、しかもカーブを曲がって来るのだから光線はいきなり、その場に差し込むような形になるだろう。鬼頭はこいつに照らし出されたんだよ」

地図を指し示した。都電の軌道と路地の間には民家が建ち並んでいたが一箇所だけ、小さな空き地になっているところがあった。定規を当ててみるとカーブを曲がって来た電車から、真っ直ぐに伸ばした線が綺麗に路地に入ることが示された。

「工事のお陰であの頃の街並みは失われ、どんな感じだったか細部まで思い出すのは難しい。だから当時の地図を国会図書館で探し出して、コピーして来たよ。結果はご覧の通りだ。都電のヘッドライトから放たれた光はこのように丁度、空き地を抜けて路地に差し込む」もう一枚の資料もテーブルに広げた。「都の交通局に問い合わせて、当時の時刻表も手に入れたよ。女史が鬼頭を目撃したという時刻、東池袋から雑司ヶ谷へと向かう便があったことが確認できた」

「薄暗い路地にいきなり、光が差して顔を照らし出されたんだ」吉住が言った。

「そりゃさすがの殺人鬼も、焦りますよね。冷静な判断力も失って咄嗟に、踵を返した。その場から立ち去った。墓穴を掘ってしまった。成程こりゃぁ、いかにもありそうな話だ」

「それだけではないのでは、という気がしてならないのですよ」私は言った。「ヘッドライトの光を鬼頭は、正面から浴びた。一方、玉谷女史は背後からだ。彼女の姿は逆光になって浮かび上がった。明るいところで見れば美しい女性だが、逆光に照らされれば不気味に映るのが自然でしょう。奴はさぞかし、ぎょっとしたのではないか」

「あぁ、確かにそうだ」郡司が言った。「今も覚えているが玉谷女史は、髪が長かった。もうちょっとで腰に達するくらい伸ばしていた。都電が走って来たんだ。風も吹いたろう。長い髪が浮き上がる。背後から光に照らされて。こりゃ確かに、不気味な映像だぞ」

「人一人、殺して来た直後なんですものね」吉住が頷いた。「いくら冷酷な殺人鬼でも、普段よりは冷静さを失っていた筈でしょう。交番の目から逃れるように、慌てて方向転換して来たこともあったし。漸く薄暗い路地に入って、一息ついた。ところがそこに通行人が現われ、おまけにいきなり光が差して自分は照らし出された。一方、先方は風に髪をなびかせた逆光の女だ。さぞかし薄気味悪かったことでしょう。もしかしたら殺した女が蘇って、目の前に現われたように映ったとしてもおかしくはない」

「鬼女、ですな」郡司も心から得心した様子だった。「鬼子母神のいる街だ。そこで人を殺してみたら、目の前に不気味な女が降臨した。冥界から現われた鬼が、自分を罰しに来たように感じたとしても不思議ではない。あぁ、それですよ。正解はまさにそいつだ。鬼頭は鬼のいる街に呼び寄せられ、墓穴を掘った。命運は尽きた。鬼子母神に、罰を受けたんだ」

長年の胸の支えが下りた。有難う、感謝するぜと郡司から礼を言われた。古いつき合いだがこんな風に率直に謝意を示されたのは初めてで、少なからず戸惑った。私としてもお陰様で胸がすっとしましたよ。吉住が音頭をとって、改めて乾杯した。

「ね、言った通りでしょう」心地よくジョッキを空けて、吉住が言った。「謎があるならこの人にぶつければいい、って。立ち処に解決してくれる、って。この人の推理力にはこれまで、何度も接して来ているんだ。信頼しているんだ。今回もちゃんと、解き明かしてくれたでしょう」

「あぁ、全くです」郡司が頷いた。「こいつがこんなに凄いなんて、知らなかった。長年、抱えて来た謎をこうまで鮮やかに解決してくれるなんて。夢にも思っちゃいなかった。いやぁおぃ、済まねぇな。疑ったりして。お前ぇは冴えてる。素直に認めるよ」

「あぁ、いや」

畏敬の眼差しが品川に続いて、今夜も二組。弁明が難しくなる悪循環に更に嵌まり込みそうだった。底なしの蟻地獄に落ちた心地だった。

　ただ今回に限っては少しだけ、自己弁護ができないでもないな。胸の中で小さく舌を出した。

　何となれば妻の推理も、吉住が最初に言ったこと止まりだったからだ。光に顔を照らし出されて、焦った。鬼頭が逃げ出したのはそのためではなかったか、との仮説までだったのだ。それだけではなく逆光を浴びた玉谷女史の姿に、恐怖を覚えた面もあったのではないか。鬼のいる街があいつを罰したのではないか、とまで想像を膨らませたのは私だった。もっともそれは、玉谷女史は髪を長く伸ばしていた、という知識に裏打ちされたものだったのかも知れないが。

　ともあれ今回の推理には私も一歩、進めるのに貢献はできた。妻にしてやられるばかりだったこれまでに対して一矢、報いたと言ったら表現が過ぎるだろうか。

「しかしなぁ」ほんの僅かな勝利感、みたいなものに浸っていると郡司が言った。「お前の推理が鋭いのは分かった。素直に認める。だが何でそれなら、最初から解き明かしてくれなかった。薄暗い路地で玉谷女史が鬼頭の顔をはっきり見ることができたのは何故か。そこのところに気づきさえすれば、答えを導き出すのは容易だった筈だ。なのに推理力を発揮するのにいったん、家に帰らなければならなかったのはどういうことだ。一人になってゆっくり考えないと、なかなか頭も研ぎ澄まされないというのか」

「あぁ、い、いや」

こいつもなかなかに鋭い。長年のつき合いで私の本質を知っているから、という面もあるのだろうか。最も痛いところを突く疑問に、焦らされた。

「まぁいいじゃないですか、そんなこと」正直に打ち明けるいいタイミングなのかも知れない。思って、実は、と口を開こうとした。なのに吉住の言葉が、遮ってくれた。「とにかく謎が晴れたんだ。郡司さんもすっきりしたことでしょう。さぁ、呑みましょう呑みましょう。余計なことはこの際、言いっこなし」

「そうですな。私としてもこんなに美味(うま)く酒が呑めるのも、久しぶりかも知れない」

せっかくの機会を逸してしまった。底なし沼に落ちていく自分を感じながら、苦しい笑顔を浮かべ続けるしかなかった。

第七章　花違い

門前仲町(もんぜんなかちょう)に来ていた。用が済み、帰ろうとしたがまだちょっと早い時刻だった。ここからなら「東20」や「東22」系統など、錦糸町に向かうバスはいくらでも出ている。あっという間に家に着いてしまう。

早い時間に帰宅して悪いわけではないが、妻を恐縮させてしまうことにもなり兼ねない。ご免なさいね、まだお夕食の支度が済んでないの。せっかく早く帰って来て下さったのに、などと済まながらせても本意ではない。

そこで、久しぶりに葛西に寄ってみようと思い立った。そう言えばここのところ、足が遠退(とおの)いてしまっていた。敬遠していたわけではない。逆だ。今後もこのまま大丈夫だろうと安心できたので、ちょっと横着していたのだった。

葛西へ行くなら「東20」系統で「白河(しらかわ)」まで行き、「秋26」系統に乗り換えればよい。ぶらぶらとバス停へ歩いていて、食品スーパー赤札堂(あかふだどう)の前を通った。考えてみれば斜め向かいのバス停からは、「亀戸駅前」行きが出ていると思い出した。この便からも葛西へ乗り継ぐことができる。

迷わず道を渡った。丁度、バスが走って来たので乗り込んだ。「清澄白河駅前」で降りた。付近に都立の清澄庭園があるが、足を伸ばしている程の暇はない。それに確かあそこは、開園は五時までだった。のんびり眺めて歩く余裕もない。間も無く「秋26」系バスがやって来たので、乗り込んだ。

この路線は秋葉原と葛西とを繋ぐ。出発した当初は複雑な経路を辿るが、清洲橋通りに入るとずっとそれ沿いに走る。途中、〝東京三大銀座〟の一つとされる砂町銀座商店街の近くを通る。旧葛西橋の交差点から斜めに折れ、葛西橋通りに出ると左折。荒川と中川を渡れば目的地はもう直ぐだ。環7通りを右折すると間もなく地下鉄東西線のガードを潜り、右に回り込んで駅前ロータリーに入れば終点となる。

バスを降りるといつものように環7通りをそのまま南下し、左斜めに分かれる道に入った。元は商店が立ち並んでいたであろう細い車道を歩き、小さなスーパーの前に来た。道向かいに佇み、暫く店の様子を窺った。

いつものように店内には、常に人の姿があった。住民の暮らしに定着している証拠だった。言葉はここでは聞こえないが、店主と客とが親し気に話している様が見て取れる。ここは大丈夫だ、と改めて確信した。名残惜しかったが、その場を離れた。

「葛西駅前」のバス停に戻ると、制服姿の生徒が群れをなしていた。そうか、と思い至った。そろそろ学校の終わる下校時刻である。地下鉄もそうだが、バスで通学している生徒も多いのだろう。乗り場にはズラリと彼らの行列が出来ていた。

ずっと立ちっ放しになるかも知れないが、まぁ仕方がない。こんな時刻にここへ来た、自分が悪いのだ。この歳だ、たまには足への鍛錬もいいだろう。諦めて、列に並ぼうと歩み寄った。

そこで制服の群れの中から、一本の手が上がった。「あっ、おじさーん」列から外れ、走り寄って来た。「あぁよかった。会いたかったんですよ」

以前、登校拒否の問題を解決するのに手を貸したことがある。私立の名門、桑川学園中等部一年生の球人君だった。

王子駅前の複合施設、サンスクエアで吉住と待ち合わせた。ここはボウリング場やバッティングセンターといったスポーツ設備もさることながら、レストランやストアなども充実しているためいつも賑わっている。若い人達の姿も多い。お爺（じい）さんが二人、待ち合わせていたのでは場違いの感もあるが仕方がなかった。「赤羽（あかばね）駅東口」行きのバス停はこちらの方が近いのだ。

「王57」系統のバスはＵＲ（都市再生機構）の運営する巨大団地「豊島五丁目団地」と赤羽駅とを結んでいる。途中、王子駅前を経由する。ここに住んでいる吉住と待ち合わせ、赤羽に向かうには好都合なのだった。

王子から赤羽に向かうなら普通、ＪＲ京浜東北線に乗るのが一般的かも知れない。だが我々バス乗りからすれば、せっかくの便があるのにわざわざ鉄路を使うという選択肢はあまり考えられない。

また都バスでなくとも国際興業バスに、同じく王子と赤羽を結ぶ路線がある。ただ今日はちょっと、川の方にも出ようと思っていた。するとやはり、都バスを使った方が便利なのだ。

若者の行き交う中で吉住と落ち合い、バス停に歩いた。さして待つこともなく、「王57」系統がやって来た。車内はかなり混んでいた。巨大団地の住民が使う足なだけあって、需要は高いのだ。ただし彼らの大半は、「王子駅前」で降りる。すっかり空いてしまった車内で、ゆっくりと腰を下ろすことができた。

「しかし名探偵ともなると、依頼が殺到して大変ですなぁ」座席に腰を落ち着け、吉住が冗談めかして言った。今日の件は事前に、彼にも話してある。そこでせっかく赤羽に行くのなら、早目に到着して川でも眺めましょうという話になったのだ。

「おまけに依頼人も、多種多様と来てる」

「からかわないで下さいよ」私は苦笑して手を振った。「どんな顔をして会えばよいものやら。今も、分からないでいるというのに」

「若い女性と二人きりで会う、というのも確かにこの歳になると、気重に感じないでもないでしょうなぁ」

「全くです」

　バスは発進すると線路の手前で大きく右に曲がった。王子駅前を走り過ぎて北へと向かった。この道は北本通りである。江戸時代、将軍が日光へ参詣する際に通った日光御成道の名残である。今では国道122号線に該当し、ひたすら道沿いに進めば最終的には日光に到着する。

　環7通りの立体交差を潜り、更に北を目指した。途中、赤羽警察署と都バス北営業所の並ぶ前を通った。東京メトロ南北線、志茂駅を通り過ぎた。

　このまま乗っていれば次の赤羽岩淵駅のあるT字路で、バスは左へ曲がる。続く大きな交差点を今度は右折し、赤羽駅前に至る。

　だが私達は途上、「岩淵町」バス停で降りた。こちらの方が川に近いからだ。本来なら最後まで乗りたいところだが、歩く距離が長くなり過ぎるのはさすがに応える。どうせ帰りもこの路線に乗るのだ。その時、高らかに全線完乗を名乗ればよい。

　北本通りを渡り、こっちの方へ行けば川に出るだろうと見当をつけて住宅街に入った。古い町並みである。道が入り組んでおり、細い路地も多い。そういうところを覗き込みながら歩くのは、なかなか乙なものだ。散策、という言葉がぴったり来る。民家も、建ってから歴史を重ねているものが多かった。懐かしい造りの建物を見るのも、楽しかった。

「やぁ、あそこに酒屋さんがありますよ」

吉住が指差した。昔はこんな酒屋が多かったな、と感じるような造りの店舗だった。店名に『赤羽越後屋』と掲げられているのも妙に想像力をくすぐった。ここの初代はやはり、新潟の方の出身なのだろうか、などと。

「隣はお風呂屋じゃないですか」私も気づいて、指摘した。「いやぁ風呂上がりに一杯、というのはいいでしょうなぁ」

「その時には絶対、ここの酒屋さんで買って、ね」

「そうそう。そういうこと」

更に進むと鳥居が見えて来た。八雲神社だった。ここ岩淵宿は日光御成道の第一の宿場町に当たる。その、総鎮守らしかった。昔からこの辺りは大勢の人が行き交い、栄えていたのだろう。

「これは縁起がいい」

吉住と一緒に鳥居を潜った。今日はこの町に寄らせてもらっています。鎮守の神様に挨拶するのは、意味のあることに間違いない。

「これからの、若い女性との面会も上手(うま)くいきますように、ってね」

「全くです。その通りですよ」

賽銭を入れ、鈴を鳴らして柏手を打った。深く頭を下げ、吉住の言った通り今日は上手く事が運びますように、と祈った。

神社に参拝したご利益だろうか。そのまま進むと直ぐに、堤防に出くわした。川だ。階段があったため上ると堤の上に出た。ぱっ、と視界が開けた。

「おおぅ」

思わず声が漏れた。川面を流れる風が肌を撫でて行く。今日は季節の割に温かく、長く歩いて来たため身体が火照っていた。お陰で何とも言えない心地よさだった。

橋があったので、中州のようなところに渡った。目の前は雄大な荒川である。対岸はもう埼玉県、映画『キューポラのある街』で有名な川口(かわぐち)市だった。左手に見える大きな橋は新荒川大橋、先程まで走って来た国道１２２号線が通っている。

「ほらほら、あれ」

右手に、ゲートが赤く塗られた水門が見えた。旧岩淵水門だった。

二人でぶらぶらと歩いて、目指した。近づくにつれ更に下流に、今度は青ゲートの水門が見えて来た。こちらが現役の岩淵水門である。対照的な色で塗られているため新旧をそれぞれ、「青水門」「赤水門」と通称で呼ぶ。

　赤水門は今は現役でないため、モニュメントとして残されている。本来だったら取り壊されるところを、地元の人らから惜しまれ保存されることになったらしい。幅九メートルの巨大なゲートが、五門。一番手前のゲートは上げたまま固定されているようだった。説明板によると着工が大正五年、完成は大正十三年という。そんな時代にこれだけ大規模な建造物を造り上げた、当時の技術力に感服するしかない。今では土木建築物としての価値が評価され、都の歴史的建造物に選定されているとのことだった。

　水門上の歩道を通って対岸の中之島に渡った。島は緑地公園として整備されていた。ベンチに腰を下ろし、改めて川面に目を遣った。川の中の島に佇むと、風の心地よさはまた一入だった。開放感で満たされた。

　下流の青水門を見遣った。「ここから先が隅田川、ということですな」町歩きに先立って、下調べをしておいた。だからある程度の知識は得ていたのだ。

「そうそう。そういうことです」

　現在の隅田川は元々、荒川の下流域だった。だがしばしば、洪水事故を起こしたため大規模な治水工事が敢行された。海へ注ぐ新たな放水路が築かれた。完成したのは昭和五年。実に十七年がかりという大工事だったという。

そう。現在、江東区と江戸川区の境などを流れ我々が「荒川」と称しているのは、実は人工の川なのだ。あの時代にそんな大工事がなされたことにもまた、愕然とせざるを得ない。

ここの水門と放水路の完成を見て、本来の荒川は隅田川となった。上流で大雨が降れば水門は閉められ、下流域の洪水は防がれる。隅田川流域の人々の暮らしを守っているのは、この岩淵水門なのだ。

「春のうららの隅田川〜か」瀧廉太郎の名曲『花』を思わず口ずさみたくなる。

「もう少し暖かくなったら、まさにあの歌にぴったりですな」

「厳密にはあそこに描かれた情景はもうちょっと下流、浅草は吾妻橋の辺りなんでしょうけど」吉住が頷いた。「今ではあの辺りは人が多過ぎて、ゴチャゴチャしていますからな。確かにこの辺りまで来てのんびりした方が、あの歌にも合うように思う」

「いや〜しかし気持ちがいい。これは一杯、やりたくなってしまいますな」

「さっきの酒屋に戻ってみますか」悪魔の囁きが発された。「ワンカップでも買って来ますか。こんな風景を眺めながら一杯やれれば確かに、気分は最高だ」

駄目だ。分かり切っていた。なのに一瞬、迷っている自分がいた。畜生。この後の用件さえなければ、何の躊躇いもなしにそうしていただろうに。

「残念ながら」首を振った。「そういうわけには」
「そうでしたな」吉住も首を振った。「これから貴方（あなた）は、若い女性に会わなければならないんだ。酒臭い息を吐きながら、というわけにはいきませんな、絶対」

そろそろ待ち合わせの時間が近づいて来たため、吉住と別れた。赤羽駅へ向かった。胸が高鳴っているのは高揚感からではない。いや、それも皆無とは言えないだろうがやはり、緊張から来るものの方が大きかった。若い女性、どころではない。これから会うのは女子高生なのだ。どんな顔をして会えばいいのか分からない。バスの中で吉住に言った言葉は、誇張でも何でもなかった。偽らざる本音だった。

待ち合わせ時間ちょうどに、彼女は現われた。一目、見てハッと息を飲むのを抑えられなかった。何とも愛らしい美少女だったのだ。こりゃまた、参った。今後の展開が思いやられた。こんな素敵なお嬢さんと二人きりで、話をするなんて。途方に暮れそうになった。
「済みません。わざわざこんなところまで来て頂いて」礼儀正しい言葉使いにも感心させられた。さすがは名門、浮間（うきま）高校の生徒さんだ。普段の生活態度もきっちり、仕込まれているのだろう。「勝手なお願いを、聞いて頂きまして」

「い、いやいや」声が震えないよう抑えるのに、最大限の努力が必要だった。「と、とにかくこんなところで立ち話も何だ。どこか近くの、喫茶店にでも行きましょう。おじさんはここの辺りには不案内で、店もよく知らない。どこかいいところをご存知なら、そこに行きませんか」

それならとても素敵なお店がある、というのでならばそこにしましょうと賛同した。先に立って歩いてもらった。制服姿の女子高生と、こんな爺様が並んで歩いていたのではあまりに不自然だ。目立ってしょうがない。案内して頂く、という名目で先に立ってもらうくらいで丁度よかった。……いや、ちょっと自意識過剰なのだろうか。逆にこれくらいの爺様だからこそ、孫と歩いてるくらいに周りは受け取ってくれるのだろうか。

うら若い女性が素敵な店、というのだから可愛(かわい)らしい小物で飾られたキラキラしたところなのではなかろうか。年寄りには居心地の悪い店構えかも、とも危惧したが取り越し苦労だった。彼女が連れて行ってくれたのは古い造りの、しっとりと落ち着いた雰囲気の喫茶店だったのだ。これまた、感心させられた。店内に入るとクラシック音楽が静かに流れており、ゆっくり話をするにも最適そうだった。

席に着くと私はコーヒーを注文した。彼女はミルクティーというので、「いいの、パフェか何か頼まないで」と水を向けてみた。

「いいんです」にっこりと微笑まれた。その場に頽れてしまいそうな笑顔だった。

「確かに私パフェ、大好きなんですけど。ついつい食べるのに夢中になって、お話に身が入らなくなっちゃいそう。せっかくこうして、わざわざ来て頂いているのに」

　またしても腰が砕けそうになった。何としっかりした女の娘だろう。本当に高校二年生なのか、と不思議に感じてしまうくらいだった。彼女、華恋嬢は球人君の従姉に当たる。どちらも通っているのは名門の進学校。きっと優秀な血筋なんだろうな、と思うしかなかった。

　ただ、成績だけではない。球人君もそうだが物腰だって実年齢より、ずっと大人びている。どちらも躾がしっかりしている、ということだ。交通事故で亡くした娘が生きていたとしたら、もうこの娘よりずっと年上になっているが。高校生の段階でこのように礼儀正しく育てられていたろうか、と思うと甚だ心許なかった。可愛がり過ぎて駄目にしてしまっていた可能性の方が高いように思われた。それとも刑事の仕事が忙しく会える時間も限られ、放任していたか。まぁ今となってしまえば何の意味もない、勝手な想像に過ぎない。

「さて」コーヒーとミルクティーが出て来たので、ちょっと口をつけてから話を切り出した。「球人君から頼まれた段階で、話の中身はちょっとは聞いていますが」

僕の従姉が不思議な目に遭っているので、相談に乗ってあげて欲しいんです。葛西駅前のバス停で久しぶりに会った時、球人君から持ち掛けられた。

それなら一度、僕の知り合いに会ってみるといいっておじさんのことを話したんです。謎を解く名人で、僕が馬鹿な勘違いをして友達との仲が台無しになりそうだった時、助けてくれた人なんだ。だからあの人にさえ相談すれば、そんな謎だって立ち処に解決してくれる筈だよ、って。だから、助けて下さい。お姉ちゃんが困っているんです。

そんな、私に何ができるというんだぃ。断ろうとした。が、できなかった。貴方なら大丈夫。強い信頼感が彼からは放たれていた。眼が純真な輝きで満ちていた。こんな少年に無下な反応をできる者など、そうはいまい。少なくとも私にはそこまでの性根はない。とにかく話を聞くだけ聞いてみよう、と折れてしまった。かくして今、私はここにいる。

「何でも毎朝、家に花が届けられる、とか」

「ええええ、そうなんです」華恋嬢は頷いた。華恋ちゃん、と表すべきなのかも知れないが大人びた彼女には、「ちゃん」はもう似合わないようにも思う。「今年、三学期が始まって直ぐからのことなんです。花束のような大袈裟なものじゃなくて、ただ花が一輪、届けられるだけなんですけど」

ならばもう、一月近く続いていることになる。たった一輪とは言え毎朝毎朝、欠かさず花を贈り続けるのは並の苦労ではなかろう。贈り主の意志の強さを示している、と見て間違いはない筈だった。

「何らかのメッセージなんだろうね」

「それはそうだと思います。でもいったいどういう意味なのか。誰がこんなことをしているのか。私、どうしても分からなくって」

せっかくメッセージを送ってくれているのに、こちらが分からないままでは何らかの反応のし様もない。何とか解き明かしてみようと試みたのだが、思いつけないというのだった。贈り主はきっと、直ぐ身近にいるのに違いない。私の返答を待っているに違いないと思うと、申し訳なくて焦りばかりが募るのだ、と。

具体的に何の花なのか質問してみた。彼女は全て記録していたようだ。それで今日、来て頂けるというお話だったので纏めてみました。見苦しくて申し訳ないんですけど、と一枚の紙を渡された。言葉とは裏腹にとても要領よく纏められた資料だった。これだけでも彼女の利発さが窺い知れた。

記録によると初日から四日間、届けられた花はパンジーだった。花についての知識など皆無に等しいが、パンジーには様々な色があることくらいなら知っている。華恋嬢はそこまで記録していた。「花の順番にも意味があるのかも、と思って。一応そこまで気をつけて記録しておいたんです」初日が黄色、二日目が白で三日目が紫、四日目に再び黄色となっていた。

続いてシクラメン、これは二日間だけだった。根元だけ濃い赤で、花弁の先端にいくにつれピンクが淡く色づいていた。

次は十一日間、スイセンが続いた。スイセンにも幾つか種類があるらしいが、こちらは全てニホンズイセン。外側の花弁が白く、中心の筒状の花弁が黄色い品種だという。

続いてはツバキが届けられた。濃い赤色が四日間、少し薄目のピンク色が二日間だった。

最後がデンドロビウムだった。さすがに聞き覚えがなかったが、華恋嬢によると洋ランの一種らしい。これが三日。今朝、届いたのもこの花だった。

「花言葉がメッセージになっているのかな、と思ったんです」既にミルクティーは飲み終えていた。「それで、それぞれの花の横に書き添えておきました」

花に詳しいんだね、と話を振ると元々が好きだったのだという。おまけに今は、学校で華道部に所属しているそうだ。あぁそれで、と納得した。改めてメモの、花言葉の欄に注目してみた。

パンジー全般の花言葉は「物思い」「私を思って」。ついつい、感想が漏れた。

「いやはや、これはそのものズバリだね」

ただし色ごとにもそれぞれ花言葉があるらしい。黄色は「慎ましい幸せ」「田園の喜び」。白が「温順」で紫が「思慮深い」。届けられた順番に意味があると仮定するなら、「慎ましい幸せ」「温順」「思慮深い」「田園の喜び」ということになるのだろうか。

シクラメンは全般が「遠慮」「気後れ」「内気」「はにかみ」。これも色ごとに花言葉があるそうだが、ピンクは「憧れ」「内気」「はにかみ」と、全般とあまり変わらない。ただし赤だと「嫉妬」となる。ちょっと意味深に受け取れなくもない。

最も数の多かったスイセンは「自己愛」「自惚れ」。

「ナルシストって言葉、ご存じでしょ」と教えてくれた。「あれ、ギリシャ神話から来てるんです。ナルキッソスという美青年がいたんですけど、周りにいつも冷たい態度をとり続けた。それで呪いを掛けられ、水に映った自分を愛してしまうんです。だけど水面の中の像だからこちらの思いに応えてくれない。とうとう恋の苦しみで死んでしまって、その身体はスイセンに変わった。だからあの花は水辺で、いつも自分の姿を覗き込むようにして咲いている、というんです」

ははぁ、と感心した。花言葉にもちゃんと由来があるのか。水辺でちょっと俯き加減に咲いていているというだけでそんな神話をくっつけられ、「自己愛」「自惚れ」の象徴にされたスイセンがちょっと気の毒に思えなくもなかった。

　ツバキは全般が「控え目な優しさ」「誇り」。色別では赤が「控え目な素晴らしさ」「気取らない優美さ」「謙虚な美徳」。ピンクが「控え目な美」「控え目な愛」「慎しみ深い」という。

　最後のデンドロビウムがまた意味深だった。何と「我が儘な美人」。前のツバキが「控え目」を象徴していたのに一転、「我が儘」になった。これだけ花を贈っているのに一向に気がついてくれない。華恋嬢に対する軽い非難の意味合いと取れなくもない。

「うーむ、これは難しいね」首を振るしかなかった。「花言葉を見ていると、思わせ振りにも感じる。ただ、色ごとに違ったりもするから、そこまで考え合わせると解釈が違って来てしまう」

「ね、色々な意味が考えられるでしょう。でも最後のデンドロビウムをそのままに受け取ると、まだメッセージが分からない私にちょっと苛立っているようにも受け取れる」

「まぁ、怒りという程ではないと思うけどもね」安心させるように言った。可憐な少女を怯えさせぬよう、あらゆる部分で細心の気を遣うのは当然のことだ。男の甲斐性、とまで言ったら言い過ぎだろうが。「精々が『まだ分かってくれないのかぃ。

しょうがないなぁ』と苦笑している、くらいのものだと思うけど」

ただし今のところは使われているのが花というソフトな素材であり、危険性はあまり感じられないがいつまでもこのまま、という保証もない。ずっと気がつかないままだと本当に相手を怒らせてしまう展開だって、ゼロとは言えない。現にここまで毎日、続くと執着性を感じ取れないでもないからだ。悪く受け取ればストーカー行為に繋がらないでもなかろう。好意が何かの切っ掛けで、狂気に転じることもあり得る。それが男、特に若い男性の心理である。現に私も刑事時代、そうした歪(ゆが)んだ動機の引き起こした事件も担当したことがある。

危険の匂いを汲(く)み取れないでもなかった。ただし彼女の前で明かす気は毛頭、なかった。

「それで」何気ない振りで続けた。「こんなことをして来そうな相手に、心当たりはないのかな」

「こんなことをして来そう、という意味ではないんですけど」彼女は答えて言った。「私の家の場所を知っていなきゃ、できない行為なわけですから。そういう意味で、この中の誰かじゃないかという候補の人はいます」

「聞こう」

華恋嬢と別れ、吉住と再会した。最初からこうする約束だった。彼もまた謎の進展に興味津々で、どうなったか一刻も早く聞きたがっていたのだ。

赤羽駅東口のロータリーで落ち合い、バス通りを渡った。そこは小さな呑み屋が犇めく飲食店街になっていた。陽の落ちるのが早い冬にも拘わらず、外はまだ明るい。つまりはそれくらいの時刻ということだ。なのにどの店も、既に大勢の客で賑わっていた。酔いの回った声が外まで流れ出ていた。彼らはいったい、いつから呑んでいるんだろう。これらの店はいつから開いているんだろう。

「赤羽は〝昼呑みの聖地〟なんて言われますからね」歩きながら吉住が言った。「呑兵衛にとってはまさに天国ですよ。昼どころか、明け方から開いている店だってあります」

赤羽は東京の北の端である。JR京浜東北線で北上すれば次は川口駅で、埼玉県に入る。先方から見れば北の玄関口というわけだ。つまり交通の要衝である。JR埼京線も元は赤羽線であり、ここと池袋を繋ぐ、途中に二駅しかない短路線だった。

交通の拠点だから鉄道関係やタクシーの運転手など、深夜が仕事の中心になる職種も多い。彼らは夜明けが同時に仕事明けになる。疲れを癒すために家に帰る前、近場で一杯引っ掛ける。そのためこの街では、明け方から呑ませてくれる店もあるのだろう。街の性格はそのまま、繁華街のあり方にも現われるのだ。

鯉と鰻料理で有名な店に行ってみた。ここも朝の九時から開いているという。だが着いてみると、行列は店の外にまで出来ていた。きっと開店からずっとこの状態なのに違いない。「呑兵衛の天国」という吉住の言葉そのものを感じた。

有名店だから、と話の種に訪れた客ならいいがこちとら、華恋嬢から受けた依頼の中身を説明し話し合う場を求めている。並んで待った上にこの感じでは、店内でもあまりゆっくりはできなかろう。別な店を探すことにした。幸いこの街では、より取り見取りである。逆に目移りがし過ぎて困るくらいである。

「いやはや、まさか」店を物色しつつ、気づいてついつい苦笑が漏れた。「そこにあるのは、小学校ではないですか」

北区立赤羽小学校、と書いてあった。朝から開いている呑み屋街のど真ん中に、公立小学校がある。いやはやこれは幼少のみぎりから、いい社会勉強ができそうだ。ここで育てばきっと逞しい大人になるに違いない、と吉住と笑い合った。

「OK横丁」と書かれた小路があった。周りはどこもそうだが、呑み屋がびっしりと並ぶ横丁になっていた。面白そうなので吉住と足を踏み入れた。一番、角にある店を選んだ。

テーブル席もあったがカウンターに着いた。まずは生ビールを頼んで乾杯した。モツ煮込みやカツオの酒盗、ハムカツといった居酒屋の定番メニューを注文した。

今日のオススメの中にサメの軟骨があったので、それも頼んだ。

「あぁ、美味い」ジョッキを置いて思わず、溜息をついた。「これまで我慢してましたからな。お陰で一層、美味い。結果的に結構、歩かされましたし」

「あの後、どこに行ったんです」

「そのお嬢さんの案内で、喫茶店に入って話をしたんですけどね。そこはまぁ、ここからさして離れていません。ただ最後に、お嬢さんの自宅まで連れて行ってもらったんですよ。毎朝、花が届けられるという現場を実際に見ておこうと思って。そしたら私らが先に水門を見に行った時、ウロウロしたあの辺りでして」

「あぁ、岩淵宿跡。民家がたくさん並んでましたからなぁ。あの中の一軒だったわけですか」

頷いた。「お風呂屋さんがあったでしょう。あそこからもうちょっと、行った辺りに位置していましたよ。結局、岩淵の町からいったんお嬢さんに会いにこちら赤羽に出て、また向こうに戻ったような形になりました」

「おまけにその後、私と待ち合わせてましたからまたこちらへ来なきゃならなかった。岩淵と赤羽とを一往復半、したような格好ですな。成程そりゃ歩かされましたな。ビールが美味いのも、当然だ」

「そういうわけです」

岩淵には古い民家も多かったが、華恋嬢の家は出来てからまだ間もない感じの建物だった。周りも新しく斬新なデザインの家ばかりだったので、分譲されて程ない一画なのかも知れない。ただ建売住宅というと、狭い敷地内になるべく詰めて建てられているような印象があるがこちらは違った。それぞれが塀で囲まれており、庭と呼ぶには語弊があろうが建屋との間には小さな空間もあった。ベランダにはプランターが並べられ花が生けてあった。

「門柱に表札と郵便受けがある。その郵便受けに毎朝、花が入れてあるというのです。朝刊を取りに行くのは以前から彼女の日課で、だからこそ最初に気づくことになった」

「つまり贈り主はそのことも知っていたわけですな。毎朝、最初に郵便受けを覗くことを知っていたからこそそこに入れておけば、確実に彼女に届くと分かっていた」

「そういうことです。つまり贈り主は、かなり彼女について知っていることになる。家の場所だけではない。そうした習慣までも」

「つまり候補は絞られて来るわけですな」吉住が膝を乗り出した。「さぁさぁ、話して下さい。お嬢さんが挙げた贈り主の候補とやらについて」

頷いた。もう一口、ビールを流し込んで喉を潤してから説明を始めた。

華恋嬢が最初に挙げたのは翔太郎君。華道部の仲間で、同級生だという。そのため部員が何人かでうちに集まった時、一緒に遊びに来たことがある。中に入ったのはその一度きりだが、後にも赤羽まで一緒に下校して、近くまで送りに来てくれたことは何度かあった。土地勘はある筈だと華恋嬢は請け合った。

お父さんが朝食を摂る前に新聞を取って来なきゃならない。だから寝坊ができないんだというような話を、部員にした覚えもあった。だから翔太郎君もこの習慣については、知っていておかしくはなかった。

「成程なるほど」吉住は大きく首肯した。「華道部の部員、か。ならば花には詳しい筈だ。花言葉についてもよく知っていて、メッセージに込めるというのもいかにもありそうに思われる。これは有望な候補ですぞ」

次が桜星君。字で書くと苗字のようだが名前である。高校は違うが中学の頃は同級生で、実は以前つき合っていたことがあるらしい。と、言っても一緒に喫茶店でコーヒーを飲んだり、映画を観に行ったりといった程度だが。ＪＲと東武線を乗り継いで春日部のイオンモールまで買い物に出掛けたのも、いい思い出だと華恋嬢は振り返って言った。

が結局、いつの間にか距離が空いて自然に関係は解消となった。やはり学校が違うというのは致命的だった。行動範囲や時間帯に開きが生じ、擦れ違いが多くなってしまう。会う頻度が減って行き、何となく別れるような格好になった。

「だから逆に、彼が嫌いになったとかそういうんじゃないんです」華恋嬢は言っていた。「いつの間にかそうなってた、ってだけで。実はこないだ、駅のところでバッタリ会いまして。久しぶりね元気、なんてちょっと言葉を交わしただけでしたけど。別に気不味い雰囲気になるわけでもなかった。だから今回の花の件が始まった時、あぁもしかして、って最初に顔が浮かんだのは彼だったんです」

「成程なるほど」今回も吉住は首を縦に大きく振った。「昔、つき合っていた彼氏からもう一度、関係をやり直さないかと連絡が来る。これまた有望な仮説ですぞ。おまけに彼の名前には桜、つまり花が付いている。花言葉とか細かい意味が込められているわけじゃない。単に花、という意味。男なんですからな。ストレートにメッセージを送るというのは、ありそうに思いますな」本当なら桜、そのものを贈りたいのだがまだ季節ではない。だから咲いている別な花で代用したというのもありそうだと彼はつけ加えた。

最後が撞刃冴君だった。普通に「翼」ではなくこうした当て字を使っているところ、いかにも最近の名前のように感じられる。親友のお兄さんで高校の一年、先輩に当たった。友達を家に集めてハロウィン・パーティーを催した時、彼も同席したことがある。おまけに当の親友、摘葉姫嬢は中学からの大の仲良しで泊まり掛けで遊びに来たことも何度かあった。翌朝、撞刃冴君が迎えに来た。だから家の場所はよく分かっている筈だという。

「親友のお兄さん、ですか」吉住が今度は首を横に振った。「前の二人に比べれは、ちょっと弱いようにも思えてしまいますな」

「ただね」私は言った。既に互いにビールは呑み終え、チューハイを口にしていた。サメの軟骨は梅で和えてあり、コリコリした歯触りが堪らない。酒がいくらでも進みそうだった。「毎朝の新聞を取りに行く習慣。これを一番、知っていそうなのは彼ということになるんですよ。何と言っても妹さんは、何度も泊まりに来ているわけだし。当然、彼女の朝の日課も目にしている。兄に伝えていたとしてもおかしくはない。それから妹さんの名前も、ね」

「あぁ、ツバキ嬢ね。確かに字は違っても、花の名前ではありますな」両手を組んで首を傾げていたが、やはりまた横に振った。「ただ届けられた花は、ツバキだけじゃなかったわけでしょう。えぇと最初がパンジーで四日。次がシクラメンでたったの二日。スイセンは最長の十一日で、ツバキは続く六日間。最後のデンドロビウムが三日、と。確かにスイセンに次ぐ多さではありますが、ツバキそのものがメッセージだとしたらずっとそれだけを贈るのが自然ではありませんか。他の花を混ぜた意味が分からない。おまけに最長ではなく、二番目だし」

確かにそうなのだった。ただ、家の場所を知っていてなおかつ朝の習慣も把握している。男子の知り合いでその条件で絞れば、この三人の他に思いつかないらしいのだった。

「まずは整理するために、届けられた順番に花言葉を並べてみましょうか」

花の品種だけで言ったらパンジー、シクラメン、スイセン、ツバキ、デンドロビウム。並べると「物思い」「私を思って」／「遠慮」「気後れ」「内気」「はにかみ」／「自己愛」「自惚れ」／「控え目な優しさ」「誇り」／「我が儘な美人」。

「成程」吉住は腕を組んだままだった。「こうして見るとやはり思わせ振りにも感じますなぁ」

ちなみに色別と順番まで考えて並べると、こうなる。「慎ましい幸せ」「温順」「思慮深い」「田園の喜び」／「憧れ」「内気」「はにかみ」「嫉妬」／「自己愛」「自惚れ」／「控え目な素晴らしさ」「気取らない優美さ」「謙虚な美徳」「控え目な美」「控え目な愛」「慎しみ深い」／「我が儘な美人」。

「ここまで来るとちょっと、考え過ぎな気もしますけどね」私は苦笑した。「花言葉で言いたいことを表しているにせよ、色別までは関係ないのかも。前者の方がまだ、全体的に意味が通じるようにも思えます」

「ふぅむ」吉住が鼻を鳴らした。「しかし確かに、これは難問ですなぁ。花を使った便り、というところまでは色っぽいんだがどうにも摑(つか)み処がない。手紙と、男女の擦れ違い。何だか落語『文違い』を思い出してしまいますな」

「成程」吉住や妻のお陰で落語に興味を持つようになり、今ではそれなりの知識を私も得ていた。「ただまぁあれは、男女の騙(だま)し合いの話なわけで。そこに手紙が絡んで、真相がバレていくという」

「えぇまぁ、そうなんですけどね」

『文違い』の舞台は江戸時代の内藤新宿(ないとうしんじゅく)である。当時の甲州(こうしゅう)街道は江戸五街道の一つに数えられたが最初の宿場町、高井戸(たかいど)宿は日本橋(にほんばし)から離れていた。これでは不便だと民間から請願があり、信州高遠藩(しんしゅうたかとおはん)の内藤家中屋敷の一部を返上させるなどして新たな宿場町が整備された。これが内藤新宿で今の東京副都心、新宿の興りとなる。宿場内には旅籠(はたご)屋や茶屋が立ち並び、大層な賑わいだったという。非公認の売春宿、岡場所なども繁盛した。本来、宿場には遊女を置くことはできなかったが客に奉仕する「飯盛女(めしもり)」「茶屋女」という名目で、実際には春を販(ひさ)いでいたのである。

遊女、お杉(すぎ)は貸座敷の常連、半七(はんしち)に「お父っつぁんが無心して来たので二十両、貸して欲しい」とねだる。ところが半七はそれだけの金を持っていなかったため他の常連、田舎者(いなかもの)の角蔵(かくぞう)にもせびって何とか二十両を確保する。「早速お父っつぁんに渡して来るね」と半七の部屋を出て行く。

ところがお杉の向かったのは父が待っているという表の部屋ではなく、裏梯子を下りたところだった。中にいたのは目を患っているらしい色男、芳次郎。眼病の治療に二十両が必要だ、というのでお杉は他の客を騙し、用立てることにしたわけだ。「有難ぇ。これで目を治すことができる」と芳次郎はさっさと帰って行く。

ところが部屋には、芳次郎の手紙が置き忘れられていた。小筆という別の遊女が出したもので、「自分を身請けしたいという旦那の申し出を断ったが、代わりに五十両を求められている。何とか金を掻き集めたが二十両足りず、このままでは身請けされてしまい貴方と一緒になれない」とある。つまりは芳次郎の眼病は嘘で、小筆に渡す金をお杉にこさえさせるためだったのだ。騙された、と分かったお杉は悔しさに泣き出す。

一方、半七の残された部屋にもお杉の手紙が置き忘れられていた。芳次郎から出されたもので、色男のために金を作るべく自分は騙されたのだと半七も気づく。そこにべそを掻きながら戻って来たお杉。「手前ぇ、騙りやがったな」と半七は詰め寄るが、お杉も「何さそんな端金。こっちは丸々、二十両だよ」とやり返す。大喧嘩になってしまう。

怒声を聞きつけた田舎者の角蔵、従業員の喜助を呼ぶ。「早く止めて来い。間夫（本命の相手）から金子を受け取ったとかでお杉が殴られてるが、あれは色恋沙汰でも何でもねぇ。お杉の母様（かかさま）が病いちゅうことで、オラが恵んでやったモンだ」

ところが飛び出して行こうとする喜助を角蔵は慌てて呼び止める。「いやいや待て待て。やっぱりそれを言ったら、オラが間夫だとバレやしねぇかな」

騙し騙されの男女の仲を描いた名作とされるが、後味の悪さを覚えなくもない。指摘すると吉住も、そうですなぁと頷いた。

「相手の心を射止めているのは自分だ、という自惚れを誰もが持っている。そこがこの話の肝ですからな。お陰で、コロリと引っ掛かってしまう」

「実は色男の芳次郎だって、騙されているのかも知れませんよ。小筆の、身請けの話云々（うんぬん）も嘘なのかも」

「彼もまた金を届けた後で真相に気づいて、悔しがる羽目になったりして、ね。最終的に、能天気で間抜けな角蔵の姿にこちらは笑わされますが」

「騙し騙されの堂々巡り。どこまでいっても切りがない。結局、自惚れたままでいられる彼が一番、幸せなのかも知れませんなぁ。そう考えると奥深い噺（はなし）なんですけども」

「お前も自惚れてる一人に過ぎないかも知れないんだぞ、なんて客の方も突きつけられてるような気もする。欧米ならいざ知らず日本にも、こんなブラックジョークがあったんですねぇ」

ふと思い至った。スイセンの花言葉はそれこそ、自惚れだったではないか。まさか花の贈り主が、落語『文違い』まで意識して今回の挙に出たとは思えないが。考えると意味あり気に感じられなくもない。

「誰かが誰かを騙したというような話は幸い、今回の件には含まれないとは思いますが」私は言った。考え過ぎるとせっかくの酒が、苦くなってしまいそうで怖かった。「でもやっぱり男女の仲。そして花を使ったメッセージ。確かにあの落語に通底するものはあるように思います」

「『文違い』ならぬ『花違い』というわけですか」

吉住が笑った。いつもながら上手いことを言うなぁ、と感心させられた。考えてみれば大人びた華恋嬢といい、今日の私は相手に感嘆してばっかりではないか。

「花言葉の手紙。まぁ、ロマンチックですこと」妻は楽しそうに微笑んだ。吉住と別れて自宅に帰り、私は今日の模様を全て彼女にも説明した。「落語に例えた吉住さんもさすがですわ」

「キーワードは自惚れだ」私は言った。「華恋嬢の本命は自分。内心、自負がなければ花を贈ったりはしない。問題はそれが、三人の内の誰か、ということだ」

「花言葉も思わせ振りですわねぇ、本当に」

「お前もそこに意味があると思うかい」敢(あ)えて、挑発するように訊(き)いてみた。実は私の中に一つ、仮説のようなものが浮かび上がっていたのだ。

「どういうことでしょう」

「落語の話を吉住としていて、『騙し騙され』という言葉を何度も口にした。言っている内に気がついたんだ。『文違い』を連想させるとはいえ少なくとも、この言葉だけは今回の件とは無縁だろう、と。いや、単に心情としてそう思いたいだけなのかも知れないが」

「いえ、私もそう思いますわよ」妻が同意した。彼女が賛同してくれると百人力に感じる。それだけの実績を既に、披露してくれているのだから。「花の贈り主がその娘(こ)を騙そうとしているわけではない。そこは確かだと思いますわ。そもそも悪意があるのなら、もっと他のやり方があるでしょうし」

「騙すどころじゃない。彼はストレートにメッセージを送っているんだ。自惚れているんだからね。彼女の気持ちは自分に向いている、と。少なくともこれをやれば彼女には通じる筈だ、と。だから混乱するようなものをわざわざ贈るわけがない」

「そもそも華道部の彼、以外だったら花言葉だってあまり知らないでしょう。男の子ですものね。花なんかより、興味のあるものはいくらでもあるでしょうから」

その通りだ、と私は言った。「つまり贈り主が華道部の翔太郎君じゃなかったら、花言葉ですらないことになる。単に花を贈る。そのこと自体に意味があるんじゃないのかな。それからやっぱり、翔太郎君だったにしても。複雑な意味を込めるのはおかしい。この場合、不自然だ」

まぁ翔太郎君以外の二人であったにしても、花言葉について勉強した可能性は考えられるけどね。私はつけ加えた。華恋嬢が花が好きなことは百も承知の筈なんだから。好意を抱いてもらうメッセージを発信しようとすれば、勉強だってするだろう。好きな女性のためなら努力は惜しまない。それが男の行動原理なのだから。

「それでも、というわけですわね。たとえ花言葉を勉強したにしても、色や順番まで交えて混乱するような中身にした筈がない。直接的に通じるものにした筈だ、ということですわよね」

届けられた花の種類もそれを暗示してますわよね、と妻は指摘した。花のことなど何も知らないので、そういう知識は彼女に齎（もたら）してもらうしかなかった。

「五種類、どれも手に入れるのにそう苦労するものではありませんもの。よくプランターで栽培しているのを見掛けたり。公園の植え込みに咲いていたり、自生していたり。ちょっと身の周りで摘んで来れば、手に入るようなものばかりですもの」

身近で入手できるものばかり、というわけだ。ならば私の仮説も更に、裏づけられる。「花の種類に特別な意味を込めているわけではない。色も、順番にも。ただ単に手近にあったから摘んで来ただけではないか、というわけだね」

そんな気がします、と妻は頷いた。更に力を得た思いだった。やはり恐らく彼にとって、贈るのが花であることそのものに意味があるのだ。

「でもそこで分からないのが」妻が疑問を口にした。「どうしてそのメッセージが、当の女の娘には通じていないのか、ということですわ」

ハッとした。頭を軽く、コツンとやられた気分だった。

そうだそうだった。男は分かる筈だと思ってメッセージを送った。直ぐに通じる筈のストレートなものにした。なのに女には伝わっていない。擦れ違い。それは、何故なのか。

「自惚れ」もう一度、口にした。言うことによって頭の中が整理されて行くような気がした。「男は自分の好きなものに、女も興味を持ってくれている筈と自惚れる。だが実際にはそうじゃない。だからこそ擦れ違いが生じるんだ」

やはり花言葉は関係ない。思い知った。では男は一般的に強く興味を抱くが、女からすればそれ程でもないもの、とは。いや、個人によっては好きな女性もいるだろうが、少なくとも華恋嬢はそうではないものを想定するべきだろう。華道部に属し、花を心から愛するような彼女にとっては。

思わず言葉が漏れた。「スポーツ、か」

「仰る通りでした」華恋嬢が言った。晴れ晴れとした表情だった。「確認してみたら、ご指摘は全て正解でした」

男は興味を持つのに女性にとっては左程ではないもの。スポーツか、と勘を働かせてみたのだが見当違いではなかった。翌日、夕刻の適当な頃合いに華恋嬢の携帯に掛けてみて、「例の三人の誰かに関わることで、花の名を冠するスポーツの会場なりイベントなりは何かないだろうか」と尋ねてみたところ、相手の反応は予想通りだった。

「あ」一瞬、言葉を噤(つぐ)んだ直後に明るい声が返って来たのだ。「そうだ、そう言えば」

漕艇(そうてい)部を有する周辺の高校で対抗戦が年に一度、行われるという。場所は隅田川で、例の唱歌『花』にちなんで「フラワー・レガッタ」と称しているというのだ。撞刃冴君も漕艇部に所属しており、出場するので摘葉姫嬢と共に応援に行ったことがあるらしかった。

「それだ」私は言った。『花』の歌詞「櫂(かい)の雫(しずく)も～」はオールで水を漕いでいるボートの姿を描写している。だからこの歌にちなんで大会の名が付けられたというのは成程、理に適(かな)っていると思われた。「贈り主は彼なのに違いない。ちょっと連絡をとって、確認してみたら」

聞いてみるとやはりそうだった、ということで改めて私は赤羽まで足を伸ばし、彼女に会っているのだった。

「摘葉姫のお兄さん、撞刃冴さんは来年度から早稲田大学に進学するんです」華恋嬢は言った。「大学でも漕艇部に入部する積もりなんですって。頑張って選手になって、あの有名な早慶レガッタに出場したい。だからまた応援に来てね。そういう意味を込めて、花を贈ってくれていたらしいです」

もう大学に合格した、というのか。時期的に入学試験が実施されるのは、まだちょっと早いのではないかと訝ったが現在では、ＡＯ入試というものがあるらしかった。入学志望者の人物像と学校側の求める学生像とを照らし合わせ、合否を決める入試制度だという。早稲田大学も一部この制度を導入しており、学部によってまちまちらしいが撞刃冴君の入った国際教養学部では、昨年の内に早々に合格が決まってしまうのだという。そんな入試制度があるなど、聞いたこともなかった。無知をひけらかすのは恥ずかしいので、あまり余計な質問をせず先を伺うことにした。

「花言葉なんか関係なかったんですね。それどころか、種類も色も。単に、採り易いものを採っていただけらしいです。これも、貴方の推理通りでした」

撞刃冴君の母親は、いくつか花を育てているらしい。それをちょっと失敬したのが始まりのようだった。ベランダのプランターに色とりどりに咲いているパンジーを狙った。ただあまり多く摘んでしまうと、母親にバレる。花が明らかに少なくなったと目に見えてしまうからだ。これ以上やるとヤバいかな、と恐くなり四日で止めた。

そこで通学途中にある家の、門外に植えてあったシクラメンを失敬することにした。だがやはり、他人のものに手を出すのは心苦しい。悪いことをやっている、という自覚に苛まれる。バレたわけではなかったが、たったの二日で別の種に移ったのはそのせいだった。

通学路からはちょっと回り道になるが公園の池に、スイセンが自生しているのを見つけた。これならさして心痛なしに摘むことができる。十一日もの長きに亘ったのは、こういうことだった。結局、あらかた摘んでしまったので次の花を探すしかなくなった。

ツバキは近所の生垣に生えていた。かなりの量だったので安心して摘むことができた。この花の名前くらいさすがに知っている。妹の名と通じる、という狙いも内心あった。実は華恋嬢にそろそろ、いい加減に気づいてくれよとの焦りが募りつつあったのだ。だからツバキを贈り続ければ分かってもらえるのでは、と期待した。なのにいつまで経っても、向こうから連絡が来ない。まだ気づいてもらえない。

いくらたくさん咲いていると言っても、いつまでも摘めるわけではないのだ。これも実は他人のもの、という罪悪感もある。

そこで再び、母の栽培している花に切り替えた。こちらは花の名前も分からなかったが確かなことは、ただ一つ。パンジーと同様、バレてしまうから多く摘むわけにはいかないということだ。早く、早く気づいてくれ。華恋嬢に対し、祈るような気持ちになっていた。

そうしたらとうとう、連絡が来た。漸くメッセージが通じたらしい。ホッと胸を撫で下ろした、というのが正直なところだったという。

「花言葉のことなんか考えてもいなかった。撞刃冴さんは言うんです。それどころかそんなものがあることすら、意識してもいなかった、って」華恋嬢が笑って言った。「こちらはそうじゃないか、って必死で頭を捻ったというのに。パンジーの花言葉が『私を思って』だったり、デンドロビウムは『我が儘な美人』だったり。何か意味深だと思って随分、悩んだんですよって撞刃冴さんに言ったら彼、『いやそうだったのか』って。『知らずに戸惑わせちゃったみたいだね。いや、悪かった』って。大きな身体を小さくさせて、頭を掻いてました」

笑みが悪戯っぽく転じていた。本当はなかなか気づいてあげられなかった、私の方が悪かったのに。向こうが先に済まながってくれて正直、助かりましたよ。

「このたびは本当に有難うございました」真顔に戻って頭を下げられた。「このま、花メッセージの意味を分かってあげられなかったら撞刃冴さんに、気の毒なことをしてしまうところでした。お陰様でギリギリ、セーフ。何とか言い訳ができるところで、正解に辿り着けました」

でもホント、球人の言う通りだったわ。感謝に続いて感心された。あの人は謎を解く名人だ、って。正直、実は半信半疑だったんです。本当にそんな人いるのかしら、って。でもお願いしてよかったわ。球人の言うことを信じてよかった。今、心から思います。

こんな若く可愛らしい女性に、喜んでもらえて嬉しくないわけがない。彼女の力になれてよかった。思えない男などこの世にはいなかろう。いたとしても極々希少な少数派で、私は言うまでもなく多数派に属す。

おまけに今回の推理に関しては、いいセンまで自力で辿り着けた自負がある。メッセージはストレートなものだろう。花言葉は関係なかろう、とまでは推察できた。では何故それが女には通じないのか、という点にまでは気づけなかったものの。最後のセンを越えさせてくれたのは例によって妻だったものの、まぁいつもよりは好成績だと自画自賛してよいのではないか。大したことはないよと謙遜して見せつつ、内心では少々鼻を高くしてる自分がいた。

華恋嬢と別れ、赤羽駅前に向かった。今夜も吉住と待ち合わせている。彼もまた今日の結果を、早く知りたくてうずうずしているのだ。先日と同じ店で、先にビールを傾けながら何度も時計に目を遣っているところに違いなかった。

自惚れ、か。『文違い』の話を彼としながら、この言葉がキーワードだと気づいたことを思い出した。あの落語を例に出したのは、見事に的を射ていたのだ。

撞刃冴君はレガッタの勇姿を華恋嬢に見せ、きっと強く印象に残っている筈だと自惚れた。だからこそ花を贈るだけで、直ぐに気づいてくれる筈だと期待した。ところが現実は厳しかった。私が指摘するまで彼女は、花とレガッタとの関連に思い至ることはなかった。彼が期待した程には印象に残ってはいなかったわけだ。それどころか私が言わなければ、永遠に意識の片隅に追い遣られたままだったかも知れない。

大学に進学し、漕艇部で活躍していつか、撞刃冴君は早慶レガッタに出場できるだろうか。その応援の場に、華恋嬢が来てくれることを願わずにはいられなかった。男と女。擦れ違い。だが騙し騙されにまで堕するのは、落語の世界だけで充分だ。若い人達の恋心は美しい花を咲かせて欲しい。老婆心ならぬ老爺心を働かせながら、ＯＫ横丁に向かう足を急がせた。

第八章　長い旅

仙川は東京都小金井市に源を発し、市街地を流れ下る一級河川である。最終的には世田谷区鎌田で国分寺市から流れて来た野川に合流し、多摩川に注ぐ。

かつては畑や藪の中に延々と続く、小渓谷を成していたという。ただし現在では川らしい形態を保っているのは、下流部のみ。上流部は完全な人工河川で、護岸から河床部までコンクリートで固められ水路も一直線だったり、曲折部が直角だったりする。蓋をされ暗渠化されている箇所も多い。雨が降った際などには排水のために使われるが、普段は水も流れていないただの溝である。

その仙川上流部の、長い暗渠に入る前の地点だった。三鷹市内に位置し、駅までも歩いて難なく行ける距離だった。

大雨が降り続き、普段は涸れている水路を水が轟々と音を立てて流れていた。暗渠に入る手前、ゴミを塞き止めるための柵に大量の浮き草などが絡みついていた。

水路に沿って、土が剝き出しの小道があり木が植えられている。その、根本の辺りだった。足下がぬかるむ中、老人が倒れていた。胸を何か鋭い物で一突きにされていた。傍らにビニール傘が落ちていた。

三鷹駅に歩いて行ける場所とは言え車道からは一本、入った住宅街である。大きな病院の裏手に当たることもあり昼間ならともかく、夜には人目はまずなかったろう。早朝、出勤のため駅に向かっていたサラリーマンが発見し通報して来たのだがそれまで誰にも気づかれず、長いこと放置されていたに違いなかった。間もなく聞き込みで得た証言などから、死亡推定時刻が導き出されたが。殺されたのは発見よりかなり前の時刻、深夜だったに違いないと一目で見当がついた。

雨がまだ止んでおらず、傘を差したまま私は死体を見下ろしていた。鑑識の課員達が濡れながら現場写真を撮ったり、証拠品となりそうなものを採集したりと忙しく立ち働く中じっと立ち尽くしていた。

何が自分を惹きつけたのだろう。今となってもよく分からない。ただその時、私はただならぬ胸騒ぎを覚えていた。これは自分にとっても忘れ得ない事件になる。何故か、悟っていた。だからこそあの光景は、鮮明に残っているのだ。これだけ時間が経っても克明に思い出すことができるのだ。

結局、抱いた予感に誤りはなかった。犯人は分からず終いで、真相は暗闇に封じられた。警視庁刑事部捜査一課に長年、勤めた中で迷宮入りに終わった事件もいくつかある。中でもあれは、私の印象に強く残った。胸に深く刻まれた。

傘を叩く雨粒の音が耳の中で反響した。鑑識課員が慌しく動き回り、集まって来た野次馬を堰き止める警官の声もあまり鼓膜に届かなかった。ただ雨音ばかりを感じながら、私は死体を見下ろしていた。胸騒ぎを覚えながらじっと立ち尽くしていた。

はっ、と目が開いた。視界に飛び込んで来たのは暗い天井だった。灯りの消された蛍光灯が見えた。

まだ夜だ。

夢だ、と気がついた。胸がどくどくと荒く波打っていた。背筋に汗が浮いているのも、分かった。

夢を見るのは珍しいことではない。嫌なものを見て、飛び起きてしまうことだってまま、ある。だがそもそも、夢なんて曖昧なものだ。理屈に合わない筋が続いたり、話と話が飛んでいたり。おまけに起きると、中身の大半は忘れてしまっている。

なのに今夜の夢はあまりに鮮明だった。細部まで綺麗に記憶に残っていた。

それと奇妙なことが、もう一つ。あの事件を夢で見るのもここのところ、絶えて久しくなかったことだった。何故、今頃――

目を閉じた。再び眠ろうとした。だがなかなか寝付かれなかった。何故あんな夢を今になって、見てしまったのだろう。疑問が頭の中を渦巻き、眠気を遠ざけてしまっていた。

「うなされてましたわ」妻が言った。朝食を摂っている際のことだった。

我が家の朝食は私の好みに合わせ、ご飯と味噌汁は欠かせない。後は日によって、サラダが付いたり焼き魚が出たり。単に納豆のみ、というシンプルな日も多い。それでいいのだ、私としては。ただし妻の本音からすればなるべく、献立に変化を出したいらしい。それなりの葛藤があるらしく申し訳ない気もするが、これぱかりは仕方がなかった。ご飯と味噌汁、以外の朝食はありえないのだ。「悪い夢でも、見られたんですの」

「寝言を言っていたか、そうか」夢の中で私は、じっと死体を見下ろしていた。現実でも同じだった。だから何も口にすることはなかった筈だ。なのに寝言を言っていた、というのは。「何と言っていたかね」

「よく聞き取れませんでした」それはそうだろう。寝言もまた、曖昧なものと相場は決まっている。ちゃんとした言葉にすらなっていないことも多い。「ただ、『何故だ』とか、何とか」

「『何故だ』か、ふぅむ」目を覚ましてからその言葉は、頭の中を渦巻いた。お陰でなかなか寝付かれなかった。やっとウトウトなり始めたかと思うと、朝が来てしまった。妻の起き出す気配に、眠りから引き出された。そのためちょっと寝不足の気味がある。今日は昼寝でもしようかと思っていたところだった。

だが夢から覚めた後だけでなく、寝ている最中にも何かを疑問に思っていた、というのか。自ら、口に出してしまうくらい。ちょっと奇異にも感じられた。

「大きな声じゃありませんでした」妻は言った。「激昂(げっこう)した感じではありませんでした。ただ、口の中で呟(つぶや)くような」

そうか、と繰り返して実は古い事件の夢を見たんだと打ち明けた。「結局、犯人は分からず終いで迷宮入りになった事件で、ね。今もよく覚えている。当時はしょっちゅう夢にも見た。でももう、久しくなかったことだったんだ。なのに今になって、何故。夢から覚めて、不思議に思ったものだよ」

「じゃぁ寝言で『何故』と仰(おっしゃ)ってたのも、死体を見下ろしてそう思っていたから、なんでしょうか」

「いや、そこもちょっと奇妙なんだ」黙って立ち尽くしていた、夢の中の光景について説明した。「口を開くような場面じゃなかった。なのにどうして、そんなことを口走ったんだろうな」

　さすがの妻もこれだけの材料では、推理の立て様もなかろう。さぁ、と首を捻るばかりだった。「口走った理由についてはちょっと、見当もつきません。ただどうして、今頃になってそんな夢を、という方の疑問なんですけど」確かに今はそちらの方に、頭を向けるしかないだろう。「昨日の出来事から、何か連想するようなことはなかったんですの」

「昨日。昨日なぁ、さて。またとない楽しい一日であったことは、間違いないけども」

「バスで青梅まで行かれたんでしたわよね」

「その通りだ」答えながら、楽しかった思い出が蘇って来た。

　仲間内で都バス、最長路線に乗ろうという話が持ち上がった。「梅70」系統といい、東京都小平市の「花小金井駅北口」と青梅市の「青梅車庫」とを繋ぐ。小平市、東大和市、武蔵村山市、瑞穂町、青梅市と五市町を走り抜ける。全長約二十八・九キロ、バス停数にして実に八十一（「箱根ヶ崎駅前」経由の場合）という長大路線である。始発から終点まで、凡そ二時間を要す。

　かつては花小金井ではなく、同じ西武新宿線の西武柳沢駅前から出ていた。現在ではほんの二駅分、短くなった格好になる。それでも、都バス以外の都内を走る一般バス路線を全て含めても一、二を争う長さであることに変わりはない。

乗りましょう乗りましょう。提案が出された途端、バス乗り仲間で盛り上がった。日取りが決まると、運動会を楽しみにする子供のように指折り数えて、待った。

かくして、昨日。新宿まで都バスで出、関東バスの「宿04」系統に中野駅まで乗った。同じ関東バスの「中36」に乗り換えて吉祥寺に行き、西武バス「吉64」で花小金井駅に着いた。我々が利用する東京都シルバーパスは都バスだけでなく、都内であれば民間の路線バスも自由に乗り降りできる。お陰でこんな芸当ができるのだ。どのルートで出発地に至るか、までが既に楽しみの一環なのである。

待っていると吉住が関東バス「境16」系統で武蔵境から、郡司が西武バス「花12」で武蔵小金井駅からやって来た。皆がバスで一定地点を目指すと言ってもそれぞれ、出発地や乗りたいルートが違う。なので集合地までは銘々、バラバラにやって来るのが通例なのだった。最終的に目的が一致する路線にのみ、共に乗ればそれで良い。

「梅70」系統の車両が到着するまでに、駅前のスーパーで小用を済ませた。何と言っても二時間、乗りっ放しである。高速バスではないので車内にトイレの設備はない。車上、催してしまったら途中下車するしかないのだ。基本的に一時間につき、一本くらいの運行である。いったん降りてしまったら実質、継続は不可能となってしまう。仲間とも泣き別れを余儀なくされる。だから事前に準備を済ませ、万全を期しておくに如くはない。

やがてバスがやって来た。乗り込む時、年甲斐もなく気分が高揚してしまうのを抑えることができなかった。きっと傍から見れば頬はだらしなく弛んでいたことだろう。我ながら情けないが、仕方がない。私ら三人以外にも結構、客がいて席は大半が埋まった。

バスは花小金井駅北口の小さなロータリーを出ると、北へ向かった。T字路にぶつかり、左折した。

「どうやらこれは、青梅街道のようですな」道端の表示を見て、吉住が言った。

「成程、素直なルートで青梅に向かうらしい」

青梅街道と言っても新宿あたりの都心部とは違い、この辺まで来ると片側一車線の道路である。地元の人には悪いが郊外に来た、という感懐を強くする。踏切を渡った。複線で、どうやらさっきの花小金井駅も沿線とする、西武新宿線の線路らしかった。

小平駅入り口を過ぎて暫く行くと今度は単線の踏切があった。次のバス停は「青梅街道駅前」だった。そんな駅名、聞いたことがない。今し方、渡った線路が何線だったのかも分からない。こういうのがいいのだ。昨今の若者の持っているスマホなるものがあれば、その場で調べることもできるのだろう。だがそれでは、つまらない。自分は今、どこを走っているのか。分からないからワクワクするのではないか。未知の場所に来ている実感が湧くのではないか。

「新小平駅前」というバス停に停まった。だが「駅前」とは言うものの、線路は見当たらない。地下を横断しているらしい。

「新小平と言やぁ確か、JR武蔵野線の駅だった筈だぜ」郡司が言った。お陰で漸く、自分の今いる位置関係が朧げながら摑めた。

　武蔵野線は千葉県の西船橋から、郊外をぐるりと一回りするようにして都下の府中本町に達する。ここは中央線よりは北に位置するわけだから、武蔵野線と中央線が交わる西国分寺駅よりちょっと北上した辺り、という見当か。指摘すると郡司は、ちょっと怪訝そうな表情を浮かべた。「武蔵野線って、川崎の方まで南下してなかったっけ？　府中本町で終わりなのか」

「確かに線路は連結してるけど、川崎の方に行っているのは立川から降りて来た南武線だよ」私が答えると郡司は、あっそうだったなと膝を打った。

「ただ、水を差そうというわけじゃないんですけど」吉住が言葉を挟んだ。「郡司さんの言うのも全く的外れではないんです。厳密には武蔵野線は、府中本町から南にも続いている。横浜市の鶴見まで繫がってます。ただそちらは、基本的には貨物線でして。臨時列車以外は、旅客列車が走ることはありません」

「へぇ。そうなんですか」郡司と二人で感心した。吉住は本当に、こうした知識が豊富である。

と、またも踏切を渡った。今度の線路も単線だった。前後のバス停に注目していたが、「○○駅前」のような名前はなかった。この線路には近くに、駅はないということなのか。「本当によく鉄路を跨ぐルートですなぁ」郡司が笑った。

「この辺はそんなに、線路が錯綜しているということなんですか」

「いや私も、この辺りの鉄道事情にまでは、ちょっと」私の質問に吉住が頭を掻いた。「さっき渡ったのが何線なのかも、訊かれても分かりません」

爺さんどうし、わいわい言っている内に今度は鉄道の高架を潜った。次のバス停は「東大和市駅前」。本当にこの辺り、線路が錯綜しているようだ。大きく駅前のロータリーを回り込んだ。

「こういうところにこのバスの、存在価値もあるのかも知れませんなぁ」郡司が指摘して言った。「線路と線路を横に繋ぐ。だからこそニーズがあるのかも。鉄道沿いに走るのなら、客はそっちに乗る方を選ぶでしょうし。もっとも私らのような、鉄道に乗った方が便利でも敢えてこんなことをしている酔狂もゼロではないだろうけども。まぁ、少数派でしょう。そんな客だけを当てにしていたんじゃ、とっくに路線廃止が関の山でしょう」

郡司の言う通りだと感じた。乗客の乗り降りは結構、多い。かなりの数が降りたかと思うと、乗って来る。特に今の、「東大和駅前」からはどっと乗り込んで来た。前方が見えないくらい、立ち客が増えた。

既に始発から乗り続けているのは、我々の他には数組だけになっていた。こうした郊外へ来ると、バス路線は大病院やショッピングモール、役場などの公共施設を頻繁に繋ぐ。そのたび、何人もの客が乗り降りする。沿線の住民にとって貴重な生活の足になっているのだ。

都バス最長路線だからと言って別に、長さを求めて設けられたわけではない。乗客のニーズに合わせて引っ張る内、このような長大路線が出来てしまったというだけだろう。それと、車両をどのように運用するかという、車庫と路線の位置関係。ともあれこの路線も、住民にとっては不可欠の存在である。利用は日常の一部である。非日常として入り込んでいるのは、私達のような酔狂だけだ。

四つ角を左に曲がった。こんな風に大きくカーブを切るのは花小金井駅前から青梅街道に出た時、以来のように思えた。ずっと道沿いに走って来たため、直角に曲がるような局面はあまりなかったのだ。ただし未だに、この道は青梅街道らしい。

山の方に入って来るとさすがに、道も複雑な敷かれ方をするのだろうか。勿論、近代に至ってたびたび整備されたろうが青梅街道は元々、江戸時代の初期に設けられた道なのだ。江戸城築城のために、青梅で採れる石灰を運ぶべく整備されたという。この名を冠しているが正確には青梅に到着して終わりではなく、大菩薩峠を越えて甲府にまで達している。物思いに耽っていると、今度は大きく右折した。

「やはりかなり、都心部から離れて来た実感がありますな」

吉住が言うと郡司が応じて笑った。「田舎に来た、なんて言ったら地元の人に怒られそうですが、ね。しかし結構、山の中に入って来ても民家が途切れることはない。やはり住民の生活の場を繋いでいる、ということなんでしょうなぁ」

今度は左へ急カーブを切った。かと思うと駅前ロータリーに回り込んだ。「箱根ケ崎駅前」だった。

「鉄道に再会するのも随分、久しぶりにも感じますな」

「それだけ田舎に来た、ってまたこんなことを言ったら、叱られてしまう」

足の不自由そうな老人が降りて行った。彼もまた始発からずっと、乗り続けていたのだ。今日は何か特別の用でもあって、花小金井まで出ていたのか。それともこれを利用するのは彼の日常の一部なのだろうか、などと勝手な想像を巡らせた。

バスは駅前を出ると青梅街道に戻り、踏切を渡った。これが何線なのかも、見当もつかない。

そこからもまだまだ、長い車中が続いた。近くに学校があるのだろう。高校生の男女が乗り込んで来、楽しそうにお喋りを始めた。彼らにとってはこれは、大切な通学の足なのだ。

ついつい、船を漕いでしまいそうになる。列車の場合もそうだが、車の揺れというものはどうしても眠気を誘うものだ。ふと見ると郡司は、既に鼾を掻いていた。吉住もとろんととろけそうな目を、ぼんやり車窓に向けていた。

私もうつらうつらしそうになったところで、バスが右へカーブを切った。お陰で目が覚めた。どうやら青梅街道から外れたらしい。次で左折し、道沿いに走り始めた。

「東青梅駅北口」というバス停に停まった。いよいよ終点に近づいたのだろうな、と見当がついた。すると自然に気合いが入る。眠気が吹き飛び、終わりに差し掛かった旅程を思う。窓の外に目を凝らす。

単線の踏切を渡った。この線路ならさすがに、何だか分かる。立川で中央線から分岐し、青梅を経由して奥多摩まで行くＪＲ青梅線だ。

やがて道沿いの両側に、店舗が並ぶようになった。街の中心地に近づいて来たのだ、と分かる。それも最近よくあるドライブイン付きのような店ではなく、古い造りの店構えばかりだった。昔ながらの商店街なのだろう。

古い映画の看板を掲げている店も目についた。テレビの報道か何かで見た覚えがあった。青梅市はこうして、「昭和レトロの街」を演出し観光の目玉にしているのだ。現在では青梅市内には、映画館はない。ただ当時、看板描きをやっていた地元の絵師がいて今もこうして市のために描き続けているのだ、とか。

「住吉（すみよし）神社前」を過ぎると右に折れ、ロータリーに入った。「青梅駅前」だった。だがここが終点ではない。降りる積もりはなかった。三人とも乗り続けた。

ロータリーから再び先程の道に戻り、走り始めた。ただ最早、さして長い旅程が残されているわけではなかった。三つ目が終点、「青梅車庫前」だった。遂に都バス最長路線、完全乗車を果たしたのだ。

「いやぁ、乗った乗った」

「さすがに乗り応えがありましたなぁ」

「いやいや長旅、お疲れ様」

三人で**健闘**を讃（たた）え合った。車庫を出て直（す）ぐ左手に熊野（くまの）神社があったため、鳥居を潜った。本殿に手を合わせ、今日の旅の成功について心から謝意を表した。礼儀を尽くしておけば帰りも、無事に済んでくれるに違いない。

車道をぶらぶら歩いて駅の方向へ戻っていると、右手に古い造りの蕎麦（そば）屋を見つけた。

「乾杯と行きましょうか」

「いいですな」

「本日の成功を祝いましょう」

昔ながらの設え（しつらえ）の店内だった。奥に広めの小上がりがあり、手前にテーブル席が並んでいた。長い旅の後こういう雰囲気で酒を呑み（のみ）、締めることができれば何よりである。生ビールはないということだったので、瓶を注文した。

この上ない至福感と共に、乾杯を交わした。喉を流れ落ちて行くビールが何とも言えない快感だった。

「つまみはあまり種類がなかったので、取り敢えず味噌田楽と肉じゃがを頼んだ」振り返って、私は妻に言った。「串に刺したコンニャクに味噌ダレを掛けた奴（やつ）で、素朴で美味（うま）かったなぁ。肉じゃがも優しい味で、旅の疲れを癒してくれるようだった」

「まぁ、聞いているだけで美味（おい）しそう」

「ビールの後に酒に換えた。青梅の地酒、『澤乃井（さわのい）』の生酒だ」

「東京なのに地元で、地酒を頂けるなんて。何だか不思議な気分ですわね」

全くだ、と頷（うなず）いた。「ところが今、言ったようにつまみはあまりない。だからアユ天のもり蕎麦を頼んだよ。そしたら天ぷらを肴に酒を呑んで、最後は蕎麦で締めることができるだろ」

アユ一匹を丸々、天麩羅に揚げている一品だった。白く上品な身が舌の上でほぐれる。口の中、一杯に香りが広がる。堪らなかった。お陰で酒がますます進んでしまった。

トウキョウX、というブランド豚は知ってるかぃ。尋ねるとさすが、妻は聞いたことがあるという返事だった。「この豚、加盟店しか販売できないらしいね。それが、その店には置いてあったんだ。郡司は豚のもり蕎麦を頼んでね。つけダレに豚肉が浮かんでて、いかにもコクがありそうだ。あいつ、美味い美味いを連発してぺろりと平らげてしまったよ」

妻は面白そうに小さく声を出して笑った。「本当に楽しそう。なのにその夜、未解決事件の夢を見てしまったなんて。落差に驚きますわね。確かに不思議に思えてしまいます」

そうだろう、と私は改めて賛意を求めた。「美味しく呑み喰いしたお陰で帰りのバスでは、ずっと寝たっ切りだった。大体、同じルートで戻って来たんだが。バスを乗り換える度に、乗り間違えないように気を引き締めなければならなかったくらいだ。まぁ何とか、無事に家に辿り着けたわけだけども。帰って来た時、見た目にもいかにもご機嫌だったろう。本当に最高の一日だった」

　ふぅ、と息をついた。「だから、分からない。何でその夜、あんな夢を見てしまったのか。昼間の喜びと、あまりにそぐわない」

「出発地の花小金井駅って、小平市でしたわよね。事件の現場と近かったから、ということはありませんの。私はあまりあちらの方には土地勘がないので、訳も分からず尋ねてるんですけど」

「事件が起こったのは三鷹市内。所謂、三多摩地区ではある」答えて私は言った。「そういう意味では乗った路線も、全てこの地区内を走ったことにはなるが」小さく首を振った。「でもやはり、違うな。現場はＪＲ中央線の三鷹駅から、南に位置する。一方、花小金井駅は西武新宿線だ。かなり北西に離れ過ぎてるよ。少なくとも、感覚的にはね。おまけにバスに乗ればそこから、どんどん離れて行ってしまう」

「そうなんですねぇ」妻もふぅと溜息をついた。それで、と顔を上げた。「それで、どんな事件だったんですの」

「うむ」

　水路脇、木の下に倒れていた老人の身許は直ぐに割れた。持ち物から分かったわけではない。金目のものは持ち去られたらしく、老人は手ぶらだったのだ。身許の分かるようなものは現場に残されてはいなかった。

そうではなく奥さんから、主人が帰って来ないと交番に通報があったのだった。朝、起きてみたら家に夫の姿がない。夜更かしするのはいつものことだが、今朝は床に入った形跡すらない。こんなことは初めてだ、と。

奥さんの説明する年恰好（としかっこう）から、顔の特徴まで被害者と一致した。念のため、確認に出向いてもらったがもう間違いはなかった。被害者はかつての推理作家、須晴（すばる）だった。ペンネームを使い幾つもの作品を発表していた。

実は執筆は奥さんとの共同作業であり、ペンネームも合作用のものだったらしい。ただしミステリー愛好家から一定の評価は得ていたものの、大ヒットと呼べる程の売り上げに達することはついぞなかった。数年前から実質、筆を折ったに等しい状態であり収入は僅かな国民年金と、忘れた頃に細々と入って来る印税に頼っていた。子供もなく夫婦二人、つましく暮らしていたというのが実態だった。

夫婦でありかつては、共に仕事をしていた仲間である。そんな夫を亡くした奥さんの、受けた衝撃は見ていても痛々しいの一言だった。がっくりと肩を落とし、暫くは動くことすらできない有様だった。

「お気持ちは分かります」私は励ますように声を掛けた。「ただ我々としては、こんなことをした犯人を一刻も早く捕まえたい。そのためには情報が必要です。何とか、協力して頂けませんか」

少しずつ、ぽつりぽつりと語られたのは次のような内容だった。

須晴夫妻は共に多数の作品を物したが、実際に文章を書くのは夫の方の仕事だった。夫人の方は資料を集めたり、アイディアを出すのが仕事という役割分担だった。その癖が、身体（からだ）に沁（し）み込んでいたのだろう。執筆はいつも夜。なので書くのを止（や）めてからも、旦那が寝るのは遅かった。午前四時頃になって漸く、床に潜り込むような毎日だった。

一方、夫人の夜は早い。午後十一時には床に就く。夫の分も布団を敷いて、先にさっさと寝てしまう。熟睡する方なので、横に旦那が横たわっても気づくことはまずない。朝、七時に起きたら夫は寝息を立てている。それが日常だった。

夫を起こさないように布団を出、朝餉（あさげ）の支度をする。とは言っても夫が床を出て来るのは、午前十時を回ってからのこと。だから自分だけ先に食べてしまう。冷めてもいいような献立にするのが習慣になっていた、と奥さんは語った。何となれば旦那が朝餉を摂る頃には、こちらは昼餉の時刻になる。このため自分は二食、同じものを食べるのが普通だった、と。面倒なので朝の食事の支度は三食分、作るようになっていた。生活時間が一食分、完全にずれていたわけだ。

「では」私は訊いた。「一般的な夕食の時間、旦那さんが食べるのはその日の二食目に当たったわけですね。それで彼は、寝るまで腹は足りたのでしょうか」

「主人は食は細い方でしたので」夫人は証言した。「私が寝入った後はテレビとか、ビデオで古い映画とかを見ながらお酒を呑んでいたみたいです。肴も、大したものは要らないんですの。お新香の残りとか、ポテトチップスのようなお菓子とか。ただ逆に、何かないと呑めない方ではありました。だから家に適当なつまみがない時には、近所のコンビニエンスストアに買いに行っていたようですわ」

直ちに件（くだん）のコンビニに、聞き込みが行われた。深夜の店番は大抵、同じ店員が担当していたようで彼に質問すると立ち処に話が通じた。

「あぁあのお爺さんでしょう」当の店員、藤野（ふじの）は打てば響くように答えた。「しょっちゅう、うちに見えてましたよ。あのお歳（とし）で深夜、うちに来るようなお客は珍しいんでね。もうすっかり、顔馴染（かおなじ）みになっちゃいました。えぇっ、殺されたんですか、あの人。近所で起こった事件の被害者って、あのお爺ちゃんだったんですか」

暫（しば）し、絶句した。到底、演技とは思えなかった。

気を取り直した藤野に改めて話を聞くと、夫人の証言が裏付けられた。やはり深夜、須晴が買って行くのは軽いつまみめいたものばかりだったらしい。

「ポテトチップスとか枝豆とか、タケノコの煮たのとか。買って行くのは、そんなものばかりでしたね。だから僕としても思ってたんです。ははぁこのお爺ちゃん、深夜の晩酌をしてるんだな。肴がなくなるとうちに買いに来るんだな、って」

「事件の夜も買いに来たんだね」

ええそうです、と藤野は頷いた。店内を映したビデオカメラも見せてもらったが、ぼんやりと霞(かす)んだような映像しか残ってはいなかった。今は鮮明な画像で見られるらしいが、当時の技術はそんなものだったのだ。ただ顔をはっきりと確認することはできなかったものの、時刻的な符合からこの映像の人物が須晴と見なしてまず間違いはないものと思われた。背格好や服の色も同じだった。

レジの記録から当夜、何を買ったかも突き止められた。塩味を効かせた、酢コンブ。ちょっとしたつまみの定番のようなもの、と言って良い。須晴は事件の夜も、いつもの習慣に従って動いていたらしい。

ただ最後まで、いつも通りというわけにはいかなかった。帰り道で何者かに襲われてしまった。雨で濡れたせいで体温から推測するのは難しかったが、胃に残った消化物などからかなり正確な死亡推定時刻を割り出すことができたのだ。それとビデオカメラやレジの記録から判明した、彼がコンビニを訪れた時刻。両者をつき合わせれば、店から家に帰る途中で事件に遭ったのはまず間違いのないところだった。死体の倒れていた場所も、家と店とを繋ぐ経路の途上に当たる。

「死体の身許を突き止めるようなものは現場に落ちてなかった、って仰ってましたわよね」妻が質問を挟んだ。「その時、買って帰った酢コンブはどうだったんですの」

「これは現場から、ちょっと離れた地点で発見されていた。まぁもう直ぐ、その話題になるよ。ちょっと待っていなさい」

いつも通りの行動の先に、悲劇が待っていた。この後、自分が襲われるなどと須晴は考えもしていなかった筈だ。だから無駄な質問になる、と分かっていた上で私は藤野に訊いた。一応、確認しなければならない。どんなに些細だっていい。その夜、何か変わったことや気づいたことはなかったか、と。

「いえ、別に」案の定、藤野は首を振った。「普段と何も、変わったところはありませんでした。逆に何かあったら、覚えてますよ。いつも、同じようなことの繰り返しなんですから。まぁあの夜はあんな雨で、客も少なくはありましたけど。それでもお爺さんが現われて、不思議に思うことはありませんでしたね。現に前にも天気の荒れた夜に、買い物に来られたりもしてましたからね」

逆に普段からちょっと変わってる、と言やぁそうなんですけどね。小さく笑ってつけ加えた。ほぅ、と興味を持って私は尋ねた。「それは」

「別に大したことじゃありません」藤野は答えて言った。「ただ例えば、いつも小さな紙袋を提げてやって来る、とか。ほら、ショートケーキなんかをお持ち帰りにする時、店からもらうような。あぁいう紙袋ですよ。いえ、いつも同じものじゃないんですよ。印刷された店の名前は違ったりする。でもサイズは大体、同じですね。それを毎回、提げて来る。そして買ったものを入れて帰るんです」

奥さんに確認すると、うちでは以前からあの手の紙袋を幾つも取ってあるとのことだった。ちょっとしたものを入れて、提げて帰るのに丁度いいですから。他所から何かを差し入れしてもらった時なんか、取っておくようにしてるんです。夫としても大した買い物をしてるわけでもないのに、レジ袋をもらうのは心苦しかったんじゃないかしら。だからうちにあるものを持って行ってたんじゃないかしら。

「それから、そう、札束ですね」藤野の証言は続いた。「あのお爺さん、財布を持たないんですよ。お札を束ねて無造作に、輪ゴムで留めてましてね。それも、結構な額なんですよ。全部、万札だったから十何万かあったんじゃなかったですか。その束の中から一枚、抜き出してお金を払う。大した買い物じゃないからお釣りは千円札、九枚と後は小銭になりますよね。札の方は残りと一緒に元通り輪ゴムで留めて、小銭や買ったものと一緒に紙袋に放り込む。そうして、帰ってました。お金の扱いにぞんざいな人だなぁ、とはいつも思ってましたよ」

これも奥さんに確認がとれた。須晴は昔から、金の扱いに無頓着だったらしい。

輪ゴムで留めた札束や、小銭を無造作にポケットに突っ込んだり手提げに放り込んだり。支払いの時に金額を数えて渡す、というのも面倒臭がった。だからぽん、と万札を差し出すのだ。そうすればこちらが勘定することはない。面倒な計算は全て、レジ係がやって釣りをくれるというわけである。

「さっきも言った通りつまみとして買った酢コンブは、現場から程ないところで発見された」私は妻に説明した。「民家の塀の中に、投げ込んであったんだ。住人が発見して、警察に報せてくれた。殺人を終えた犯人が逃げる途中、要らないから捨てて行ったんだろう。現場から見て駅とは反対方向に位置した。つまりそちらの方に犯人は逃げて行ったんだろうと私達は見当をつけた」

「でも見つかったのはそれだけだった」妻は言った。「現金は、なくなっていた」

「その通りだ」私は頷いた。「当然、動機はそいつだと推察された。金を奪うために襲われたのではないか、とね。十数万。人一人、殺してでも奪いたいと思う奴がいておかしくはない金額だ。事実もっと少ない額のために殺された被害者は、いくらでもいる」

「そうなると逆に、犯人は須晴さんのいつもの行動を知っている人、ということになりますわね」

その通りだともう一度、頷いた。「だから自然、疑いの目は当初コンビニの店員、藤野にも向いたよ。何と言っても須晴の行動パターンを、誰よりも知っている人物なんだからね」

　お陰で暫く彼には行確（行動確認）がついた。怪しい行動を採ることがないか、密かに監視された。

「まぁ、可哀想」妻が溜息をついた。「せっかくあれこれ、詳しく証言してくれた方なのに」

「まぁ、因果な仕事とは私も思うよ。誰をも一度は、疑って掛からねばならない。ただ最初に会った時から感じていたが、彼は違うなとは思っていたよ。そういうのは長年、この仕事をやっていると何となく分かるものなんだ」

「そもそも彼が犯人だったら、そこまで細かく証言することもないでしょうしね」

「まぁその内、分かることだから先手を打って自分の方から証言した、ということもあり得ないではないけどね。けどまぁ、彼の場合はそれはなかろうと私も最初から感じていたよ。事実、行動からも怪しいところは窺えず捜査の重点は別に移って行った」

「他のお客ですわね。須晴さんと同じ時間帯にしょっちゅう、コンビニエンスストアに来ていた人。そういうお客なら何度も見ているから、彼がいつも大金を持って買い物に来ることに気づいているかも知れない。帰りに襲おう、と思いつくかも知れない」

三たび頷いた。「藤野にも協力してもらい、その時刻によく来ていた客をピックアップしてみた。広く候補を挙げてそれぞれを行確した」そこで一瞬、口を噤みふうと息をついた。「だが結局、これはという容疑者は浮かび上がっては来なかった。深夜とは言っても駅から近い住宅街だからね。若い人も多く住んでいる。訪れる客というのは案外、多くいるものなんだ。こちらも捜査員をフル動員して当たってみたが、目ぼしい成果は上がらなかった」

妻も暫し、口を噤んだ。やがて尋ねて来た。「現場に落ちていたものはビニール傘だけだった、というお話でしたわよね。凶器も見つからなかったんですの」

今度は首を振った。「須晴は胸を細い棒状のもので一突きにされていた。即死だった。だが凶器は見つからず終いだった。だから具体的に何だったのか、は分からないままだ」

「もしかしてその傘の、先端が凶器だったということは」

またも首を振った。「刺創を見る限り、そこまで太くはない。錐や千枚通しのような先が鋭いものだろうが、そこまで細くもない。傘の先と千枚通し、両者の中間くらいの太さといったところかな」

「直ぐ側には水路があったということでしたわね。犯人がそこに、捨てたということは」

「当然、考えられた。水路はかなり、念入りに捜索したよ」

豪雨続きで当日は、大量の水が流れていた。ただし現場の地点から水路は長い暗渠に入る。入り口のところには大型の柵（しがらみ）が下ろされていた。暗渠にゴミが流れ込まないように、上からレール伝いに水中に下ろすことができるよう設けられていた、金属製の柵（しがらみ）だった。事実、当時は浮き草などがびっしりと絡みついていた。

「水路と、現場となった小道との間には人間の身長より高い柵（さく）が立てられ、隔てられていた。何かを投げ込むなら柵（さく）の、桟（さん）の間に手を差し入れて水面に落とすしかない。そうしたら水草と絡まって、柵（しがらみ）に留められていた可能性も高いとは思ったけどね。調べてみたがそれらしいものは何もなかったよ。暗渠の中にも潜ってかなり先まで捜索してみたが。怪しいものは何も見つからなかった」

説明を終え、長く息を吐いた。思い出すとやはり、当時と同じ心境に囚（とら）われずにはいられなかった。

「分からないままだ、犯人どころか凶器までも。事件そのものはよくある通り魔殺人のように思える。だが何も突き止めることができないまま、時間だけが過ぎた。迷宮入りになってもう随分になる」

聞いて妻も深い息をついた。

浅草と池袋を繋ぐ都バスには「草63」と「草64」の二系統がある。一部、同じルートを通ったりするがそもそもの成り立ちは全く異なるという。「草63」の方は戦後に誕生した比較的、新しい路線。一方の「64」は昭和初期に走っていた民間のバスを始祖とし、戦後はトロリーバスになるなど様々な曲折を経て今の形に落ち着いた。

ともあれ今日、私は新参者「草63」の方に乗り込んだ。この路線が京成本線新三河島駅の手前で明治通りを離れ、ＪＲ西日暮里駅前で山手線のガードを潜るなど複雑なルートを採った上で〝お婆ちゃんの原宿〟こと「とげぬき地蔵」前を通るためである。

実際には「とげぬき地蔵」バス停の一つ先、「巣鴨四丁目」で降りた。白山通りを渡り、豊島市場の裏手に回り込んだ。この辺りはソメイヨシノの作られた地として知られる、旧染井村である。都立の染井霊園に足を踏み入れた。岡倉天心や高村光太郎など有名人の墓が点在する。連なる墓石を縫うようにして、歩いた。

と、前方から歩いて来る人影があった。「よう」手を挙げて挨拶すると、相手も返して来た。郡司だった。

「やぁ。お前も、か」

「あぁ、今日はマル害（被害者）の命日に当たるからな」目的は私と同じだったようだ。

共に墓石に手を合わせ、霊園を後にした。「この辺りには」歩きながら、訊いた。「『鬼平犯科帳』所縁の地はないのか」

「さぁ、この辺にゃあったかなぁ。あぁ、そうそう。鬼平じゃないが遠山金四郎の墓なら、直ぐそこの本妙寺にあるぜ。それからちょっと歩くと妙行寺に、お岩さんの墓なんてものもある」

「へえ。やっぱりどこか、時代劇ゆかりの町ではあるということか」

他愛のない会話を交わしながら、巣鴨地蔵通り商店街を目指した。〝とげぬき地蔵〟こと高岩寺の前には、賑やかな商店街が伸びる。そこの喫茶店にでも入ってゆっくりしようという話になったのだ。

霊園、か。ふと、思いを馳せた。そう言えば以前、こいつの指示で多磨霊園に行こうとし酷い目に遭わされたことを思い出したのだ。あれこそ例の、須晴夫妻の墓に参ろうとしての出来事だった。

郡司は当時、あの事件に入れ込んでいた。捜査が停滞し、捜査本部が縮小されてからも足繁く被害者宅に通い、須晴夫人に会っていた。だから私は訊いたのだ。夫人の消息をこいつならよく知っているだろう、と踏んで。結果は思った通りだった。

夫人はもう十数年前に亡くなり、夫と共に多磨霊園に眠っている。教えてもらえたため私も、墓参に行ってみようと思い決めたのだった。

そこで、足が止まった。がつんと後頭部を殴られたような衝撃があった。何故あの事件の夢を、青梅に行った夜なんかに見たのか。今、分かったのだ。


共に喫茶店に入り、コーヒーを注文した。運ばれて来るのを待つ間、切り出した。

「先日の青梅は楽しかったな」

「あぁ、最高だったな」

「ただ」そこでウェイトレスがやって来たため、口を噤んだ。立ち去るのを待って、続けた。コーヒーを一口、啜った。「あの夜、変な夢を見たんだよ。例の、三鷹駅近くで起こったお宮入り（迷宮入り）事件の夢だ。何で今頃になって、こんな夢を見たんだろうと訝っていた。だが今日、気がついた」

以前、路線バスに乗っていてあの現場近くを通り掛かったことがあった。慌てていったん飛び降り、現場に赴いてみた。思い出に浸った後、先へ乗り続けようとしたが本数の少ない路線である。とても続けるのは無理だった。仕方なく三鷹から調布に出、バスを乗り継ごうとした。

そこで、視線を感じたのだ。誰かから監視されている、と察した。視線の主がこの郡司だった。

「そうか」郡司は小さく溜息をついた。「あの時点でお前、気づいていたのか」

「何度か質そうとした。お前、何で俺を監視なんかしていたんだ、って。だが機会を逸し続けた。その内、追及することそのものを忘れてしまっていた。なのに青梅に行った日、花小金井駅での別れ際にお前はふと、あの眼を浮かべた。俺を見ていた。こちらは酔っていたんで、ボーッとしていたが、な。それでも頭の片隅で感じていたんだ。だからこそ夜、寝た後で蘇ったんだろう。調布での記憶が喚起され、事件の思い出に繫がった。久しぶりに夢に見てしまった。そういうことだったに違いない」

妻の言うところによると私は、夢にうなされながら「何故だ」と口走っていたらしい。しかし死体を見下ろしている場面で、私は口など開かなかった。だから不思議に思っていたのだがこれも今、分かった。「何故だ」は死体を見下ろしている時点で口にしたのではない。その前段階、郡司の視線に対して疑問を投げつけていたのだ。

「調布に着いた時点で俺は、お前の監視に気づいた」私は郡司に言った。「だが実はお前はそのずっと前、現場の付近で俺を見掛けたんじゃなかったのか。それで、後を尾行けた。俺としても乗り残しのバス路線にばかり頭が行って、集中力を欠いていた。お陰で尾行に気づかなかった。調布に着いて一息つき、視線を感じる余裕を取り戻したんだ」

「あぁ、その通りだ」郡司は頷いて認めた。「俺は今でもちょくちょく、あの現場に足を運んでいる。そこでお前を見掛け、後を尾行けた。三鷹から調布まで尾行していたんだ」

記憶が蘇る。次にこいつと会ったのは我が家の近く、錦糸町のバスターミナルで、だった。鬼平に所縁の地を回って来たのだ、と私には語った。だがそうではない。こいつの目的は最初から、私に近づくことにあったのだ。鬼平の私邸が近くにあった、などというのは口実に過ぎない。私を尾行け回す中でバスに乗るのを趣味にしていると察し、自分もそうだと口裏を合わせた。思い返せば当初、こいつの行動は言葉とは裏腹な部分が多々あったではないか。何の躊躇いもなく鉄路の方を利用したり。真のバス乗りならば、そんなことはしない。

「その通りだ」とこれも素直に認めた。「俺の目的は、お前に近づくことにあった。自分もバスに乗るのを趣味にしている、というのはその場で口から出た誤魔化しだ。ただお前や吉住さんらとつき合って、実際に乗っている内に取り憑かれてしまってな。本当にバスに乗るのが楽しくて堪らなくなっている自分がいた。こないだの青梅も心から堪能したよ。こいつばかりは嘘じゃない」

だがそうする中で、本心を打ち明ける時宜を逸し続けた。最初の目的を切り出すのがどんどん困難になっていった。私もこれまで、色んな謎を解き明かすのを全て妻に頼って来た。なのに周りは、私自身の推理と誤解するばかり。そうじゃないと弁明しようとしたのだが機会を逃し続け、泥沼に嵌まり込んだ。だからこいつの気持ちはよく分かる。時間が経てば経つ程、腹を割るのは難しくなるのだ。

「青梅からの帰り道、花小金井で俺達は別れた」私は言った。「吉住君と俺は吉祥寺方面に向かったが、お前だけは武蔵小金井行きのバスだった。武蔵小金井と言えば以前、俺が多磨霊園に行こうとして道に迷うことになった曰く付きの場所だ。ついついお前は思い出したことだろう。例の事件の現場から、俺を尾行した日のことを。それで一瞬、あの視線が蘇った。別れ際に俺を見た。お陰で俺も、あんな夢を見てしまうことに繋がったんだ」

　では郡司のそもそもの目的、私に近づきたがった理由とは、何か。例の事件に関すること、以外にはあり得ない。こいつは何かを知っている。あの事件に関して、私らの知らない何かを。そいつを打ち明けたかったのではないか。だがなかなか切り出す好機を見出せず、今に至ってしまったのではないか。

「あぁ。あぁそうだ」郡司は三たび、頷いて認めた。「これまでどうしても、話せなかったことがある。お前に、どころか帳場（捜査本部）の誰にも、な。俺は聞いちまったんだよ、須晴夫人から。聞いた当初は別に、何とも思わなかった。意味のある言葉とは感じられなかった。だから誰にも話さなかったんだ。だが時が経つにつれて実は、あれは重大な一言だったんじゃないかって気が募って来てな。疑問が胸にこびりついて、離れなくなった。誰かに話して知恵を貸してもらおうと思ったんだ。そこに、お前が現われた」

だが切り出すのに戸惑った。自分の抱えていたのは実は、真相を解き明かす鍵だったのではないか。黙っていたばっかりに、事件は迷宮入りになってしまったのではないか。自責の念が湧いた。お陰で声を掛けることができず、見詰めるだけでやり過ごしてしまった。

その後も打ち明ける機会を逸し続けた。おまけにバスの旅が楽しくなってしまい、場の雰囲気を壊すような話題を持ち出すのも躊躇われた。こうして時ばかりが過ぎて行った。

「何なんだ」私は率直に切り込んだ。「奥さんの漏らした一言って、いったい何だったんだ」

「捜査本部が縮小された後も、俺が夫人の元に通い続けたことはお前も知ってるだろう」郡司は言った。「事件を解き明かす鍵が、どこかにないかと思って。まぁ藁をも摑む心境、みたいなもんだったよ。その日もそうだった。別に特段、聞きたいことがあるわけでもないのに家に行った。夫人が丁度、仏壇にお供え物をしているところだった」

家を訪ねるとまず、仏壇に手を合わせるのが郡司の習慣となっていたらしい。被害者の冥福を祈り、捜査が進展しますようにと願う。自分も被害者の家庭を訪れた時は、いつもそうしていたなと思い出した。

手を合わせた後、郡司はあることに気がついた。お供え物は炊いた米で、椀に盛ってあった。そこに、箸を立てる場合も多い。本来ならあれは枕飯といい、葬式の時だけのものらしいが誤って普段も続けている家庭もよく見掛ける。郡司もそちらを普通だと思い込んでいた。

なのにここでは、箸が立てられていない。不思議に思って尋ねたらしい。「あれ、お箸はどうしたんですか」

すると夫人は吐き捨てるように言ったというのだ。本来は葬式の時だけのものだ、などと正すこともなく。「お箸なんて金輪際、見たくもありませんよ」

「須晴は難病の診断を受けていた」全てを説明して、私は妻に言った。「ＡＬＳ（筋萎縮性側索硬化症）といって、筋肉の萎縮と筋力低下を齎す病気だ。ホーキング博士なんかが罹っている、あれだよ。博士は幸い病気の進行が止まったらしいが、発症から数年で呼吸ができなくなる場合も多いという。須晴は殺されなくとも五年足らずで、命を落としていたかも知れないということだ。それも、苦しい闘病生活の果てに」

「だから早目に楽にさせてあげたのでは、ということですの」妻は尋ねた。躊躇った後、続けた。「その、奥さんが」

「ALSについては捜査の段階で我々も当然、摑んでいた。だから奥さんに疑いの目を全く向けなかった、と言えば嘘になる」

須晴は生命保険には加入していた。しかしそんな難病に罹患することに対して、保険は掛けていない。闘病生活が始まれば医療費はもろに、家計に伸し掛かる。ただでさえ生活の苦しい須晴家にすれば、悲惨な日々が訪れることが既定事実に等しかったわけだ。

「そこで強盗に見せ掛けて、殺す。そうすれば旦那さんも苦しまなくて済むし、生命保険も入るというわけですのね」

「ただ我々としても、あまりにも突拍子もない仮説と受け止めていた。いくら何でもそこまでは、とね。事件発生を知った時の奥さんの反応もある。あれはとても演技とは思えなかった。だから捜査本部としても、さして真剣に検討することはなかったんだ」しかし、と続けた。「しかし、郡司の証言を聞いてしまうと」

「お箸なんか見たくもない。つまりそれが凶器だったのでは、ということですのね」

「考えてみれば太さとしては丁度、合う。頑丈な木質で先の尖ったものを選べば、胸を一突きにすることは不可能ではない。凶器を知っていた、となれば夫人が犯人だった蓋然性はぐんと増す」

「でも、何故なんですの。何故お箸なんかを、使わなければならなかったんですの」

「さぁ、そこだ。そこが見当もつかない」

「それにいくら可能だとは言っても、実際には難しいのじゃありません。お箸を握って、人を刺す。現実には滑るでしょうし。心臓を一突きにするなんて、そうそうに上手くいくものとは思えませんわ」

一々、指摘通りなのだった。よりにもよって何故、箸なんかを凶器に選ばなければならなかったのか。人を刺す道具としては不適切なこと、この上なかろう。被害者が抵抗すれば胸を一突き、などまず不可能と言っていい。

夫も承知の上で協力した、という仮説も成り立たないではない。どうせ自分は間もなく苦しんで死ぬのだ。ならば強盗に見せ掛けて殺してもらい、妻に生活費を残す路を選んだとしてもあり得ない話ではない。刺される側が協力すれば、刺殺が成功する可能性は増すだろう。

それでも依然、同じ疑問が残るのだ。よりにもよって何故、箸なのか。やはりこの仮説、全くの見当違いだったか。郡司の胸に引っ掛かり続けたという夫人の言葉、結局は何の意味もなかったのか。

「もう一つ、不思議なことがあります」妻が言った。「犯人はお金を奪って逃げた。要らないので逃げる途中、酢コンブは民家の塀の中に放り捨てた」一息、ついて続けた。「逆に言うと要るのは、お金だけだった筈でしょう。なのに何故、犯人は紙袋は持ち去ったのか。どうして酢コンブと一緒に放り捨てなかったんでしょう」

「紙袋だ。これが残されていなかった点にこそ注視すべきだったわけだよ」私は言った。王子の居酒屋だった。謎が解けたと告げると吉住も聞きたがったのだ。ならば皆で集まり易い、王子で待ち合わせしましょうという話になった。吉住もいるため事件の経緯を全て、最初から説明した上で本題に入った。「須晴は自殺したんだ」

「そんな」郡司が半立ちになりそうになった。「彼は即死だったんだぞ。消えた凶器はどうなる。自分の胸を刺し貫いた後、抜き取って水路に捨てる。それすら、できた筈がない」

他のことなら成程、不可能ではない。強盗殺人に見せ掛けて自殺する。そのために酢コンブは、事前に民家の塀の中に放り込んでおけば良い。いかにも犯人が逃げる途中、投げ捨てた風を装って。金だって惜しむのでない限り、事前に水路に流せばいい。私は恐らく、当日の札束は偽装だったのではと踏んでいた。表の一枚だけがいつも通りの万札で、内側に織り込まれているのはただの紙切れ。ならばトリックのために犠牲にするのは、九千円と小銭だけで済む。

ただ確かに、凶器だけはそうはいかない。倒れていた木の根元と水路とは僅かな距離とは言え、即死の人間からすれば永遠の彼方に等しかろう。間には人の背丈よりも高い柵が連なり、水路に物を落とすには柵の桟の間に手を差し入れなければならない。これまた即死の人間からすれば限りなく困難な作業ということになる。

「だから、紙袋なんだよ」私は言った。「このトリックには不可欠な小道具だった。それと、大雨。あの天気だったからこそ須晴は、今夜こそ決行の時と腹を固めたんだ」

深夜、コンビニを訪れてつまみを買い入れるのも紙袋を提げて出掛けるのも、全てはその姿を店員に見せつけるためだったに違いない。いつも万札の束を持って来店されてました。店員が証言すれば事件は強盗殺人だった、と警察も見てくれるだろう。自殺でも下りる保険金はあるが、殺された場合に比べれば額は大きく下がる。強盗に遭ったと見てもらえれば満額の保険金が下り、妻の生活費も保証される。そのための偽装工作であり準備は万端に整えられていたのだ。後は大雨が続き、水路が水で溢れ返るのを待つばかりだった。

「遂に念願の天気になった時、須晴は人生最後の行動に出た。いつもとはちょっと違った細工がなされていた。硬い木質で鋭く尖った箸と、長い紐を用意した。紐は箸と紙袋の取っ手とを繋いでいた。大雨の中、外で細工をするのは不自由だからね。全ての準備を整えた上で須晴は家を出たのに違いない。コンビニの店員、藤野が細工に気づく筈もない。いつも通りの姿にしか映らなかった筈だ」

「凶器の箸と、紙袋、か」吉住が言った。郡司は衝撃のあまり、口を利くこともできずにいるようだった。「それと、水で溢れた水路。そうか。彼は紙袋を、水の流れに浸したんですね。残りの金と一緒に」

その通り、と大きく頷いた。水路はあの地点から、暗渠に入る。入り口には柵が下され、大量の水草などが絡みついていた。せっかく流したとしても、あそこに引っ掛かってしまったのでは台無しになる。だから恐らく須晴は柵の奥、暗渠の中にまで紙袋を流した上で決行したんだろう、と説明した。そのための長い紐だったのだ。

「準備が済むと紐に繋がった箸を持ち、木に歩み寄った。もたもたしている暇はない。強い流れに紙袋を浸しているんだからね。破れてしまう前に決行する必要がある。既に、腹はしっかり固めていたんだろう。死出(しで)の旅立ちを迎えるのに迷いはなかったんだろう。結果を見るに、そうとしか思えない」

箸の先端を自分の胸に、もう一方を木の幹に押しつけた。そうしておいて全体重を掛け、木に向かって倒れ込んだ。箸が心臓を刺し貫く。命を失った身体はその場に頽(くずお)れ、箸は流れに引かれて抜き取られる。水路に落ち、紙袋と一緒に流される。その場から消え失せる。かくして翌日、我々が目撃した現場が創出される。強盗殺人に遭った、としか映らない現場が。

「犯行に用いた道具を安直に水路に流したくらいでは、油断はできない」私は言った。「警察は徹底的に暗渠の奥まで捜索するだろうからね。激しい流れで紙袋は破れ、紐は千切れてしまうだろうが楽観はできない。そのための凶器、箸であり紙袋だったわけだよ。どれも一般的に、ありふれたものばかりだ。その辺に捨てられていても、誰も不思議とは思わない。水路の中に落ちていても、ね。勿論、紐で繋がったままの状態で発見されれば不審がられるだろうが。あの強い流れならそれはなかろうと期待できた。ばらばらに千切れ、それぞれが個々に発見されても誰の目を引くこともあるまいと思われた。事実、事態は彼の目論見(もくろみ)通りに進んだわけだからね。我々は暗渠の奥もかなり熱心に捜索した。が、何も発見できなかった。もしかしたら紙袋の残骸や、箸だって見つかっていたかも知れない。札の切れ端や、小銭だって。だがそれが事件に関する重要な物件だなんて誰も気づかない。どこにでもある遺棄物としか思われなかった。こうして事件はお宮入りになってしまった」

　私が語り終わると、沈黙が満ちた。目の前の酒にすら暫し、誰も手をつけない状態が続いた。

「夫人は」やがて、郡司が言った。「知っていたんだろうか。夫が自殺する気でいる、と。分かった上で協力したんだろうか」

「事前には知らなかったんだろうと思うよ」私は答えて言った。「知っていたとしたら事件の報を聞いた時の、あの取り乱し様が説明つかない。あれは決して演技ではなかった。今、振り返っても確信できる」

　ただ事件の内容を聞く内、鋭く思い至った。実際には何があったのか、を。夫の真意を。改めて屋内を調べてみると箸が一本、なくなっているのにも気がついた。恐らく夫がいつも使っていた、愛用の箸だったのではないか。お陰で凶器が何であったのか、も察したのに違いない。何と言っても二人は推理作家だったのだ。長年、共にトリックを案出して来たパートナーだった。夫の心理を読むのはお手の物でありまた、夫の方もそれを知っていた。期待した上で事件を起こした。妻が真相を見抜くことも最初から、織り込み済みだったのだ。

「自分が苦しい思いをして死ぬことなく、妻に生活費を残してやれる。辛い闘病生活も避けられ、妻を介護の苦労から解放することにも繋がる。夫の動機を察したからこそ奥さんも、口裏を合わせることにしたんだろう。いつも紙袋を持って出掛けていた、や札束の扱いにぞんざいだった、というのは事実ではなかったんじゃなかろうか。コンビニ店員の証言を裏打ちするために、敢えて嘘をついたんだろう」

「せっかく旦那が全てを考えた上で、命を絶ったのに自分が妙なことを言えば、台無しになってしまう」吉住が言った。「旦那が何より、自分のためを思ってしてくれたことが。だからこそ奥さんも、口裏を合わせることにしたわけですな。真相を見抜いた上で胸の奥に封じ込め、黙って墓の中まで持って行くことにした。そういうわけですね」

「そうだと思いますね」私は頷いた。「言わば奥さんは、事後共犯。まぁ結果的に、我々は見事にしてやられたわけですよ。元推理作家の夫婦に。二人の思惑通り、完全犯罪に翻弄された」

「だがだからと言って、怒る気にはなれんよ」郡司が言った。「事情が事情だ。むしろまんまとやられたと知って、清々しく思えるくらいだ」それから、いやぁ有難うと両手を握られた。強い握力が伝わって来た。「長年の胸の支えが取れた。こないだの雑司ヶ谷事件の時もそうだったが、お前に悩みを打ち明けて本当によかった。迷っていた俺が馬鹿みたいだ。あの事件がお宮入りになって以来、俺もまた今までずっと長い旅の中にいたんだ。こんなことならもっと早く、お前に相談してたらよかったとしみじみ思うよ」

「いやぁホント、この人の推理力は桁外れですからなぁ」吉住が合わせた。「謎があればこの人に相談すればいい。私の言う通りでしょう」

いやぁ全くだ、と郡司は頷いた。「お前がこんな推理力の持ち主だったなんて、俺はちっとも知らなかった。能ある鷹は何とやら、という奴だな。一緒に仕事していた頃にはそいつを、おくびにも出さなかった。だから俺もずっと知らないままだったんだ」

「いやいや、いい機会だ。ここで白状するよ」私は口を開いた。漸くいい機会を手に入れた。今を逃せばもう二度と、打ち明けることができない。分かっていたから腹を固めるのも早かった。もっとも長い旅立ちに出た須晴の、固めた決意に比べればこんなもの何ということもなかったろうけども。「ここまでの謎解きは全て、家内によるものなんだ。解き明かしてくれたのは、彼女だ。私は単に媒介していたに過ぎない」

これまでの経緯を包み隠さず白状した。何度、打ち明けようと思ったか分からない。だがそのたび、機会を逃し続けた。そして時が経てば経つ程、切り出し辛い立場に追い込まれて行った。だから郡司の気持ちもよく分かる、と言うと二人は大いに笑った。

ずっと以前、読んだ古典ミステリーに似たようなトリックがあったからですわ。何故こんな謎が解けたんだと訊いた時、妻は答えた。謙遜に過ぎないがある意味、白状のようなものだったかも知れない。だがその重みについても、私とは比べ物にならない。長い時間、友人を欺き続けた私と昔の小説からちょっとしたヒントをもらっただけの、妻とでは。

「いやぁ、やっぱりなぁ」郡司が言った。つい今し方の賞賛の言葉は、どこへやら。嫌味な口調が蘇っていた。「お前がそんな推理力、持ってるわけないと思ったんだ。そう言えば以前にも、疑問をぶつけたことがあったよな。何でそれだけ鋭いんなら一度、家に帰らずその場で解き明かしてくれなかったんだ、って。そうか奥さんのお知恵を拝借に行っていたわけか。そっちの謎も今、解けてくれたよ」

「まぁまぁいいじゃありませんか」吉住が言った。「この人に謎を相談すれば、解決してくれることには違いない。解き明かすのがこの人か、奥さんかという違いだけで。我々のやることに変わりはない」

「まぁその辺にしといて下さいよ」私は言った。「苛(いじ)められるのは、自業自得だ。今まで黙っていた自分が悪い。ただまぁ、こうして勇気を奮って白状したんだ。この辺で、勘弁してやって下さいよ」

再び笑い声が弾(はじ)けた。

限りない清々しさが胸を満たしていた。酒やつまみの美味さが率直に、身体を喜ばせてくれているようだった。

さぁ、また明日だ。友人の笑顔を見ながら、思った。次はどのバス路線に乗りに行こう。そしてそこには、どんな謎が待っていてくれるだろう。

終章

「都08」系統で錦糸町を出た。終点はＪＲの日暮里駅である。線路の反対側に渡ると広大な谷中墓地があり、見渡す限り墓石が並んでいる。

目指す墓に手を合わせ、敷地を出た。まだ早い時刻だったこともあり、丁度「里22」系統が来たため乗り込んだ。終点の亀戸まで行った。

亀戸からは「亀26」系統に乗り、「京葉交差点」のバス停で降りた。「錦25」系統に乗り換え、「葛西駅前」に到着した。

バスを降りるといつものように環7通りをそのまま南下し、左斜めに分かれる道に入った。元は賑やかな商店街であったろう細い車道を歩き、小さなスーパーの前に来た。道向かいに佇み、店の様子を窺った。

店内には常に、人の姿がある。店主と客とが親し気に話している様が見て取れる。だが今日は珍しく、客の姿が見当たらなかった。店主が一人、黙々と動き回り雑用をこなしていた。

　どうしようか。迷った。いつかは話し掛けたい、と思っていたのだ。いずれは話をしなければと思っていたのだ。今日はその、またとない機会なのではないか。

　迷っていると店主が外に出て来た。畳んで纏めた段ボールを片づけに来たのだろう。建物の脇に段ボールの束を置くと、再び店内に戻ろうとした。

　意を決して歩み寄った。

「あの」背中に声を掛けた。

　店主が振り向いた。目と目が合った。

　先方の表情が凍りついた。私が誰か、一瞬で悟ったようだった。それくらい、彼の心には深く深く刻み込まれていたのだ。また一つ、許す理由が見つかったような気がした。

　柔らかく笑みを浮かべて見せた。


「ただ今」家に戻り、妻に声を掛けた。気分は晴れ晴れとしていた。表情にも出ているだろうと、自分でも分かった。「今、帰ったよ」

「お帰りなさい」妻が言った。「ごめんなさいね。まだ、お夕食の支度が」

「いや、いいんだ」私は言った。「ちょっと早く帰ってしまった。それに今日は気分がいい。先に一杯、やりながらのんびり待たせてもらうよ」

　谷中墓地から葛西まで回って来た。その日の巡回コースを妻に語るのは、いつも通りだ。缶ビールを開けながら、話した。気分が浮き立っている。言葉も弾むような口調になっていた。

「葛西、ってあなた。もしかして」妻が言った。「もしかして、あの、娘の事故の」

　缶ビールを取り落としそうになった。「どうしてお前、それを」これから打ち明けようとしていたのだ。なのに先回りされてしまった格好だった。改めて感心した。本当に鋭い女性だ。彼女に隠し事など金輪際、不可能と言っていい。

「あなたはいつもこうして帰って来ると、その日に回って来たところについて話して下さいます」妻は答えて言った。「伺っていると以前、担当した事件の現場だったり被害者の眠る墓地だったり。行き当たりばったりにバスに飛び乗っているようでやっぱり、どこかに目的があるのですね。自然と事件に関わりのある場所に、引き寄せられて行くのでしょう。お墓で被害者の方の冥福を祈ってるんだろうなぁ。遺族の気持ちを思ってるんだろうなぁ。本当に優しい人なんだなぁ、ってしみじみ思ってました」

　でも、とつけ加えた。「でも葛西にだけは、心当たりがない。あなたは事件についての話も、差し障りのない限り打ち明けてくれますもの。担当した事件の現場がどことどこだったか、は私にも分かってます」

なのに、と続けた。「なのに葛西だけが、分からない。あそこで起こった事件はない。少なくともあなたが担当した事件はなかった筈ですわ。でも伺っていると、そこに頻繁に通ってらっしゃる。何があるんだろうなぁとぼんやり考えていたんです。そしてもしかしたら、と思い至ったんです」

「いやいや、さすがだ」

私たち夫婦はずっと以前、一人娘を交通事故で亡くした。まだ小学四年生、間もなく十歳という幼さだった。学校からの帰り道、歩道に突っ込んで来たトラックに轢かれてしまったのである。運転手はカーラジオを操作しようとし、前方から目を逸らしてハンドル操作を誤ったのだった。

運転手、河辺は業務上過失致死罪で有罪判決を受けた。市原の交通刑務所に収監された。

仕事の性質上、河辺の動向は調べれば直ぐに分かる。娘の命を奪った男を許してはおけない。たとえ法律で裁かれたとしても個人としての気持ちは別だ。私は、河辺の近況を押さえ続けた。いつか復讐してやる。鉄槌を下してやる、と好機を待ち続けた。

　河辺は刑務所で模範囚として過ごしたらしい。服役態度が認められ、仮釈放された。あちこちの伝手を頼って仕事を探し、今のスーパーで働き始めた。前科者など雇いたがらない者も多い中、スーパーの店主は快く彼を受け入れてくれたようだ。跡取りもおらず、行く行くは彼を後継者に、と期待していた節もあったかも知れない。

　娑婆に出て来たとなれば鉄槌も下し易い。私は事ある毎に葛西に通い続けた。刑事として勤めていた時から、そうだったのだ。忙しい仕事の合間を縫って、河辺の様子を窺った。定年退職してバスに乗る趣味と巡り会い、自由に動き回るようになってからは通う頻度も、ぐんと増した。

　必死に働いたお陰で河辺は前店主の全幅の信頼を得、店を譲られた。二代目として店を切り盛りしていた。客からの評判も上々で、店内は常に人の賑わいがあった。駅の周辺にも大型スーパーはあるが、常連客はわざわざ回り道をしてでもこちらに足を向けていた。

　様子を眺めている内、心境が変化して行くのを自覚せざるを得なかった。彼は苦しんで来た。たった一度の過ちを悔い、ずっと背負って生きて来たのだ。

　店に来る客にさり気なく尋ねてみた。誰もが答えた。「あそこの店、とっても感じがいいんですよ。前の方もそうでしたけど、今の店主も本当に熱心な方で、ね。

だから駅前の便利な場所にどれだけ大型チェーン店が出来ようが、私はこっちを選びますよ」

　またある時、河辺が車を使っていないことに気がついた。こんな小さな店である。できる限り、何も彼も自分でやった方がいいに決まっている。なのに商品の仕入れその他、車が必要な仕事は全て業者に任せていた。配達する際は自転車で行っていた。車どころか、スクーターにすら乗ろうとはしなかった。

　これも常連客にさり気なく尋ねてみた。「あそこの店主、前に酷い交通事故を起こしたことがあったらしくって、ね。だから今でも怖くって、とても運転ができないらしいんですよ。仕入れなんかを業者に任せるとその分、利益は減るんだけど。しょうがないんですよ、と苦笑してましたねぇ」

　刑務所を出ても免許を取り直せば、車の運転はできる。だが決してやろうとしない。怖い、というのも本音ではあろう。だがこれまた、どれだけあの事故を悔いているかの証左でもあった。

　こうしていつの間にか、私が葛西に通う目的は変わっていた。あの店が本当にこのまま、ずっとやって行けるのか。河辺が平和な暮らしを続けられるかを確認するためになっていた。よし、やはり大丈夫だ。彼はずっとこのままで行けると納得して、私は店の前を離れるのだった。

「いつか彼と話がしてみたい。そんな気持ちにすらなっていたんだよ」私は妻に言った。「娘の仇。鉄槌を下してやるなんて思っていた自分が、嘘のようだ。そうしたら今日、上手いこと話し掛ける事ができた。丁度いい機会が巡って来たんだ」

「娘が命を落としたんだ。あの事故のことは決して許すことはできない」私は河辺に言った。「だが貴方のことは、許そうと思う。これだけ事故のことを後悔して、必死で更生しているんだ。娘もきっと、もういいよお父さんと言ってくれているんじゃないかな。このまま、頑張って下さい。真っ当な人生を貫いて下さい。それが何より、娘への供養になってくれると思う」

河辺は私の両手を握り締め、ぼろぼろと涙を流した。何度も何度も頭を下げた。彼の姿を見ながら、これでよかったのだと改めて確信した。

「そうでしたの」妻は言った。「正直、私にはまだ分かりません。あの運転手を前にして、あなたのような心境に達せるのか、どうか。気が動転して、訳の分からないことをしてしまうかも知れない。口走ってしまうかも知れない。だからまだ、怖くてその人と会う勇気はありません」

でも、とつけ加えた。「でもあなたのしたことは間違っていない、とは確信できます。あの人を許して、会った。声を掛けた。それは決して、間違ってはいないと思います。そしていつか、私もあなたのような心を持てるようになれればとも思います」

「なれるさ」と私は言った。「私ですら、できたんだ。お前は強い女性だ。悲しみを乗り越えるくらい、お前ならできる。強い心を持てると断言できるよ」

それもそう、遠いことではあるまい。

二人で連れ立って、葛西に行く。その日もバスに乗ろう、と私は決めた。想像するだけで気分が高揚した。ふと仏壇を見たが遺影の娘も、これまでで最上の笑顔を浮かべていた。

（了）

解説

杉江松恋
（文芸評論家）

男は、街と出会う。

これは、世界の広がりを描いた小説だ。

西村健『バスを待つ男』の第一章は月刊『ジェイ・ノベル』二〇一七年一月号に掲載された。それを読んだとき、ああ、まだ短篇ミステリーにはこういう趣向が残っていたんだな、と感心したことを覚えている。世にも珍しい、バス・ミステリーだったのである。

同誌翌月号掲載の作者エッセイによれば、本篇を書くきっかけは「西村さん、そんなに電車が好きなんだから一つ、トラベルミステリー書いて下さいよ」と編集者に持ちかけられたことだという。だが、そのジャンルは過去に多くの作家が手がけており綺羅、星の如く名作が存在する。そこで提案したのが「路線バスに飛び乗ってあちこちウロウロする」という自らの趣味を反映した連作とすることだ。トラベルミステリーといっても大旅行ではなく都内を逍遥するだけ、どこまで行っても生活感溢れるご近所旅だ。

語り手の〈私〉は元刑事で、警視庁に長年奉職した後で定年退職した。第二の勤め先からも退き、いざ悠々自適という段階になって彼は、自分には何も趣味というものがないことに気づいてしまうのだ。小学四年生で一人娘が交通事故死してしまって以来、妻との二人暮らしである。その妻が趣味の料理に打ち込んだ結果、週に一度、自宅を使ってご近所向けの教室を開くことになった。となると、その時間は家にも居づらい。

解決策が東京都シルバーパスであった。東京都内在住で七十歳以上であれば、年間二万五百十円で都内のバスと都営交通が乗り放題になるのである。せっかく楽しみを見つけた妻の邪魔をするのは忍びなく、〈私〉はバスの旅に挑戦する。意外なことに、それはとても楽しい体験となったのだ。

さまざまな場所に出かけていった主人公が、行く先で不審な出来事に遭遇する、というのが『バスを待つ男』のミステリーとしての趣向だ。第一章「バスを待つ男」では題名通り、ＪＲ総武線の平井駅前で見かけた白髪の男が疑問の種となる。いつも同じ停留所で、同じ時刻に停留所のベンチに腰を下ろしてバスを待っている男。しかし、目当てのはずのバスが来ても決して乗り込もうとはしないのはなぜか。〈私〉はその小さな疑問を持ち帰り、晩酌をしながら妻と話し合ってみるのである。夫婦の知恵比べは、意外なことに元刑事の〈私〉ではなく、妻の側に軍配が上がる。料理だけではなく、実は推理の才能もあったのだ。これが本作の基本型で、主人公の妻が居ながらにして話を聞くだけで謎を解くという、いわゆる安楽椅子型探偵の役割を務める。他人にはそれを秘密にしているので、内情を知らない他人から〈私〉が名探偵と持ち上げられてくすぐったい思いをする、というおまけつきだ。

第二章の「母子の狐」では、王子稲荷の境内に置かれた狐の像が謎の対象となる。参道を挟んで左右にいるごく普通の型で、ここの神社ではそれぞれの狐が子を伴っている。親狐の像は赤い前掛けを付けているのだが、ときおりその子供の方が白い前掛けをしていることがあるのだという。しかも左右ともではなく、決まって左側の像だけ。誰が、何のためにそんなことをしているのか、という不思議である。

この謎解きのための導線として、二席の落語が紹介される。「王子の狐」と「今戸の狐」で、前者は王子に今も現存する、玉子焼きが名物の扇屋が舞台となるご当地ものの演目だ。後者の舞台は今戸だから台東区の浅草から足立区の千住に抜けるあたりの話で、北区の王子と直接の関係はない。単に狐つながりで引き合いに出されただけか、と思っていると謎解きの途中で意外な関連について言及されるので、落語好きの読者にはちょっと嬉しいサービスとなっている。

この章だけではなく、第五章「居残りサベージ」でも落語は大事なモチーフとして使われる。章題からわかるように、元ネタになっているのは「居残り佐平次」だ。

江戸時代には、公認の遊郭とされた吉原以外に主要街道の最初の宿場である品川、内藤新宿、千住、板橋が四宿といってそれに準じた場所として繁栄した。東海道第一の宿を舞台にした一席である。「せっかく『居残り佐平次』を聞いたんだ。現地の品川に行ってみませんか」と誘われて〈私〉が出かけていくことから話は始まる。

旅といっても所詮は生活圏をうろうろしているだけの路線バスではないか、と思われる方もいるかもしれない。だが、一九五四年公開の第一作でゴジラが東京初上陸を果たした八ツ山橋、高杉晋作や伊藤博文らが密かに集まって倒幕の謀議を巡らせた大妓楼「土蔵相模跡」と歴史に刻まれた名所の数々を主人公たちが見物するのを読んでいるうち、自然にこちらの旅情も募ってくるのである。先述の「母子の狐」では日光御成道、「居残りサベージ」では東海道、第七章の「花違い」では甲州街道と、五街道についての話題が豊富に提供されるのも楽しい点だ。ちなみに「花違い」も落語「文違い」をモチーフにした話である。かの落語の舞台は甲州街道の内藤新宿なのである。

もちろん江戸切絵図よろしく旧時代の遺跡を懐かしむだけではない。主人公が東京の西部・多摩地区に足を伸ばす第四章「迷宮霊園」では、バスが人気の三鷹の森ジブリ美術館の前を通過していくし、第六章「鬼のいる街」では昭和の街並みが残る雑司が谷鬼子母神付近で、地下鉄副都心線開通に伴う再開発で街が変わりつつあることもしっかり書かれている。二〇一〇年代後半の東京がバスの車窓から見た主人公の目を通じて描かれる、優れた都市小説なのである。バス旅に興が乗った〈私〉が、家で妻が夕食の支度をしているはずとと承知しつつ、ついつい出先で居酒屋に入ってしまう気持ちも、上戸の読者ならばよくわかるのではないか。知らない街で見つけた居酒屋ほど、心惹かれるものはないだろう。

登場人物は主人公夫妻の他に、あることから〈私〉を名探偵だと思い込んでしまったバス乗り仲間の吉住、主人公と警視庁捜査一課の同僚だった郡司といったひとびとが加わってくる。郡司は〈私〉と共に手掛けた事件のことを今でも気にかけているようであり、彼の思惑も含めてミステリー的な興趣を掻き立てられる。

ミステリーとしての楽しみどころをもう一点書くと、ここまで〈私〉という記述で通してきたことでわかるように、本作の主人公は作中で名前を呼ばれることがない。その妻も同様である。犯罪小説には一人称の単独視点で綴られる作品の系譜があり、私立探偵小説の多くがそうした叙述形式をとっている。その中にはダシール・ハメットの創造したコンティネンタル・オプや東直己の〈ススキノの俺〉シリーズのように、名前の明かされない人物が主役を務めるものが少なからず存在するのだ。主人公を無名にする理由は作者によってさまざまだろうが、名前という最も支配的な標識がない分、読者が自由に想像を膨らませられるという利点があるように思われる。八っつぁんやご隠居といった、記号化された人間しか登場しない落語にも同じ効果があるが、どこにいてもおかしくない、それこそ読者が自分と同じだと思えるような普通の人間として作者は〈私〉を造型したのだろう。

本作で描かれる出来事のほとんどは犯罪とは無縁であり、それどころか人々の悪意すら介在せず、不幸な事態であっても、ちょっとした誤解や勘違いから生じたものである。だが〈私〉には、右に挙げた一人称犯罪小説の主人公である私立探偵たちに共通するものがある。元刑事であるがゆえの「目」だ。

初めてバス旅を経験した〈私〉は帰宅して妻にこう言う。

「ただ刑事だった頃、都民の日常に入り込むのが仕事だったのは確かだ。日々の生活の陰にある、人間社会の闇に切り込むのが。だからふとしたことからついつい、要らん想像を膨らます癖はついているのかも知れないな」（中略）

「私以外は皆、目的があってそのバスに乗っている。彼らにとっては日常の一部に過ぎない。なのにそこに、私という部外者が入り込んでいるわけだ。そういう意味では刑事時代と相通じるものがある、という見方はできるかも知れない。（後略）」

得られた情報から推理を働かせる力では妻に譲るものの、実は〈私〉のそうした習性があるからこそ、見聞した出来事に含まれる些細な違和に気づくことができるのである。つまり彼らは、妻と夫で推理と観察の能力を分担した、コンビの探偵と見ることもできるのである。日常の出来事をただ描くだけでは、読者を惹きつける謎解きの関心も、そこで繰り広げられる人間模様の深みも醸し出すことはできない。冒険小説や犯罪小説に造詣が深い作者だからこそ、そうした求心力のある物語を、しかもちょっとそこまでバスで出かけるような気安さで描くことができるのである。

初めにも書いたように、これは世界の広がりを描いた小説である。仕事人間をもって任じていて、どんな趣味にも手を出すことができなかった主人公は、バスに乗るという単純な行為によって自分が閉じていたことに気づき、殻の外に一歩踏み出すことになる。

――考えてみれば、これ程の解放感、味わうのも久しぶりだった。どれだけ俺は長いこと、家に閉じ籠っていたというのか。狭い世界の中で悶々としていたのか。

（後略）

はっきりそうとは書かれていないが、これは作者から同輩に向けたエールだ。仕事場と家を往復するだけの毎日に埋没していないか。いつもの場所からちょっと外に出ただけで世界の見え方はがらりと変わるかもしれないのに、そのことから目を背けていないか。

〈私〉が匿名であるのは、同じような経験を多くの読者に共有してもらいたいという思いがあるからだろう。誰でも摑めるはずの、世界を広げる機会を逃すな。それは別にバスでなくてもいい。いや、作者と同じバス好きが増えればなお嬉しいが、一歩踏み出す勇気を持ってもらえれば、それに越したことはない。

実は〈私〉には、口にすることが容易ではないある思いがある。それが何なのかは、小説を読み進めればわかるはずである。世界が広がることでその思いも移ろっていくのだ。物語の最初と最後で主人公の表情がどう変わったかをぜひ想像してみてもらいたい。

前述したように、第一章「バスを待つ男」は雑誌掲載されたが、それ以降の章は書き下ろしであり、二〇一七年二月十日に単行本として実業之日本社から刊行された。今回が初の文庫化である。

本書が文庫として発売されるのとほぼ同時に、続篇『バスへ誘う男』が刊行される。本書と同じ無名の〈私〉が主人公なのだが、冒頭の書き方にちょっとした悪戯が仕掛けてあったために、私は驚いてしまった。どういう趣向だったのかは、未読の方のために伏せておく。続篇は、主人公が世界を広げるだけではなく、同好の士を見つけていく話にもなっている。共に楽しめる仲間がいれば、人生はよりふくよかなものになるだろう。

バスに乗り、男は街と人に出会った。あなたは、いかがですか。

二〇一七年二月　実業之日本社刊

本作品はフィクションです。実在の個人、団体、事件などとは一切関係ありません。（編集部）

実業之日本社文庫　最新刊

五十嵐貴久
あの子が結婚するなんて
突如親友の結婚式の盛り上げ役に任命？　複雑な心境で準備をはじめるが、新郎の付添人に惹かれてしまい――!?　アラサー女子の心情を描く、痛快コメディ！
い35

倉阪鬼一郎
夢あかり　人情料理わん屋
わん屋へ常連の同心が妙な話を持ち込んだ。盗賊を追い、偶然たどり着いた寂しい感じの小料理屋。そこには驚きの秘密があった!?　江戸グルメ人情物語。
く47

桜井真琴
ある日、お母さんが美少女に
目覚めると、母が美少女の姿になっていた――!?　大学生の裕司は、いけないと思いながらも若返った母・綾乃に惹かれていき……。新感覚エンタメ官能！
さ71

佐藤青南
白バイガール　爆走！五輪大作戦
東京オリンピック開幕中に事件発生！　謎の暴走事故の捜査のカギはスタジアムに!?　スピード感100パーセントのぶっ飛び青春ミステリー！
さ45

津本　陽
戦国業師列伝
前田慶次、千利休、上泉信綱……混乱の時代に、特異な才能で日本を変えた「業師」たちがいた！　その道を究めた偉人の生きざまに迫る短編集。（解説・末國善己）
つ24

実業之日本社文庫　最新刊

鳥羽 亮
剣客旗本春秋譚　虎狼斬り
北町奉行所の定廻り同心と岡っ引きが、大川端で斬殺された。その後も、殺しが続く。辻斬り一味の目的とは。市之介らは事件を追う。奴らの正体を暴き出せ！
と2 16

西村京太郎
札沼線の愛と死　新十津川町を行く
殺人現場の雪の上には、血で十字のマークが。さらに十津川警部に謎の招待状!?　捜査で北海道新十津川町へ飛ぶが、現地は魔法使いの噂が!?（解説・山前譲）
に 1 22

西村 健
バスを待つ男
無趣味の元刑事がみつけた道楽は、都バスの小さな旅。東京各地を巡りながら謎と事件を追う。解決するのは家で待つ麗しき妻！（解説・杉江松恋）
に 7 1

南 英男
強欲　強請屋稼業
ヘッドハンティング会社の女社長が殺された。一匹狼探偵・見城豪が調査を始めると、背景に石油会社の買収を企む謎の団体が。執念の追跡を悪の銃弾が襲う！
み 7 15

前川 裕
文豪芥川教授の殺人講座
無双大学文学部教授でミステリー作家でもある芥川竜介。大学内外で起きる事件を迷推理？　現役大学教授作家が贈る異色文学講座&犯罪ミステリー！
ま 3 1

実業之日本社文庫　好評既刊

西村京太郎
十津川警部捜査行 車窓に流れる殺意の風景
女占い師が特急列車事故が起きると恐ろしい予言をした。十津川警部が占い師の周辺を調べると怪しい人物が…傑作トラベル・ミステリー集。（解説・山前 譲）
に120

西村京太郎
若狭・城崎殺人ルート
天橋立行きの特急爆破事件は、美由紀が店で出会った男が犯人なのか？ 疑いをもつ彼女のもとに十津川班が訪れ…緊迫のトラベルミステリー。（解説・山前 譲）
に121

東野圭吾
白銀ジャック
ゲレンデの下に爆弾が埋まっている――圧倒的な疾走感で読者を翻弄する、痛快サスペンス！ 発売直後に100万部突破の、いきなり文庫化作品。

ひ11

東野圭吾
疾風ロンド
生物兵器を雪山に埋めた犯人からの手がかりは、スキー場らしき場所で撮られたテディベアの写真のみ。ラスト1頁まで気が抜けない娯楽快作、文庫書き下ろし！

ひ12

東野圭吾
雪煙チェイス
殺人の容疑をかけられた青年が、アリバイを証明できる唯一の人物――謎の美人スノーボーダーを追う。どんでん返し連続の痛快ノンストップ・ミステリー！

ひ13

東野圭吾
恋のゴンドラ
広太は合コンで知り合った桃美とスノボ旅行へ。ところがゴンドラに同乗してきたのは、同棲中の婚約者だった！ 真冬のゲレンデを舞台に起きる愛憎劇！

ひ14

実業之日本社文庫 に71

バスを待つ男

2020年4月15日　初版第1刷発行

著　者　西村 健

発行者　岩野裕一
発行所　株式会社実業之日本社
〒107-0062　東京都港区南青山5-4-30
CoSTUME NATIONAL Aoyama Complex 2F
電話 [編集]03(6809)0473 [販売]03(6809)0495
ホームページ　https://www.j-n.co.jp/
DTP　ラッシュ
印刷所　大日本印刷株式会社
製本所　大日本印刷株式会社

フォーマットデザイン　鈴木正道(Suzuki Design)

ISBN978-4-408-55588-1（第二文芸）